YA!

YOUNG AGE小說鮮視界！

青春滿點！活力滿載！好看滿分！

A MILD NOBLE'S VACATION SUGGESTION

優雅貴族的休假指南。

2

著 岬 圖 さんど
譯 簡捷

◆ Contents ◆

A MILD NOBLE'S VACATION SUGGESTION

16

利瑟爾早上還是一樣常常賴床，不過只要睡眠量充足，他在清晨或黎明時分同樣能清醒過來。

在夜空染上朝霞、微微泛白的此時，利瑟爾一下子睜開眼睛，睡意全無。魔力不足使得他昨晚酣然昏睡，睡太久的身體多少有點倦怠，不過頭腦十分清醒。

「（啊，真難得。）」

他定睛看著隔壁床上沉睡的劫爾。平時利瑟爾起床的時候，劫爾總是已經整裝完畢，這次比他早起，利瑟爾有點高興。

「（是昨晚出門到哪裡去了嗎？）」

熟睡的利瑟爾並不清楚詳情，不過劫爾前一晚可能去了哪裡一趟，因此比較晚睡也不一定。想到這裡，利瑟爾盡可能輕手輕腳地下了床。

劫爾睡覺時赤裸著上半身，因此裸露的肩膀暴露在被褥外頭。不冷嗎？利瑟爾輕輕為他拉好被子。

「……起得這麼早，真不像你。」

「不好意思，吵醒你了？」

利瑟爾的動作已經相當小心，但果然還是把他吵醒了。

「我差不多都是這時間醒來。」

「昨天打了一場硬仗，你再睡一下吧。」
「不必。」
就算勸他再睡個回籠覺，劫爾也只是搖搖頭，坐起身來。利瑟爾漫不經心地看著他赤裸的上身，要是自己繼續致力於冒險者活動，哪一天也能鍛練成那種體格嗎？他邊想邊著手更衣。
劫爾最後也和他同時起床，二人一起著裝準備，一邊討論今天的行程。這是他們在商業國馬凱德停留的最後一天。
「這時候去賈吉家好像還太早了。」利瑟爾說。
「他說回程是中午出發吧。」
「以賈吉的作風，我還以為他會想早點啟程呢。」
「一定是老頭囉嗦吧，叫他至少一起吃個午飯之類的。」
「祖孫感情真好。」
利瑟爾沒有見過賈吉的祖父，不過聽劫爾描述，那位爺爺對孫子可是百般溺愛，希望盡可能多聚聚也是人之常情。
賈吉請他們在接近中午時過去接他，但是難得與家人聚首，是不是別打擾他們午餐比較好？正當利瑟爾這麼想的時候，劫爾瞥了他一眼。
「那傢伙會哭喔。」
「說得也是。」
賈吉泫然欲泣的模樣太容易想像了。

利瑟爾輕輕披上外套，扣上胸口的皮帶，理好領子。接著將手伸進外套底下，繫上腰包，再撥好下襬，將拂過臉頰的頭髮撥到耳後。

「還有段時間，不然我們到公會一趟吧？」

「嗯。」

公會積極歡迎冒險者提供新種魔物、迷宮的攻略方法等情報。

貢獻情報能給公會留下良好印象，是影響階級提升不容小覷的墊腳石。再者，公會還會根據情報的有益程度，發給相應的獎金。

雖然提供情報並不屬於冒險者的義務，不過大多數冒險者只要獲得新的情報，都會向公會回報。

「隱藏房間再加上地底龍，不知道這些情報值多少錢？」

「誰知道。」

這是利瑟爾第二次來到商業國的冒險者公會，正因為是清晨時分，眾多冒險者聚集於此，公會裡十分熱鬧。

「喂，快看。」

「貴族喔？該不會是領主吧？」

「不，你看旁邊，是一刀。那他就是傳聞中的……」

換作是王都帕魯特達的公會，現在利瑟爾現身早已不會引發騷動了。但這裡有許多人還是第一次見到他，更別說劫爾也一道同行，眾人的視線果不其然都集中到他們身上。一刀前一天才遭人糾纏，還大獲全勝，這件事在商業國的冒險者之間早已傳得沸沸揚揚。

「提供情報該找誰呢？」

「別問我。」

劫爾攻略過無數迷宮，理論上能提供的情報比誰都還豐富，可惜他一次也沒有向公會回報過。也可以說他自我中心，從來沒考慮過對公會的貢獻。

利瑟爾露出苦笑，走向偶然映入眼簾那張寫著「服務臺」的牌子。每一間冒險者公會都有個服務窗口，負責販售地圖、借閱魔物與植物圖鑑、介紹適合冒險者的旅店等業務，正如其名，是提供冒險者各項相關服務的櫃臺。

「既然是來更新地圖的，到這個窗口應該沒問題吧？」

「不行也沒差吧。」

「說得也是。」

跑錯地方大不了再換個窗口就好。二人排到正在購買地圖的一群冒險者後方，其中一個人回過頭來，肩膀猛然抖了一下。是因為那個怎麼看都像是貴族的男人呢，還是因為看見傳說中的一刀呢，只有當事人自己知道了。

接著輪到利瑟爾了，迎接他們的是有如花蕾綻放般開朗的聲音。

「早安，請問需要什麼協助呢？」

冒險者公會中十分罕見的女性職員，帶著活力充沛的笑容坐在櫃臺前。利瑟爾之前來買地圖的時候沒有見過這個人。

一個年輕女生要在莽漢環伺的環境裡工作，想必她一定也像史塔德一樣，擁有強大的自保能力吧。眼見對方笑容可掬地僵在原地，利瑟爾朝她微微一笑。

「真是充滿朝氣的招呼，早安。」

她眨了幾下眼睛，紅著臉頰露出閃亮的笑容。那是坦率的笑，表達出受人稱讚的單純喜悅。

「我想麻煩妳更新地圖。」

「好的！請問是哪一座迷宮呢？」

「水晶遺跡。」

「咦?!」

好像與職員同感訝異似的，周圍聽見這段對話的冒險者們也一陣騷動。

「那座迷宮很久了，已經徹頭徹尾調查完畢，好幾年都沒有更新了哦?!」

「沒想到還是被我發現了。」

「被你發現了呀……」

看見利瑟爾惡作劇般的笑容，職員佩服地點了點頭，就在這時——

「喂，給我等一下！」

一名男性冒險者忽然大聲叫住他。那是個身材健壯的年輕人，正擺出威嚇的態度，擋在利瑟爾他們面前。

「捏造情報的風險很高喔，你就這麼想在蕾菈面前表現是不是？」

劫爾滿臉不悅地皺起眉頭，沒想到居然被捲入這種鬧劇，他露出幾分怨氣看向身邊那人。當事人利瑟爾正悠哉地和名叫蕾菈的職員交談。

「那是妳的名字？」

「啊，是的。」

「很可愛的名字呢。」

「哇，謝謝誇獎！」

「馬上就這樣甜言蜜語把妹！你好意思！」

在劫爾眼中，這只是爺爺誇獎孫子般的情景，卻看得男子暴跳如雷。對於利瑟爾來說，這不過是貴族社會中熟習的一種寒暄，蕾菈也只是單純覺得高興，完全無關乎男女情愛，但是在愛慕她的男子看來，這事態非同小可。

「水晶遺跡，而且還是你這種小白臉，竟然敢說你發現了新情報？不可能嘛！」

「所以？」

「所、所以？所以……拿出證據啦！」

看見利瑟爾有點樂在其中的模樣，劫爾嘆了一口氣。

與其說他嘲弄男子取樂，不如說是因為有人找他麻煩，而且還與一刀無關，所以利瑟爾很高興吧。他總覺得自己表現得像個冒險者，卻不被人當成冒險者看待，所以這下喜出望外，肯定是因為自己現在夠有冒險者架式了，才會有人動不動來找碴。

在劫爾看來，這不過是來找碴的男子被小情小愛蒙蔽了雙眼而已。但他沒潑利瑟爾冷水，就讓他做一下好夢也無妨。

「更新地圖需要提出證據嗎？」

利瑟爾問蕾菈。

「不，不需要。反正說謊遲早會被拆穿，只是平白損失信用而已，沒有人會亂說謊的。所以不必客氣，請說吧！」

蕾菈得意洋洋挺起胸膛。她沒有惡意，只是為了公會與冒險者之間的信任關係感到自豪而已，所以絲毫沒注意到男子可憐兮兮地垂下眉毛。

同時，男子對利瑟爾的怒火燒得更旺了，這是遷怒。

「不行，我才不相信你！」

「無所謂呀。」

「所以你承認這是你編的？」

「不，只要公會相信我就夠了。」

利瑟爾乾脆地說道，男子不由得閉上嘴。

要是遭到其他冒險者質疑，正常來說一定會反駁，有人來找碴更是會不甘示弱。正因如此，如果連反駁都做不到，那遭人懷疑造假也是自找的。

但是在利瑟爾看來，這情報一經調查真假立辨，即使現在招惹懷疑也無傷大雅。

「不過，說得也是……」

這是他們停留商業國的最後一天，假如離開時給人留下的最後印象是假情報疑雲，那未免太沒意思了。

「機會難得，就讓你看看證據吧。」

「啊?!」

男子大喊出聲，儘管這是他自己提出的要求，卻沒想到利瑟爾真的拿得出證據。任誰都覺得要驗證這種情報，除了實際走一趟迷宮之外別無他法。
看見男子滿臉詫異，周遭人群的注意力也紛紛朝這裡集中過來，利瑟爾調侃地笑了笑，拿出一本書籍。
「這樣你明白了嗎？」
那是攻略書，四周響起一陣驚嘆。由於它稀有的特性，即使身為冒險者也難有機會實際見到攻略書，事實上在場的人全都是第一次目睹。
「那……種東西，現在拿出來又……」
「發現的是隱藏房間。」
迷宮一旦經過徹底探索，攻略書確實會被貼上「垃圾」的標籤，不過也正因如此，才有機會找到一些新發現。利瑟爾知道男子想說什麼，又察覺周遭逐漸沸騰的氣氛，他微微一笑。
「當然，寶箱我們已經收下了。」
啊……四下傳來失望的嘆息。
不同於迷宮內部隨機配置的寶箱，隱藏房間中固定的寶箱是先搶先贏，僅有率先發現的人有分。那座祭壇上的寶箱也一樣，除非隨機的寶箱碰巧出現在那裡，否則不會再度出現。
「不過我想還是值得走一趟的，深處有非常罕見的魔物……」
「請、請等一下！」
「別擔心，我只說到這裡為止。」

蕾菈急忙踩下煞車，利瑟爾笑著閉上嘴。

公會可不希望他公開太多情報，否則購買地圖的人減少可就傷腦筋了。不過，隱藏房間值得探索的消息傳開之後，購買地圖的人數也會隨之大增吧。

既然都特地提供情報了，需求還是多一點比較令人高興。看見利瑟爾只為這種理由透露了恰到好處的情報量，劫爾望著他的眼神滿是無奈。

「這麼說來，我還是第一次提供情報。」

利瑟爾把無言以對、僵在原地的男子擺在一邊，翻開攻略書讓蕾菈過目。

「入口在這個地方，機關之類的也說出來比較好嗎？」

「都可以喲！如果能提供給我們，獎金也會增加。哇，這地圖好精確哦……」

「好的，那……」

蕾菈沉浸在第一次看到攻略書的感動之中，聽見利瑟爾正要開口，她猛地抬起頭來，舉起一隻手示意他稍等一下，另一隻手伸到腳邊。

「我馬上開始準備！消音器、消音器……」

她拿出一個魔道具放在桌上。

魔道具看起來像一盞小檯燈，蕾菈緩緩拉動底部小型的把手，一瞬之間閃現一層薄薄的光膜，包覆利瑟爾他們三個人。

「原來也有這麼小型的消音器。」

「咦，這東西是超高級品耶……」

這種魔道具在利瑟爾原本所在的世界也有，他出生成長的公爵家，也保有數個能夠覆蓋一整個房間的消音器，畢竟談話需要保密的場合不少。
聽了利瑟爾這句感嘆，蕾菈的語尾越說越小聲，理由盡在不言中。
「原來用了消音器，也聽不見外面傳來的聲音呢。」
「不一定吧，看是哪一種。」
利瑟爾和劫爾悠然看著消音範圍外的男子，不知道他在大喊什麼，大概是不准靠近她之類的吧。明明聽不見聲音，卻非常有戲。
「那就請開始吧！」
當事人蕾菈則是渾然不知情，利瑟爾在心裡默默希望他多加把勁。
「我想想，首先是這裡……」
為了那位正在大喊的男子著想，還是早點結束比較好，利瑟爾指向攤在桌上的攻略書一處。
「乍看之下是普通的牆壁，不過只有這個部分是可以破壞的。」
「原來如此，迷宮也有可以破壞的地方，這真是盲點呢。」
這項情報顛覆了「迷宮無法破壞」這個所有冒險者都知道的常識，蕾菈聽了後帶著認真的表情點點頭。
「然後劫爾踢破了那面牆壁……」
「踢破?!」
她認真的表情立刻轉為驚愕，視線在劫爾和攻略書之間迅速來回。
「大概這麼厚。」

「這厚度根本是真正的牆壁啊！」

「啊，不過是水晶材質。」

「那不是很硬嗎?!」

「不就像踢破磚塊一樣嗎。」劫爾說。

「正常人辦不到啊?!」

看了利瑟爾比出來的厚度，蕾菈一邊吶喊，一邊不忘將地圖工整謄寫下來，在隱藏房間的部分加註「需準備鐵鎚？」即使是以蠻力自豪的冒險者，不依靠道具便能破壞這堵牆的人也是少之又少。

說到底，利瑟爾他們屬於例外，普通的冒險者不會擁有空間魔法背包，假如需要攜帶鐵鎚，在途中又是一大負擔了。

「走進那條通道，會看見一個有祭壇的小房間，地上有傳送魔法陣。」

利瑟爾翻動攻略書，來到差一步就要抵達最深層的地圖，指向上頭沒有與任何一條道路相連的小房間。

「原來如此，那個魔法陣就是傳送到這個房間囉？」

「該說是傳送嗎，倒不如說是掉下去的。」

「掉下去?!」

「魔法陣發動的瞬間，地板就消失了，我們從大約兩公尺寬的水晶洞穴掉下去，大概墜落了……」

利瑟爾說到一半打住，看向劫爾。

「快兩分鐘左右吧？」
「差不多。」
「感覺很久，其實時間不長呢。」
那就是人生走馬燈嗎，利瑟爾爽朗地向劫爾說道，蕾菈張開嘴巴愣愣看著他們二人。
持續墜落快兩分鐘，她甚至無法想像那距離有多高，只知道摔下去絕對沒命。
「結果那個魔法陣是回程用的。」
看見蕾菈愣在原地，利瑟爾以指尖敲了敲桌子加以催促。
「那、那樣掉下去沒事嗎?!」
「我們看起來像出了什麼事嗎？」
「確實不像！」
蕾菈勉強沒停下抄筆記的手，興奮地一個接一個提出問題。
從旁看見這一幕，想必覺得他們聊得相當愉快吧，劫爾往旁邊瞥了一眼，無法加入對話的男子正胡亂扯著頭髮，不甘心地大吼大叫。
到了這個地步反而有點有趣，在劫爾這麼想的時候，利瑟爾仍然持續向蕾菈說明，
「洞穴底部有地底龍，所以墜落途中會遭遇龍息襲擊。」
「等一下——！」
蕾菈兩隻拳頭使盡全力往桌上一捶，猛地站起身來。
利瑟爾「啊」了一聲，但她沒有注意到，自顧自地抱頭仰天，內心超越容忍值的激動一口氣從丹田爆發出來。

「連續墜落幾公里底下有地底龍等著，龍息還會強制直擊這未免也太不人道了吧!!」
她的吶喊響徹整間公會，在場所有人都停下動作望著蕾菈。
蕾菈本人發洩過後神清氣爽，邊喘著大氣邊抬起頭來，這時她才終於注意到周圍異樣的氣氛，疑惑地四處張望。
「咦、咦？」
「這個倒下來了哦。」
「咦?!」
公會裡一片鴉雀無聲，利瑟爾露出溫煦的微笑，朝著桌上一指，已經停止發揮作用的消音器正孤零零地橫躺在那裡。
蕾菈一臉「這下慘了」的表情，利瑟爾絲毫不以為意，逕自將攻略書收進腰包，反正該說的事情都說完了。
「既然事情都演變到這個地步了，就特別再補充一點吧。」
他改由腰包中拿出一枚鱗片。
那枚鱗片有成年人的臉那麼大，閃爍著人類工法無從打造的翡翠光輝，即使是外行的鑑定士，也能斬釘截鐵地斷言它是最高級的魔物素材。
一旁的男子茫然看著那鱗片，已經失去原本的氣勢，利瑟爾見狀朝他微微一笑。
「這是證據，你相信了嗎？」
「啊，當然，您說得是。」
連敬語都搬出來了。男子的臉色越來越蒼白，周圍的人合掌祝他一路好走。

「來，這個請妳收著。」

「咦！」

利瑟爾毫不介意男子的神情，直接將龍鱗遞給蕾拉。

她宛如碰觸易碎品般，戒慎恐懼地接過鱗片。收下這東西要做什麼呢？她抬頭望向利瑟爾，對方伸手指了指那枚鱗片。

「以防萬一，這個就先提交給公會了，畢竟也有人不相信。」

「提……！」

蕾菈一時間差點把龍鱗掉到地上，幸好憑著一股毅力忍住了。

「這個……賣出去……價值應該是金幣等級耶！」

「沒關係的，這一趟採了很多鱗片。」

是劫爾採的，利瑟爾補充。利瑟爾本來也想幫忙，但鱗片生長得又密又硬，有如鎧甲，別說是掀起來了，他就連將手指伸進縫隙都辦不到。

因此，他從頭到尾只能旁觀劫爾啪嚓啪嚓一片片拔下龍鱗。到了最後，冒險者這一行果然還是得靠力氣。

「幸好回程有魔法陣可以用，真是得救了。」

「誰想得到那居然是單行道。」

「去程單純只是個陷阱嘛。」

面對眼前自顧自交談的二人，蕾菈忍不住嚥了一口唾沫。

不曉得同樣等級的龍鱗還有多少片，再加上龍牙等素材，獲利想必相當可觀。假如拿這些材料製成裝備，冒險者的水準也會提升好幾個檔次，她握著龍鱗的手不由得顫抖。

眼前這二人究竟是何方神聖？一定是絕對的強者、是睥睨群雄的存在吧，即使面對長距離的墜落、席捲而來的龍息，甚至是地底龍，都能在首度挑戰中順利突破。

「那、那麼，作為提供情報的證明，麻煩出示一下公會卡。」

「兩個人的卡片都需要嗎？」

「是的！……咦……」

然後，接過利瑟爾的公會卡一看，蕾菈不禁翻了白眼，這人竟然是E階級。憑這種戰果，說他是S階級才有辦法接受，結果竟然是E。倒數第二階。

「那個，妳還好嗎？」

看見蕾菈翻著白眼將公會卡交還給他，就連利瑟爾都開始擔心了，這還是第一次有女性對他翻白眼。

「……啊！」

蕾菈倏地抽搐一下，眼睛翻了回來，用力點點頭。

「那個，建議你差不多可以辦理一下升階手續了！」

「我才剛升上現在的階級呢，當上冒險者到現在也還不到兩個月。」

「但、但是！哪天要是你因為詐欺罪嫌被抓起來，感覺好像也沒辦法辯解！」

「怎麼會呢。」

利瑟爾難掩笑意地回道，他沒有注意到周遭的慘狀。

身邊的冒險者聽說他是E階級，全都翻了白眼，剛走進公會的冒險者見到這副光景不禁慘叫出聲。劫爾有點想離這裡遠一點。
「而且，假如我在其他地方辦理升階，恐怕有個孩子會鬧彆扭。」
「嗯？」
「不，沒什麼。」
看見蕾菈一臉不明就裡的模樣，利瑟爾沉穩地搖了搖頭。劫爾瞥見這一幕，極其無奈地開口。
「你還真寵他。」
「這點程度還沒什麼呢。」
「你太誇張啦。」
劫爾無奈，利瑟爾見狀笑了出來。
只要他在公會裡向其他職員搭話，史塔德總會露骨地朝這裡看過來。史塔德某方面對他也是相當體貼幫忙，因此作為報答，利瑟爾從不吝於表現善意。
「那就謝謝妳了。」
「隨時歡迎提供情報！」
利瑟爾道了謝，二人準備走出公會。
一回頭卻赫然看見周遭仍然翻著白眼的冒險者，就連利瑟爾也不禁停下腳步，這景象實在太嚇人了。劫爾見狀嘆了口氣，催他快點出去。只要利瑟爾離開這裡，他們應該就會復原了吧。
「馬凱德的公會還真有個性。」

「他們應該不想聽到元兇這麼說吧。」
「咦？」
蕾菈似乎也終於注意到周圍的慘狀，聽見背後傳來一聲慘叫，二人快步走出了公會。
「不過，階級是不是早點升上去比較好呢？」
「啊？」
離開公會後稍微走了一小段路，利瑟爾邊走邊喃喃說道。這是什麼意思？劫爾聽了覺得意外，催促他繼續說下去。正如同他這次拒絕了蕾菈升階的提議，利瑟爾不是斤斤計較階級高低的人，也不太在乎周遭的評價才對。
利瑟爾瞥了劫爾一眼，看見對方正訝異地望著自己，他沉吟片刻，煩惱地開口。
「你的隊長竟然只有E階級，太不像樣了吧？」
「我不在乎。」
「別人說我什麼倒是沒關係，但要是因為我的緣故，導致你的戰果遭人懷疑，那就不好了。」
「蠢貨。」
劫爾隨口否定道，他是發自內心感到不以為然。
這人之所以將地底龍的鱗片無償交給公會，也是這個緣故吧。劫爾確實覺得不太對勁，因為他感受不到利瑟爾這時候做人情的必要。
利瑟爾這麼做，無疑是為了避免討伐地底龍的事實遭人懷疑，或許也帶有抬高地位的目的吧。一切都是因為他判斷，要是換作劫爾獨自提出情報，理論上不會有任何人存疑。

「懷疑也不會改變什麼。」

「話是這麼說沒錯……」

利瑟爾的想法也沒有錯，假如只有一刀一個人不會招致懷疑，這是事實。

但是，即使自己的評價真的因為利瑟爾而降低，劫爾也毫不在乎。對他而言，周遭的評價本來就只是煩人的雜音，他也從不打算因此離開他。

「不管你是S階還是F階，是國王還是罪犯，我都一樣會站在你身邊。」

「罪犯還是請你避開一下吧？」

聽見劫爾嗤笑著這麼說，利瑟爾打趣地回了一句，瞇起眼睛，粲然綻開笑容。劫爾見狀也吊起嘴角，笑裡帶點挖苦意味。

「那麼，我們就前往賈吉家，沿路順便觀光最後一趟吧？」

「嗯。」

劫爾一面同意，一面將意識轉向背後。

幾個冒險者正窺伺著這邊，想必是剛才在公會聽見了他們的對話，覬覦地底龍的鱗片吧。是想談條件收購，還是……。看樣子恐怕是在等待利瑟爾落單。

「這種海報的防水加工，不曉得是怎麼做的？」

「誰知道。」

劫爾表面上照常應答，不動聲色地將手擺到劍柄上，看向視線來源。既然自己感受得到對方的氣息，對方肯定也將此刻的行動看在眼裡。

「你那邊沒有？」
「有是有，但效果不持久，我們用的是花朵的精油。」
劫爾的目光只動了這麼一下，覬覦龍鱗的冒險者便倏地停下動作。身體就像被釘在原地，逃也逃不了。冷汗不知不覺滲出，汗水流過下顎，滴落地面的一剎那，感覺宛如永劫。
「這裡的防水也沒多持久。」
「果然如此嗎？」
「你隨便掀開一張看看，底下全都是撕下舊海報的痕跡吧。」
掀起來沒關係嗎？利瑟爾雖然這麼想，仍然稍微掀開近處的海報一看。在他身後，劫爾轉向那群動彈不得的不速之客。
霎時間，他們領悟了身體僵在原地的理由。那僅是強者表示不悅的一瞥，但他們的本能卻理解了，唯有待在原地不輕舉妄動，才是自己存活的唯一途徑。
「劫爾。」
但是，一道沉穩的嗓音忽然響起，喚回了他們的意識。
利瑟爾回過頭來，訝異地看著劫爾，然後順著他的視線望過去。那道無比透澈的目光，看見了那幾個愣在原地的冒險者。
他微微一笑，豎起一隻手指放在唇上。彷彿受到這動作牽引，他們下意識將閉上的嘴鎖得更牢，緊緊咬住牙關。
「難得來觀光一趟，麻煩你們讓我愉快地度過囉。」

眼見利瑟爾只說了這麼一句話便邁步離開，劫爾也無奈地跟著跨出步伐。看著二人的背影，這群冒險者再也沒有心思窺伺下手時機了。

至於那是因為劫爾，還是因為利瑟爾，又或者是雙方的緣故，就連他們自己都無從知曉。

二人往賈吉家前進，沿途時而逛逛吸引人的店鋪，看看知名的觀光景點。

賈吉的祖父是商業國屈指可數的大商人，他們家族從好幾代以前就對都市發展有所貢獻，在這裡紮根已久。現在的地位，主要是靠著貿易業建立起來的。

賈吉的那間道具店，原本也是祖父運用貿易業的人脈開始經營的店鋪，自從這家店也做起來之後，他似乎就不再單純致力於貿易業了。

「啊，應該就是這裡了。」

「店面真大。」

賈吉這次停留的店鋪，開在商業國知名商家林立的街道上。

總店好像開在其他地方，不過根據賈吉的說法，那一邊的用途比較接近倉庫，這裡才是他們實際的居住場所。

二人毫不遲疑地走進店內。店裡擺滿五花八門的商品，客人絡繹不絕。

「生意還真是興隆……啊，不過賈吉店裡的東西，品質好像比這邊好。」

「客群不一樣吧。」

「說得也是。」

店裡觀光客也不少。該找誰才好呢？利瑟爾一邊打量室內，一邊環顧四周。這時，一位店員注意到他們二人，面帶微笑走了過來。

「不好意思，請問二位是和賈吉少爺有約的客人嗎？」

「是的。」

店裡最年長的男人帶著謙虛有禮的微笑，朝他們行了一禮。

「少爺交代我為二位帶路，這邊請。」

二人在店員帶領之下走進店內深處，穿越一扇位於店面死角的門，爬上夾雜在庫存貨架當中的一道階梯。

不愧是商人的宅邸，利瑟爾興味盎然地打量周遭，忽然抬頭看向走在前方的店員。

「沒想到你一眼就看出我們是來接賈吉的人。」

「因為二位和少爺描述的特徵完全一致呀。」

「方便請教一下賈吉說了什麼嗎？」

「他說：『是兩人組，一個人像貴族一樣帶著溫柔的微笑，另一個人全身黑衣，看起來實力很強』。」

店員呵呵笑著說道。他說自己陪在賈吉身邊已有許多年，又補充說，看來賈吉少爺受二位照顧了，話中流露的語調確實聽得出長年的情誼。

利瑟爾回頭望向跟在身後的劫爾。他正低頭看著自己「全身黑」的服裝，皺著眉頭，一副不太釋懷的樣子。人家是誇獎的意思，何不欣然接受呢，利瑟爾心想，總之還是開口安慰了一句。

「我覺得你那身打扮應該不會比全身鎧甲醒目。」
「囉嗦。」
被他不留情面地回絕了。
「二位請在這裡稍候一下。」
一行人爬上階梯盡頭，來到一扇門扉前方，店員停下腳步回過身來。
他將手擺在腰際，敲了幾次門之後，另一側響起啪噠啪噠的腳步聲，快步朝這裡走近。
「賈吉少爺，是您等待的客人哦。」
腳步聲又更急了。接著，門板以宛如飛撲的氣勢拉開，露出賈吉滿臉慌張的身影。
「利瑟爾大哥、劫爾大哥，對不起！我本來想在樓下等你們的！」
「不用這麼匆忙沒關係的。」
「你是委託人，擺出委託人的架子啊。」
「我、我不會擺架子……」
在門後現身的賈吉一身徹頭徹尾的休閒打扮。
那頭蓬鬆的栗色長髮沒有紮起，散在身後，平常在利瑟爾和劫爾面前，他絕不會打扮得這麼隨性。那雙手不知所措地握著衣襬，一副慚愧又忐忑的模樣，視線四處游移。
「我們是不是來得太早了？」
「不、不是的！那個，是爺爺一直在準備禮物，要我帶回去，所以……」
「賈吉！來，這個也給你帶回去！」
「已、已經夠了啦……！」

原來如此，看來是被爺爺纏上了，連出發的行李都沒辦法準備。利瑟爾往賈吉身後張望，有個男人手上拿著魔道具，從深處一道應該是通往居住區域的門扉現身。

「哦？」

他的視線捕捉到利瑟爾，又掃向劫爾，目光緊緊盯在他身上不動。劫爾不悅地皺起眉頭，不著痕跡地別開視線，不過為時已晚。

「是劫爾啊！老夫都聽賈吉說了，你都沒變嘛！」

「吵死了。」

老人邁開大步走近他們，利瑟爾的脖子也跟著仰得越來越高。

不愧是賈吉的祖父，他身材高大，上了年紀仍然一點也沒駝背，看樣子跟賈吉差不多高，說不定還比他更高呢。

最重要的是，他看起來非常年輕。外表當然不必說，配上那股霸氣和氣質，說他是賈吉的父親還比較令人信服。他的視線牢牢固定在劫爾腰間的大劍上。

「看來有派上用場嘛，畢竟是老夫特地幫你選的，這也是當然。有沒有好好保養啊，沒偷懶吧？」

「當然。」

「那就好啦！」

看來他的性格和賈吉天差地遠，那雙無懼的眼光銳利地射向利瑟爾。

「然後，你就是那個……」

「初次見面，您好。我是利瑟爾。」

利瑟爾端正姿勢，手放在胸口露出微笑。
「抵達馬凱德第一天的晚上，佔用了您家族聚會的寶貴時間，實在非常對不起。」
「嗯……本來還想抱怨兩句，沒想到被你搶先道了歉啊。」
不顧賈吉在一旁驚慌失措、拚命想袒護他的模樣，祖父俯視利瑟爾的視線銳不可當。假如他此時判斷利瑟爾是危害愛孫的存在，一定會立刻讓他離開賈吉身邊，不論賈吉再怎麼哭喊，都絕不姑息。
「賈吉，看來我們要等到午餐後才會出發了？」
儘管注意到這一點，利瑟爾依然不以為意地詢問賈吉。
在飽經世故的大商人面前，裝出一副老實樣也沒有意義。更別說他也沒什麼怕人知道的企圖，裝模作樣只會徒增不必要的懷疑，還不如保持平常的舉止就好。
「不然等到時間差不多的時候，我們再過來一趟吧？」
「沒關係的！爺爺也說，想要跟利瑟爾大哥你們聊一下……」
利瑟爾瞄向老翁窺探他的神色，對方意味深長地衝著他一笑。
「所以，能不能請你們一起吃午餐呢……？」
「榮幸之至。」
純真的邀約，與祖父的算計天差地遠。利瑟爾可不打算放棄賈吉，他對這孩子也十分疼愛。既然如此，不如任由祖父好好審核一番，於是他給了肯定的答覆。
賈吉開心得整張臉都亮了起來，劫爾無奈地別開視線。至於策劃這一切的始作俑者，則豪爽地張嘴大笑出聲。

「外表看不出來，小夥子膽量可真大！」
他伸出一隻手。
「老夫叫做因薩伊，看來孫子受你們照顧了。」
「相比起來，賈吉對我的照顧多太多了。」
利瑟爾伸手回握。他的手也絕不算小，但那隻與身高相稱的大手卻將它結結實實地包覆在掌心。
「每次需要什麼東西，我們都會到賈吉的店裡叨擾。」
「這麼說來，你是冒險者啊，看起來真不像。」
因薩伊說得直截了當，利瑟爾聽了苦笑，賈吉則抗議地喊了一聲：「爺爺！」

17

利瑟爾正握著刀叉，品嘗著賈吉家準備的午餐，因薩伊朝他投以懷疑的目光。

「搞什麼，你要是個冒險者，就不能吃得豪邁一點嗎？」

「爺爺！」

「我現在這樣已經豪邁不少了……」

「跟一開始比起來。」

四個人圍坐在大餐桌前，享用傭人接連端上桌的料理。

因薩伊特別針對他是為了報復，因為在家這段期間，賈吉總是三句不離利瑟爾。這也可以說是一種嫉妒，嫉妒這人得以集愛孫的關心於一身。

利瑟爾本人覺得這也不奇怪，因此絲毫不以為意，逕自望向身邊大口吃肉的劫爾。

「劫爾，你是兩年前遇見因薩伊爺爺的？」

「嗯。」

「那把劍就是爺爺推薦的吧。」

「那也算推薦？」

當時爺爺只說了一句「你連適合自己的劍都搞不清楚嗎！」就把大劍丟過來，然後二話不說把錢拿走，比較接近強迫推銷。話雖如此，這把劍至今仍是劫爾愛用的武器，論手感想必是沒話說，劫爾卻不願老實點頭。利瑟爾見狀有趣地笑了出來，轉向因薩伊開口。

「有沒有適合我的劍呢？」

「啊？」

不懂他這話是什麼意思，因薩伊嘴巴張得老開，皺起眉頭。

「連劍都沒好好揮過幾下的小子，說什麼傻話。」

不愧是賈吉的祖父。倒不如說，正因為賈吉是他的孫子，所以才會成為最上級的鑑定士吧。憑他精湛的眼光，只消一眼便能將那柄大劍配給劫爾，這實力面對利瑟爾也完美地發揮了出來。

他看人的眼光想必在賈吉之上，利瑟爾喝了口冰紅茶，佩服地想道。雖然沒能請他幫忙挑一把劍有點可惜。

「哎，你吃飯的傢伙好歹也拿一把出來看看吧。」

「這是我的武器。」

雖然反應不同，不過因薩伊和賈吉看見魔銃的感想大同小異。

「有辦法用這種東西，還想要什麼劍哪。」

「機會難得嘛。」

「說什麼傻話，你平常做的事情比揮劍還難啊。」

他朝利瑟爾投以看見奇人異事的目光。

「小子，你的腦袋挺誇張的啊。」

「只是用習慣了而已。」

利瑟爾面露苦笑，朝著盛滿新鮮蔬菜的沙拉伸出叉子。

聽見因薩伊這句話，同樣正在品嘗沙拉的賈吉偏了偏頭。因薩伊對於冒險者的內情也有所涉獵，不過賈吉不同，戰鬥並不是他的專業領域。

「腦袋？」

「哦！乖孫有興趣嗎！」

聽見最愛的孫子提問，他隨即露出毫無防備的笑臉。

「那小子的槍是用魔力操作的對吧？魔力操縱要做到這麼精密，沒有幾個魔法師能辦到。」

「這麼說來，利瑟爾大哥很厲害囉……！」

「嗯，說是厲害，不如說是太費工啦，真虧你有辦法。」

雙眼發亮的賈吉令人看了忍不住微笑，不過聽了因薩伊的描述，利瑟爾在內心點了點頭，常有人這麼說。這並不是只有利瑟爾辦得到的事，但就像他敬愛的國王說的一樣，「麻煩得受不了」。

「你用的手法有這麼麻煩？」

「習慣就好、習慣就好。」

面對劫爾的疑問，利瑟爾沒有特別加以否定，只是露出溫煦的微笑。

「即使說這比揮劍還難，劍術一旦到了你那種境界，我也完全無法相比了，對吧？」

「我這也是習慣而已。」

習慣之後再搭配技巧，魔法使用起來可以節省不少功夫，但是劍技可不一樣，實力就是實力，沒有搪塞敷衍的空間，利瑟爾的讚美是這個意思。賈吉一聽，閃亮亮的眼神也跟著轉向默默吃肉的劫爾。

不過，不曉得是害羞還是怎麼回事，劫爾擺出一副不悅的表情，看得賈吉肩膀用力抖了一下。

「不准瞪老夫的乖孫！」

「老頭，露出真面目囉。」

根據劫爾的說法，因薩伊現在的性格比以前圓融了許多，從他霸氣縱橫、大聲怒吼的模樣，不難窺見從前的影子。看見一旁賈吉驚訝的眼神，因薩伊假咳了一聲。

「操作魔力當然也相當不簡單，不過他真正厲害的還不是這個。」

「咦？」

「固定方向、操控位置、抵銷後座力，就連扳機都是以魔力操作扣下的。」

若不是平時習於運用魔力的人，對於魔法都不甚瞭解。賈吉也一樣，除了道具商人必備的知識以外完全不懂魔法，不太明白這件事哪裡厲害。

想必因薩伊也注意到這一點了。他啜飲著熱咖啡，擺在桌上的指尖敲了敲鋪著桌巾的桌面。

「爺爺給你舉個例子吧，你先在腦袋裡想好一首歌。」

「啊……嗯。」

賈吉腦海裡浮現最近在王都帕魯特達街角，一支小型樂隊演奏的熱鬧曲調，凡是王都的居民都聽過這首曲子。利瑟爾與劫爾在一旁聽了他們的對話，也跟著嘗試看看。

「想好了嗎？然後在那個旋律上頭，再加上別的曲子。」
「嗯。」
「同時想著兩首曲子，還要正確無誤哦。」
「……嗯？」
這是什麼意思？賈吉直眨著眼睛，因薩伊見狀愉快地吊起嘴角。
「對，就是這麼回事啦。」
「因薩伊爺爺，這個我也辦不到耶。」
「只是比喻啦、比喻。這樣老夫沒面子啊。」
順帶一提，劫爾當然也辦不到。
不過，賈吉想必理解了這件事有多不簡單，「利瑟爾大哥果然很厲害。」他不禁眉開眼笑。為什麼是你露出心滿意足的表情啊，劫爾在內心吐槽。
「所以老夫才說這傢伙的腦袋很誇張。」
「這是誇獎嗎？」利瑟爾問。
「當然是啊。」
就這樣，利瑟爾他們在閒談當中，吃完了賈吉家大方招待的豐盛午餐。餐後的紅茶和小蛋糕一端上桌，賈吉忽然想起什麼似地站起身來。
「啊，我去準備出發哦，二位請慢慢坐。」
「都最後一餐了，你竟然不陪爺爺一起吃點心嗎！」
「就是因為爺爺這樣說，所以今天午餐也一起吃了嘛……！」

賈吉豎起平時下垂的眉毛說道，轉過身離開了，像在宣示自己心意已決。想必他事前已經跟傭人說好了，餐後的點心也只準備了三人份。

因薩伊失望地垂下肩膀，惋惜地看著愛孫消失在門後。

「唔……以前用這招都可以再拖兩天呢，這孩子也長大啦……」

這都是預謀的，沒有同情的餘地。不論面對劫爾冰冷的目光，還是利瑟爾的苦笑，因薩伊的鐵石心腸全都不為所動。

「（哎，原因倒是很清楚了。）」

因薩伊看向利瑟爾。愛孫待在家裡這段期間，開口閉口聊的都是這個男人。實際一看，這人遠比聽說的還要酷似貴族，就連把蛋糕送進口中的動作也充滿高雅氣質，臉上的微笑並無他意，沉穩和煦。

由於愛孫實在跟這人太親近，他心裡原有幾分警戒，現在看來只是不必要的擔心吧。歸根究柢，賈吉也絕不是往壞的方向轉變。

「喂，這給你。」

「難得人家端出來招待的耶。」

「這我就是不吃，有什麼辦法。」

說起轉變，劫爾也一樣吧，因薩伊望向那個把蛋糕硬推給利瑟爾的身影。

幾年前剛遇見這人的時候，完全無法想像那個「一刀」竟然會跟誰搭檔，而且還是自願陪在對方身邊同行，絕對不可能。

能影響周遭到這種地步的人物實屬罕見，他看著將兩塊蛋糕並排在眼前的利瑟爾。這時，利瑟爾忽然對上他的視線，放下了叉子。
「啊，這麼說來，我有一件事想拜託您。」
「啊？」
「能不能請您代為轉交這個？」
見他遞出一張對折成四等分的紙條，因薩伊伸手接過。打開一看，那是某處的地圖，上頭畫著一個大圓，以及錯綜複雜的線條。仔細審視後，因薩伊睜大了眼睛。
「這種東西，萬一流出去就不好了吧？」利瑟爾說。
「這……這不是馬凱德的地下通道嗎？」
大圓代表商業國的外圍，清楚描繪出來的線條是主要街道，複雜的細線則是地下通道。因薩伊確實知道這密道，它經過特殊隱蔽，並沒有公諸於世。
這地圖萬一流出去，問題可就嚴重了，畢竟藉由這些通道可以通往領主官邸，甚至不必經由城門即可出入商業國。
「轉交？你這……」
「請您轉交給沙德伯爵。因薩伊爺爺認識他吧？」
利瑟爾悠然微笑道，將一小塊蛋糕含入口中，因薩伊則狠狠瞪視他。唯有歷代領主、以及獲准與領主見面的商業國重鎮，才知道這地下通道的存在，就連知道內情的人員名單都嚴格保密。
「老夫甚至沒告訴過賈吉。」
「我想那孩子應該注意到了。」

從這說法，聽得出他不是從賈吉那邊打聽到的。儘管年事已高，因薩伊仍是活躍於一線的商人，那生意人特有的銳利眼光射向利瑟爾。

「請您別這樣瞪我，我拿到地圖也只是碰巧而已。」

但利瑟爾只是露出苦笑，不以為意。

「碰巧？」

「它就夾在我從拍賣會上標到的書裡。是一本相當老舊的書，地圖就像插畫一樣夾在裡頭。」

利瑟爾從腰包裡拿出一本書。

這本書籍擁有「世界最古老懸疑作品」之稱，封面已經磨損，幾乎看不清標題，不過還沒有劣化到難以閱讀的地步。

「紙片最適合藏在書裡，這是不變的規則呢。」

利瑟爾之所以注意到那是地下通道的地圖，只是因為他原本的身分使然。一旦有突發狀況，他必須利用密道逃生，因此看過幾條地下通道。

當然，在馬凱德觀光的時候，他也順道確認了一、兩個出入口的位置。假如無法確定地圖的內容，就不知道交由因薩伊處置是否恰當了。

「我之所以認為您認識伯爵，也是因為推測您家族歷代都從旁協助領主大人的關係。」

「哦？你倒是說說看理由啊。」

「書上寫的呀。」

利瑟爾又拿出一本書，儘管沒有為自己配上「鏘鏘」的音效，表情卻帶著幾分自豪。又來了，劫爾一手撐在頰邊心想，望著封面上那行《馬凱德興盛史》的字樣。

「據我所知，您的商會對於馬凱德的開發也有所貢獻。」

「小夥子，你身上為什麼帶著一堆書啊？就是這樣才不像冒險者啊。」

因薩伊真是看傻了眼，這一點劫爾也同意。「這是我的興趣耶……」利瑟爾話裡彷彿帶點賭氣意味，將剛取出的書本又收了回去。

「你的意思是，老夫的上一代協助過領主，所以老夫現在也一樣提供協助？」

「是的，絕不會錯。」

利瑟爾斷然說道，雙唇染上愉快的笑，輕輕瞇起眼，一字一句溫柔地開口。

「賈吉是非常重情重義的好孩子，既然能教育出這樣的孫子，您本人一定也不例外。」

「……哈哈哈！」

因薩伊聽了放聲大笑，好像一口氣吐出了胸中滿溢的歡喜之情。聽見那歡快的笑聲，賈吉也訝異地探出頭來。大概是判斷爺爺和客人聊開了，看見劫爾揮揮手趕他回去，賈吉也放下心來，回去繼續準備。

「呼……這還真是敗給你了。」

因薩伊說著舉起雙手，嘴角仍帶著笑意，一口將紅茶飲盡。

「怎麼，看你知道那傢伙的名字，你們見過面啦？」

「是的，伯爵請我們吃過晚飯。」

「還不是你硬要他請的。」

「哈哈！竟然讓那個沙德請客！」

對方再怎麼說也是領主，不過因薩伊竟然直呼其名，顯然有一定程度的交情。看他們的年紀，沙德伯爵對因薩伊來說也許像兒子一樣吧。

利瑟爾邊想邊吃完了第一塊蛋糕，伸手將第二塊蛋糕端到面前。他不像劫爾那樣排斥甜食。

「和你這種值得較勁的對手說說話，對那傢伙也是不錯的休息啦，這種事他其實也不討厭。」

利瑟爾和劫爾一聽，對於沙德的工作狂程度稍微有點同情，不禁心想，何必連休息的時候都在忙工作的事呢。

「好啦，這地圖老夫會確實轉交，你就放心吧。」

「麻煩您了。」

「也要轉告你的名字嗎，利瑟爾。」

「隨您的意思，只是伯爵聽了一定會板起臉來吧。」

「那可不行，老夫一定得記得把你的名字告訴他才行。」

早就知道了，這位爺爺個性可真好。賈吉在這位祖父的教育之下，竟然能長成這麼純真乖巧的孩子，實在令人不禁佩服。

「因薩伊爺爺。」

這就是所謂的負面教材嗎？利瑟爾想道，一邊觀望著對方的臉色開口。由於身高的關係，利瑟爾望著他的眼眸略呈仰望，因薩伊正摺起手中的地圖，見狀挑起了一邊眉毛。

「我還有一件事想拜託您。」

「搞什麼，裝什麼可愛。看你這副樣子挺適合的，老夫就幫你一把吧。」

「怎麼會，我都這個年紀……不，還是謝謝您。」

利瑟爾面露苦笑，接著忽然看向坐在身邊的劫爾。

「劫爾。」

「啊？」

劫爾原本將手肘撐在桌上，聽見他開口喚了一聲，便納悶地將臉靠了過去。利瑟爾以因薩伊聽不見的音量輕聲詢問，劫爾聽了緩緩點頭。基本上，劫爾對於利瑟爾的行動少有異議。

「什麼嘛，講悄悄話？」因薩伊年紀一大把了，還理所當然地對此表示不滿。利瑟爾取得了隊伍成員同意，在因薩伊面前從腰包裡拿出了什麼東西。

「哦，龍鱗……尺寸相當大啊，看這形狀是地底龍吧，很漂亮的翡翠色。」

「真是好眼力。」

利瑟爾擺在桌上的，是他們剛剛才在公會裡展示過的鱗片。幾片龍鱗並排在桌面上，在照進窗子的陽光下，反射著鈍重的光輝。

「這東西怎麼啦？」

「我想麻煩您收購這些鱗片，可以的話，能不能請您廣為宣傳，將它們轉賣出去？」

因薩伊拿起一片龍鱗，一面從各個角度仔細審視，一面尋思。他怎麼想都想不透利瑟爾這話的意思，尤其他看起來完全不像缺錢的人，更是令人費解。

「這是我們昨天在『水晶遺跡』取得的。」

「哦，有劫爾在嘛，老夫是不太意外啦……嗯？那邊的頭目是龍嗎？」

「隱藏房間的看守者。」劫爾說。

「哦？那邊還有隱藏房間沒被發現啊。」

聽劫爾這麼說，因薩伊點了幾次頭，深有感慨。

打從因薩伊出生的時候，「水晶遺跡」就已經存在了。普遍認為這是座已經徹底探勘完畢的古老迷宮，此時卻出現新的情報，還真令人熱血沸騰，因薩伊不禁感嘆。

「今天早上，我們剛到公會報告了這件事。」

聽了利瑟爾的話，因薩伊瞠大眼睛，接著露出意味深長的笑容。

「小子，你很清楚每一件事情會造成什麼影響嘛。」

不必等他說完，因薩伊已經理解了來龍去脈，利瑟爾見狀只是靜靜地微笑。

利瑟爾提交了這些情報，以及他是E階冒險者的消息，肯定一下子就會傳播開來。但是不論走到哪裡，總有些人無法坦然接受別人的成功。

反正想挑戰地底龍的人不多，撒謊也不容易敗露，一定是那個E階菜鳥為了騙取名譽才散佈這種假消息，還拿著不曉得哪裡買來的龍鱗四處炫耀……即使其中有人這麼判斷也不奇怪。

「你是要老夫把這些鱗片流入市場，宣傳那迷宮裡真的有地底龍吧？」

「能不能麻煩您幫這個忙呢？」

只要因薩伊出馬，不論宣傳效果或是說服力都無可挑剔。這消息不僅會在商人的圈子廣為流傳，想必還能確實傳入冒險者耳中。

「有人不相信情報，自己去找死，那是他們自己的事，就叫你不用管了。」劫爾說。

「但那個迷宮是知名的觀光景點吧？」

「能參觀迷宮內部的行程，老夫在其他地方也沒聽過。」

為了見識有如異界一般的迷宮美景，也有許多觀光客特地從外地來到商業國。萬一接連發生冒險者在這迷宮喪命的意外，再怎麼說都不太體面。

「你為馬凱德想到這個地步，聽了還真讓人高興。」

因薩伊笑著說道，從那表情可以看出他確實是位支撐著商業國的重要生意人。聽見如此為商業國著想的提案，他不可能拒絕，也不打算拒絕。看見對方的誠意，自應以誠意回報。

「你想做人情給那領主？」劫爾問。

「嗯……伯爵會覺得這是人情嗎？」

「哈哈，有什麼關係，既然幫了忙就該有好處嘛，不該白忙。」

見利瑟爾不置可否，因薩伊愉悅地笑了。他將手中的龍鱗放回利瑟爾面前，一一點著鱗片確認數量。

「嗯……要是能當作咱們打好交情的紀念，算個便宜價格，老夫會很高興的。」

「您想紀念的交情有多深厚呢？」

「小子可真精明啊。」

好戰的笑容牽動因薩伊的嘴角。利瑟爾這話的意思，等於是問他願意為自己付出到什麼地步。利瑟爾原本是拜託他幫忙的立場，這下子卻輕而易舉奪回了主導權。

那種熱血沸騰的心情，就像時隔許久再度坐上商場的談判桌一樣。商人魂覺醒的因薩伊看上去又更年輕了，整個人的氣質完全不像年邁的老者。

「不過，這次還是算了吧。」

對方的笑容中甚至帶點猙獰，利瑟爾卻放鬆了肩膀的力道這麼說。

「這次就以公道的價格轉讓給您。若非如此，宣傳就沒有說服力了。」

「哎，這倒也是。」

利瑟爾沉穩地說道，因薩伊聽了也乾脆地撤下了好戰的態度。

考量到這次的目的，還是別偏袒自家人比較好。原本意在解除眾人的疑慮，萬一又引發冒險者和商人私下勾結的疑雲，那可就不好了。

「那就早點來鑑定吧。賈吉啊！過來一下！」

「爺爺，我還差一點就準備好了……」

「賈吉，不好意思，稍微麻煩你一下。」

「好的！」

這種差別待遇。因薩伊發自內心感嘆。

賈吉快步走了過來，利瑟爾將意志消沉的老翁擺在一邊，拜託他鑑定龍鱗。「其中一片就送給你吧，充作鑑定費用，還有感謝你平時的照顧。」聽了利瑟爾這句話，賈吉不禁面無表情，不敢置信地多看了他一眼。

「咦，這些鱗片，是利瑟爾大哥你們……？」
「主要是劫爾。」
「有、有沒有受傷！」
賈吉擔心地說到一半，這時無意間對上劫爾的目光，心情也一下子冷靜下來。有劫爾陪在身邊，利瑟爾不可能受傷。對他來說，這是極為理所當然的事實。
「那個、要鑑定的，是這個吧？」
賈吉深深吸了一口氣，平靜自己的情緒，然後一片接著一片拿起龍鱗。
隨著鱗片的大小、形狀、色澤不同，他提出的金額也略有差異，不過每一片都有金幣以上的價值，在魔物鱗片當中屬於最高級的素材。這也是當然的。
「賈吉，謝謝你。」
「不會，那我回去準備囉。」
就快好了，賈吉這麼說完，靦腆地回到了裡頭的房間。
利瑟爾端起稍微冷卻的紅茶，俯視著那些估價後的鱗片。以一次戰鬥的戰果而言，它們的價值實在高得過分。一般而言，這些錢拿來重新添購壞掉的裝備就差不多了，但利瑟爾把劫爾當作冒險者的標準，對他來說，這完全是筆破格的收入。
「地底龍很好賺呢。」
「還真難得聽你談到錢。」
「會嗎？」
聽見他事不關己的語氣，劫爾帶著諷意一笑，開口問道。

「你的目標金額是多少？」
「咦？」
「就是這意思。」
看見利瑟爾偏著頭，彷彿不明白那問句的意思，劫爾帶著笑意瞇起眼睛。
這人明白物品價值多少錢，卻感受不到金錢本身的價值。對於利瑟爾而言，金錢只是一種手段，是應該用於達成目的、無須吝惜的東西。手上能動用的資金一多，能採取的行動也多；如果資金少，就改為採取其他手段，僅此而已。
利瑟爾沒有存錢的想法，如今卻不缺錢。考量到他背後有劫爾在，這也不是什麼不可思議的事。
「好啦，快拿去吧。」
在二人交談的時候，與龍鱗價值相當的金幣與銀幣已經放到桌上了。
利瑟爾道了謝，將整整齊齊堆放在托盤裡的錢幣拉了過來，推到劫爾那邊。劫爾隨手抓起一半，又將托盤推回給利瑟爾，態度理所當然，甚至連一個確認的眼神都不必。利瑟爾也對此毫不質疑，直接收下剩餘金額，看得因薩伊傻了眼，這兩個人還真是相配的隊友。
「久、久等了……！」
不知不覺間，賈吉做好了出發準備，回到了餐廳。
「哦，賈吉回來啦！」
「準備好了嗎？」

「是的！」

看來他準備得很趕，期間來來回回跑了好幾趟樓梯，氣息有點喘。利瑟爾招了招手，朝他遞出紅茶。

「早知道我們就去幫你的忙了。」

「沒關係的，別這麼說……！」

「反正一定是老頭像傻子一樣，塞了一堆東西要你帶走。」

「你這不是廢話嘛。」

因薩伊挺起胸膛。禮物的分量表示了爺爺的疼愛，賈吉對這份心意也很高興，正因如此，剛剛才勤快地將爺爺送的東西全都裝進馬車。

利瑟爾微微一笑，抬頭看向站在身旁的賈吉，他正喝著冷掉的紅茶，稍微喘了口氣。

「裡面也有之前說過的，沒辦法裝進空間魔法的道具嗎？」

「啊，有的！因為拿到便宜的進貨價格，忍不住就……」

「待會也讓我看看吧。」

別看賈吉露出這種軟綿綿的開心笑容，他也是獨當一面的商人了。雖然這一趟的目的是拜訪爺爺，但既然都到了商業國，他可不會空手而回。

「便宜的價格？」

「就是之前爺爺你說的呀，那家光論品質還不錯的店。」

「那家不是什麼守規矩的店吧。」

「對呀，進貨管道還滿遊走邊緣的……？不過也是多虧這樣，幾乎用原價就買到了喲。」
他露出內向、開心的笑容，是賈吉一如往常的笑臉。
但他卻能親赴身經百戰的商人因薩伊口中「不守規矩」、收購管道遊走法律邊緣的商店，找到品質無庸置疑的商品，而且在對方打算高價出售的前提下，還能以原價採購到手。看因薩伊那副心滿意足的笑容，想必就是這麼回事吧。
「賈吉很會做生意呢。」
「他態度還挺強硬的啊。」
「是該出手的時候不會客氣的孩子。」
利瑟爾和劫爾小聲說著，賈吉不明就裡地低頭看向他們。利瑟爾微笑說聲「沒什麼」，站起身來，劫爾也拿起靠在一旁的劍起身。
「怎麼，你們要走啦。」
「是的，謝謝您的款待。」
「爺爺，你也要保重哦。」
「好、好，你也別著涼啦！」
一看見賈吉，因薩伊的表情整個鬆懈下來，完全沒有大商人的氣魄，與方才拿出真本事的模樣真是天差地遠。
話雖如此，面對最愛的孫子，這也是沒辦法的事。利瑟爾他們走向門口，打算先到門外等候，以免打擾家人之間的談話。利瑟爾的手剛碰上門把，因薩伊卻叫住了他。
「老夫的孫子就拜託你了。」

因薩伊真摯地看著他說道，利瑟爾眼中也流露出幾分溫煦的笑意。

「您不必拜託，賈吉也已經是優秀的商人了，我們才要請他多多關照呢。」

「這點老夫倒是很清楚。」

因薩伊臉上浮現朝氣蓬勃的笑容，絲毫不見老態，但那確實是一位祖父放不下孫子的表情。聽見利瑟爾那句半開玩笑的話，因薩伊銜著他揚起無畏的一笑，十分符合他的性格。

「我才要謝謝您，事出突然，還願意答應我的請求。」

「你的請求都是為了馬凱德好，老夫可一點都不覺得厚臉皮。」

因薩伊帶著真摯的眼神，也朝利瑟爾微微點頭致謝。支撐著一整個都市走來的人物，果真不同凡響。利瑟爾這麼想道，最後微微一笑，便走出門外。

「你不再待一天嗎！可以再跟爺爺一起出去玩一趟啊！」

「就說我現在要回去了！」

關上的門扉另一頭，傳來清晰可聞的說話聲。劫爾聽了，喃喃啐了句「果然只是個普通的臭老頭」，嘆了一口大氣。利瑟爾看了覺得好笑。

由於出發時間較晚，離開馬凱德之後過了半天，茜色的天空便轉為靛藍的夜。利瑟爾一行人找了適合的地方停下馬車，照例享受賈吉親手烹調的豪華晚餐。

飯後，利瑟爾和劫爾坐在火堆旁，一手端著茶飲，看著賈吉手腳俐落地收拾餐桌。當然，賈吉拒絕讓他們幫忙。

「只要有空間魔法，採買進貨也很省事呢。」

「但東西還是變多啦。」

他看向馬車，車廂後門敞開，可以望見內部的情形。賈吉對利瑟爾他們是十足的體貼，不可能把車廂內的空間壓縮得太過狹小。出發前因薩伊塞了不少東西給他，雖然貨物只堆在車廂角落，多少還是佔據了一些空間。

「不曉得今天晚上你們兩個人還有沒有辦法並排著睡覺。」

「不、不好意思，都是爺爺他……！」

「我坐著睡，沒差。」

利瑟爾喝了口溫熱的紅茶，眼神裡多了幾分戲弄的笑意。

「你們緊緊貼著睡吧，比較有趣。」

「好啊，你把這傢伙的手臂當枕頭睡，老子就照辦。」

「咦……」

「咦?!」

劫爾嗤笑一聲，不以為意，但流彈全部都打到賈吉身上去了。賈吉嚇了一大跳，不斷來回打量二人，後來才注意到那只是玩笑話，難為情地別開目光。

實際上，馬車上的貨物也沒有那麼多，也許空間稍微窄了一些，不過想必與去程一樣，可以睡一頓好覺吧。

「今天也讓我先來，可以嗎？」

「嗯。」

看見賈吉那副模樣，利瑟爾有趣地笑了，接著便朝劫爾這麼問道。他說的是守夜的順序。

與第一次守夜時一樣，利瑟爾仍然自願率先輪值。至今一次也不曾遇襲，不曉得是驅逐魔物的道具發揮了效果，還是劫爾的野營地點挑得好。

「我買了很多新書，可以派上用場了。」

「好好戒備啊。」

「我會努力的。」

老實說，一開始他也曾經看書看得太過專注。不過利瑟爾基本上個性勤勉，每天在劫爾傳授訣竅之下，現在他也能邊讀書邊盡到看守職責了。

「所以，你也要好好睡覺哦。」

「我坐著也是能睡。」

「那種睡法沒辦法消除疲勞吧。」

「我知道。」

賈吉收拾完餐桌，便開始著手準備床鋪。他俐落地整頓好車廂內部，動作沒有半點冗贅。

劫爾喝完了紅茶，靈巧地將茶杯擺在椅子的扶手上，站起身來。身為冒險者，他明白趁著能休息的時候養精蓄銳有多重要，嘴上雖然說坐著也能睡，但他一點也沒有實踐的意思。

「晚安。」

「嗯。」

聽見利瑟爾那句睡前的招呼，劫爾隨口應了一聲，探頭望向幾乎準備完畢的車廂內部。厚實的墊子、柔軟的毛毯，此刻賈吉再擺上兩顆蓬鬆的枕頭。

枕頭之間的距離遠得露骨，簡直都要貼到左右兩側的牆邊，劫爾見狀，一邊將大劍靠在牆上一邊開口。

「只要老子跟這傢伙靠著肩膀睡，你就要枕在他手臂上睡喔？」

「這樣太不划算了，你至少要緊緊抱著賈吉睡吧。」

「咦……等等……不管哪一種我都沒辦法……！咦，二位不是認真的吧！不是吧！」

兩個幼稚大人看到賈吉介意，反而更想逗他，這下子又盡情戲弄了賈吉一番。

接著，收拾工作告一段落，在利瑟爾催促之下，賈吉也準備就寢了。他準備好一壺茶，放在小桌上，有點歉疚地道了聲「晚安」。果然是個為人盡心付出的人，利瑟爾面帶微笑，目送他離開。

二人入睡之後稍微過了一會兒，距離換班的時間還久。

利瑟爾低垂著視線，看著搖曳火光照耀下的書頁，伸手端起旁邊的茶杯。紅茶已經冷了，不過這溫度對於坐在火堆旁乾渴的喉嚨來說正好。

柴火劈劈啪啪爆出幾點火星。差不多該追加木柴了，利瑟爾闔上書本。

「……」

這時，他察覺些微不對勁。利瑟爾沒有停下手邊動作，照樣將手伸向木柴，一方面搜索這異常的感覺從何而來。

利瑟爾察覺不到劫爾所謂的氣息或殺氣，但是在貴族社會的薰陶之下，他對於氣氛的變化十分敏感。旁人對自己懷抱的是善意，還是敵意？對話的目的是卸下心防，或是正好相反？同為貴族，對方也善於掩藏情緒，利瑟爾卻能將之全數揭穿。

正因為利瑟爾有這層本領，才勉強得以察覺。空氣中有什麼改變了，只是不知道是什麼。

「（草木的動靜、來自死角的視線、腳步聲……）」

劫爾說過，探查周遭的時候以這些蛛絲馬跡確實存在為前提，更有機會察覺哪裡不對勁。

這裡偏離了道路，稍微深入森林，水源就在不遠處。視野不太好，不過營火周遭是一片開放的空地，一旦魔物現身馬上就能看見。在這塊空地的中心，利瑟爾將木柴拋進火焰之中。

然後悠然靠上椅背。這一瞬間，森林中傳來什麼東西摩擦的嘰嘎聲。

「……嗯？」

「鏗」的一聲，金屬相撞的聲響迴盪在林木之間。一方是森林深處飛來的箭矢，另一方卻不是利瑟爾剎那間喚出的魔銃，而是從馬車裡射出的小刀。

「你該不會沒睡吧？」

「有啦。」

他回過頭，正好看見劫爾邊將手臂穿進外衣袖子，邊走下馬車，一隻手握著出鞘的大劍。

「賈吉呢？」

「還在睡。」

「希望他睡得夠沉。」

利瑟爾苦笑，將飄浮空中的魔銃轉向箭矢射來的方向。

平時夜裡，馬車後方門板會開著一條縫，剛才劫爾已經將它關上。想必賈吉沒聽見這段對話，但隨著此後事態演變，難保他不會醒過來。

「就算醒了，他也不會出來。」

劫爾說得沒錯，即使真的被吵醒，賈吉也不會打開車廂門。他明白在戰鬥中自己幫不上忙，既然雇用了護衛，受人保護的一方也必須理解自己應該採取什麼行動。

「我不想嚇到他。」

「過度保護。」

嘰嘰……森林深處再度傳來細微的聲響，這次不止一道。

「用的是便宜的弓。」

「用弓箭的要不是人類就是哥布林吧。」

「是盜賊？」

「那就是前者了。」

二人壓低聲音交談，利瑟爾迅速藏身到劫爾背後。那一瞬間，箭矢伴著劃破空氣的聲響射來，劫爾劍影一閃，將之全數斬落。

下一秒，利瑟爾立刻朝著林間開槍。他從劫爾肩口探出臉，循著箭矢射來的方向，不偏不倚擊發了相同數量的子彈。四聲槍響，但只傳來三聲哀號。

「咦，一發打偏了？」

「不，方向沒錯……被他躲開了。」

「看來至少有一位高手，行動也相當有系統，不像普通夜盜。」

利瑟爾邊說邊將手掌轉向後方。原本朝向前方的魔銃跟著咻地轉了半圈，他未經瞄準便開了數槍。槍擊削破樹皮的同時，叫喊聲也跟著傳來：「喂，被發現了！」

「高手也不在了。」

這攻擊只是試探，經驗豐富的人物不會表現出任何反應。利瑟爾背對著劫爾，面向發出聲響衝出樹林的盜賊。

他們將二人團團包圍，一共十二個人，其中負傷的三個人是弓箭手。利瑟爾感受著背後稍微觸及的溫度，露出依然平靜的微笑。

「被當成犧牲品的心情如何？」

「講話很囂張嘛，小白臉。」

「以我們的立場，是希望你們撤退比較好。」

「哈，求饒啊？想得美，要是在這裡放過你，我們就沒命啦。」

在這些盜賊看來，利瑟爾真是值得劫掠的絕佳肥羊。馬車裡不曉得堆著多少金銀財寶，綁起來當人質、跟他顯貴的家族勒索錢財也好，盜賊們利慾薰心，只想著用盡一切手段從這人身上榨取錢財。

正因如此，他們舉著武器奸笑，無從注意到自己即將到來的破滅。

「看來交涉決裂了呢。」

那微笑是他們進攻的信號，盜賊們一齊襲向二人，宛如解除了「等待」號令的猛獸。

「要怪就怪自己被我們『佛剋瀷盜賊團』盯上吧！」

「你們的首領該不會就叫佛剋瀷吧？」

持弓的盜賊搭箭上弦，但利瑟爾的魔銃搶先一步射穿了對方。一個男人竄到他眼前，狂吼著揮劍劈砍而來，背後的劫爾頭也不回便一劍取了他性命。

「小聲點。」

利瑟爾輕聲低語，看也不看倒地的男人一眼，卻瞬間瞄向馬車。賈吉肯定被吵醒了。

「別分神。」

「不好意思。」

劫爾理應看不見背後才對，這句話卻有如看透一切，利瑟爾回以一個苦笑。下一瞬間，背後傳來劍影劃破空氣的聲音，其中感受不到一點武器的重量，卻矛盾地響起幾聲沉重的聲響，是什麼東西掉到地上的聲音。

冒險者應該專精於應付魔物，這人卻在跟真人對戰時發揮真本領，還真古怪。利瑟爾好笑地瞇起眼睛，佩服地嘆了口氣，射殺了眼前企圖逃亡的盜賊。

「真不留情。」

「你才沒資格說我。」

二人的玩笑之後，喧囂戛然而止。

「即使放過他們，結果也一樣吧。」

「是啊。」

他們的領導者察覺形勢不利就立刻撤退，這才是明智的決定。既然這群盜賊見狀仍然執著於獵物，他們不可能老實逃跑。

所以即便二人在此放過對方，這群盜賊也不會放棄報復。考量到今後的旅途，在這裡收拾他們才是這次護衛委託的正確決策，這是利瑟爾他們的判斷。

「該移動到別處了。」

劫爾邊說邊收劍入鞘，忽然看向利瑟爾。

「移動交給我來，你上車吧。」

「離換班的時間還久哦。」

「我是叫你儘管去安慰那傢伙。」

少明知故問了，劫爾話中滿是無奈。利瑟爾聽了粲然一笑，道了聲謝，拜託他負責善後。劫爾走到一旁去牽馬，利瑟爾則邁開優閒的步伐走向馬車。

他將落到頰邊的頭髮撥到耳後，望向火堆，熊熊燃燒的柴火便隨著一陣水聲陷入靜默。利瑟爾若有所思地垂下眼簾，一陣清風便裹住了他的身體。

暗夜會藏起現場的慘狀，而最上級素材打造的裝備，只消風一吹便能帶走血腥氣味。

利瑟爾打開門板，脫下鞋子坐上馬車。天亮之前，他應該不會再離開車廂了。

「賈吉。」

利瑟爾輕聲喚他，像說床邊故事那樣溫柔。賈吉顫抖的身子裹在毛毯裡，背脊抵著牆板，整個人縮在車廂角落。

「我們移動一下馬車哦。」

利瑟爾在他面前跪下，湊過臉龐，對上賈吉的視線，那雙噙滿淚水的眼瞳緩緩看向利瑟爾。

「對不起，沒能防患於未然，嚇到你了吧？」

利瑟爾徐徐抬起摘下手套的手，想拭去他即將奪眶而出的淚水。如果賈吉露出怯色，那隻手一定會立刻收回去吧，不著痕跡，甚至不帶給他任何一點罪惡感。

「不是的……」

正因如此，賈吉才匆匆握住那隻伸來的手。

「才不是那樣……」

看見賈吉皺起一張臉，利瑟爾像在鼓勵他吐露心聲似地偏了偏頭，微微一笑，回握那雙包覆住自己手掌的大手。

「你平安無事、太好了……！」

浸在淚水中顫抖的嗓音和眼眸，筆直轉向利瑟爾。

賈吉並不是不信任他們，他恐怕壓根沒想過利瑟爾他們會打輸。但是，面對懷著殺意、直逼而來的盜匪，感到害怕是理所當然，而擔心利瑟爾他們受傷也是出於他的溫柔。

「沒事的，我和劫爾都平安。」

利瑟爾對此欣然微笑，沒被握住的那隻手撫過他滲著淚水的眼角。那些在下眼瞼打轉的淚水，終於按捺不住地落下，利瑟爾輕撫他的臉頰以示安慰。

「你有好好躲起來呢。」

「嗯……」

「好孩子。」

那隻手伸進他柔軟的頭髮，輕輕拍著頭緩和他的情緒。賈吉吸著鼻子挨了過來，把額頭抵在利瑟爾肩膀上，拂過頸項的頭髮，搔得利瑟爾有點癢。

利瑟爾輕笑出聲，撫摸柔軟頭髮的那隻手掌滑到他的後腦勺。賈吉緊緊握著他的手不曾放開，那雙手現在仍然微微顫抖。

「睡得著嗎？」

「……沒……辦法……」

賈吉搖搖頭。畢竟他的心跳仍然那麼劇烈，這也是當然。不過埋在自己肩口的額頭十分溫暖，應該不是沒有睡意。

利瑟爾如此想道，手掌緩緩滑過他蜷縮成小小一團的寬廣背脊，在心臟後方的位置停了下來，回握住賈吉的手。

「沒事了。」

「嗯……」

「握著我的手沒關係。」

利瑟爾輕聲低語，傳到掌中的心音慢慢平緩了下來。賈吉慢慢抬起頭，利瑟爾回以一個微笑，將掉落地上的毛毯拉到身旁。

在他溫柔的催促下，賈吉這次也乖乖躺了下來。利瑟爾朝著他仍然動搖的眼瞳露出微笑，伸手蓋住那雙眼睛，輕顫的睫毛拂過掌心，感覺有點癢。

「閉上眼睛，好好睡吧。」

利瑟爾暫時維持這個姿勢，等了一會兒，直到確認賈吉發出沉睡的鼻息，才悄悄放開遮住他眼睛的手。也許稱不上安眠，但看來確實是睡著了。

他將毛毯拉到賈吉肩上蓋好。馬車忽然隨著些微震動停了下來，不過賈吉沒有醒來。

「……睡著了？」

馬車的門扉悄悄打開，月光照進車廂，劫爾探進臉來。

「不好意思，之後就拜託你了。」

「好了，你也睡吧。」

利瑟爾接受了這份好意，也緩緩躺下身來。

看見他只用一隻手靈巧地蓋上毛毯，劫爾無奈地嘆了口氣。他絲毫無意放開那隻被賈吉握住的手，看了實在讓人覺得利瑟爾太寵他了。

不難想像，隔天早上他會看見賈吉一副羞恥到想死的模樣，邊看邊心想「這也難怪」。

史塔德時常負責新手登記櫃臺有幾個原因。

第一，他是王都帕魯特達冒險者公會裡最難應付的職員，讓新手先接觸他，可以強迫他們習慣這個人，一方面又能徹底摧折冒險者瞧不起公會職員的反抗心態。

另一個原因，單純只是因為史塔德工作能力優秀，一無所知的新人提出再怎麼唐突的疑問，他也能對答如流。新手登記的工作一天沒有幾件，空餘時間他也能臨機應變執行其他業務。

「公會的說明到此為止，有問題請提出。」

史塔德正一如往常，淡漠地應對眼前這位新手冒險者。他本人完全沒有那個意思，不過絲毫不帶感情、「絕對零度」的態度，確實常令旁人畏懼三分。

此刻也一樣，在人來人往的公會當中，一位新手冒險者正接受他筆直的視線洗禮，臉頰大力抽搐。但是，聽說史塔德最近也有點不一樣了。

「呃，沒……」

新手冒險者這麼回答完，忽然覺得不太對勁。

總覺得那個人鎖定在自己身上的視線好像移開了。無論一旁發生亂鬥、還是掀起喧鬧的笑聲，那視線本來都無動於衷，一直盯著這裡看的。

畢竟只是非常短暫的一瞬間，是不是自己搞錯了？新手帶著疑問，看向那雙再度轉向自己的、玻璃珠一般的眼瞳，這時——

「沒有吧？」

「啊……？」

「有問題就快說。沒有問題吧？」

冷淡平板的聲音帶著一股壓力襲來，對於在這所公會登記的冒險者來說，這都是必經之道，沒有人會嘲笑那位啞口無言、只能點頭的新手。

帶他入行的那位現役冒險者，懷著幾分同情把手放到他肩上。他是在其他國家的公會登記的，不過有一次曾經在王都的冒險者公會跟職員槓上，因此接受過史塔德的洗禮。

「喂，好好跟他說清楚吧。」

在他的催促之下，新手冒險者下定決心，豎起眉毛。

「沒有!!」

「那麼公會的說明就到此為止，辛苦了。」

史塔德以公事公辦、不帶感情的聲音說完這句話，便站起身來。

在新手冒險者愣愣仰望著他的目光之中，史塔德目不斜視地走向委託窗口，坐到空著的那個位置上，準備迎接某位冒險者。

「你回來的時間比原本預計的還要早。」

「因為旅途順利呀。我們回來了，史塔德。」

史塔德理所當然接受了那隻溫柔撫摸他頭髮的手，看見這一幕，新手冒險者差點從椅子上摔下去，勉強憑著前輩那句「你不用多久就會習慣了」的建言撐住了。

「佛剋淺盜賊團嗎，名字很蠢但最近常常聽到。」
「與其說是蠢，不如說……不，沒什麼。」
利瑟爾一詢問盜賊團的事，史塔德便領略了事情原委，他開口說出下一句話的語氣，就像提議晚餐吃什麼一樣輕鬆乾脆。
「你被襲擊了嗎。我知道了，動用公會的全副武力殲滅他們吧。」
「沒關係的，襲擊過來的盜賊我們已經解決了。」
史塔德依舊面無表情，卻醞釀出一股不服氣的氛圍，利瑟爾見狀面露苦笑。看向史塔德背後，一位公會職員正帶著決死的表情比出一個大叉。
既然史塔德都這麼說了，那一定辦得到，但這麼做會造成公會重大負擔也是事實。鎮壓盜賊畢竟不屬於公會的業務範疇，利瑟爾委婉地勸阻他。
「盜賊該由國家負責吧。」劫爾說。
「憲兵嗎？」
「真要說起來應該是騎士。」
憲兵負責廣泛的治安維持工作，騎士專職對人，冒險者則專職對付魔物。聽了劫爾簡略的說明，利瑟爾點了點頭。原來如此，看來這裡的體制與自己出生成長的國家有些許不同。
「話雖如此，騎士的本職是守護吧？」
在王都生活的這段期間，利瑟爾聽聞了各式各樣的情報。

依他所見，這個國家的憲兵相當優秀，也深受人民信賴。利瑟爾沒有親眼見過騎士，不過他們也同樣受到人民敬重。既然連他們都難以應付，那夥盜賊想必十分狡猾。

「對方懂得判斷撤退時機，也善於出其不意，對騎士來說應該特別棘手吧。」

「確實是聽說過怎麼查都查不出他們的據點位置。」史塔德說。

「一定是移動式的據點吧。不對，說不定沒有特定的據點呢。」

「還真謹慎，不像普通盜賊。」劫爾說。

自稱「佛剋逷盜賊團」的那群盜賊，據說活動地點相當廣泛。

他們主要在帕魯特達爾近郊劫掠（「帕魯特達」原本是國名，由於現在一般用於稱呼王都，因此以「帕魯特達爾」指稱國土全域），神出鬼沒，民眾聞之喪膽。

「既然能準備那麼多用過就丟的嘍囉，情報也不會輕易洩漏吧。」劫爾說。

「他們看起來確實是什麼都不知道的樣子。」

利瑟爾他們回想著來襲的盜賊，和氣地閒聊。

在這打發時間的閒談之中，史塔德雖然也加入對話，但因為護衛委託的結案手續比起一般委託更花時間，他手邊的動作一刻也沒有停過。

「反正我們暫時不打算出遠門，也不會再跟那群盜賊扯上關係了吧。」

「你累了？」

「也不是這麼說。」

二人聊著聊著，忽然看見史塔德的動作停了下來。他眼前的魔道具上頭，正映著從利瑟爾的公會卡上讀取的資訊。

「嗯？有什麼不尋常的地方嗎？」

「沒有，只是在想既然打倒了地底龍，你應該可以升階了。」

「雖然這麼說，不過幾乎都是劫爾一個人打倒的耶。」

「只要對於打倒該魔物做出足夠的貢獻，就會計算在討伐數當中。」

說起自己的貢獻，大部分也只是在討伐地底龍的途中從旁協助，立了一些小功而已。還真沒面子，利瑟爾苦笑。不過，既然公會卡上面有這筆紀錄，那就是不爭的事實了吧。這些機制可是集結了最先端的魔法技術，還有「迷宮就是這樣沒辦法」的原理，要是對它存疑，可就當不成冒險者了。

「（這傢伙在奇怪的地方還真有冒險者的樣子……）」

彷彿看透他內心的想法似的，劫爾無奈地朝他望去，不過利瑟爾毫不知情。

史塔德看見「地底龍」這串文字仍然無動於衷，周遭聽見這段對話的冒險者則正好相反，紛紛多看了他一眼。利瑟爾一點也不介意，逕自詢問史塔德：

「這麼快就升上去沒關係嗎？」

「既然能夠討伐地底龍，我認為沒有問題，尤其你完成的委託也沒有偏向特定類型。」

提升階級，可不是盲目完成委託那麼簡單。

假如接取的全都是討伐委託，公會會認為這位冒險者沒有完成多樣委託的能力；反過來說，縱使廣泛接受各類委託，一旦公會判斷該冒險者無法應付高一個階級的魔物，也一樣無法升階。

「你自己一個人的時候會接些奇怪的委託吧。」

「老實說幫忙完成沒人想接的委託，公會對你的印象也會比較好。」

「咦？」

奇怪的委託、沒人想接的委託，利瑟爾完全沒印象。這說的是哪個委託呢？儘管納悶，但因為結果良好，所以最後他也沒有多想。

「說得也是，假如滿足了升階條件，那當然好。」

「我知道了，立刻為你辦理升階手續。」

利瑟爾微微一笑，史塔德又繼續開始動作。

「D嗎。」

他正看著史塔德忙碌的時候，劫爾忽然低頭看了過來。利瑟爾眼中蘊著幾分笑意回望，似乎有點高興。

「很順利呢。」

「到D階都是這樣。」

「C階就很難升上去了？」

「你沒問題吧。」

升上階級D以前，基本上沒有冒險者會陷入困境。到了C階以後，階級才會開始難以提升，也有不少冒險者停滯在D階，遲遲升不上C。階級B以下僅憑公會職員的判斷即可升階，再高的階級，就必須取得公會長層級的許可了。

「B也是嗎？」

「哈，還早呢。」

利瑟爾惡作劇似地問道，劫爾也撇嘴笑著回了一句。既然劫爾說沒問題，那肯定沒問題；如果說B階還早，就代表遲早有機會吧。利瑟爾領會了話中含意，覺得很有趣似地笑了開來。

「升階的時候，冒險者會喝酒慶祝吧？」

「只是有個名目而已，跟平常喝酒沒什麼差別。」

「不過，機會難得嘛。今天可以跟你去嗎？」

你今天會去喝酒吧？利瑟爾問道，劫爾微微蹙起眉頭。去喝酒是沒什麼問題，反正不礙事，只要找間安靜的店，他也不討厭到外面喝酒。「但是……」他開口。

「你不能喝吧。」

「是不能喝，只是享受一下氣氛而已。」

明明滴酒不沾，卻想做些冒險者會做的事情。

「畢竟難得組了隊伍嘛。」既然利瑟爾都這麼說了，他也沒有理由拒絕。劫爾基本上偏好獨飲，不過偶爾聽著柔和的說話聲下酒也不壞。

他呼出一小口氣，嚥下喉頭那句「你就算跑去做那種事看起來也不像冒險者」的心聲。劫爾也是有良心的。

「手續辦好了。」

「啊，謝謝你。」

在他們交談的同時，升階手續也完成了。利瑟爾接過史塔德遞出的公會卡，正凝神打量換了個顏色的卡片。這時——

「能不能讓我加入隊伍呀！」

忽然有人向他們搭話。這句話顯然是對著他們說的，利瑟爾和劫爾望向聲音的方向，只見一名青年站在那裡，臉上掛著討人喜歡的笑容。

一開始映入眼簾的，是鮮豔的紅色。他紅色的長髮紮成一束，像條蛇一樣在身後擺動。另一個醒目的特徵，則是他一邊臉頰上長著幾枚堅硬的鱗片。

「你指的是我們的隊伍？」

「當然！」

青年燦爛地笑，一雙眼尾修長的眼睛瞇得更細了。

他的體態輕盈精瘦，不過一看就知道確實經過鍛鍊。利瑟爾無法分辨刀劍的好壞，但看得出他繫在腰際的那兩把短劍有長年使用的痕跡。

利瑟爾瞥了劫爾一眼，乍看之下他只是擺出一副嫌麻煩的態度，望著青年的眼光卻滿是狐疑。以現在的狀況而言，這也是當然的反應，利瑟爾想道，一如往常沉穩地看向那位青年。

「自我介紹，還有加入動機，請說。」

「我叫伊雷文，冒險者階級是獨行C，優點是抗毒性強、個性老實！缺點是早上起不來還有怕冷，動機是想要加入有辦法打倒地底龍的隊伍！」

青年露出純真的笑容，朝氣十足地答道，利瑟爾聽了也微微一笑。

「優點和加入動機矛盾了，請再接再厲。」

「我會再來的！」

聽見利瑟爾的結論，他的笑容卻毫不褪色，乾脆地背過身去，邁著輕快的步伐走出公會。那模樣一點也不像受到打擊，反而看起來心情不錯。

利瑟爾目送那頭鮮艷的紅髮離開公會，有趣地笑了出來。

「是個各種意義上很有魅力的孩子呢。氣質與眾不同，該說是獨特的氣場嗎？」

「不要隨便搭理那種麻煩人物。」

「我只是有點在意。」

誰也不知道利瑟爾在意什麼。

但劫爾只是擺出一副不悅的表情，不再追問。假如伊雷文是自己難以匹敵的強者，那自然另當別論。不過事實並非如此，利瑟爾愛怎麼做就隨他高興。

「所以呢？聽起來很假，所以你才拒絕了？」

「不，那大概是他自我表現的方式，表示他雖然老實，不過有好處的時候也不吝於撒謊。」

「那就不叫老實了吧。」

聽見劫爾無奈地這麼說，利瑟爾也點頭表示有道理，接著低頭看向對話遭人打斷、正一臉不快的史塔德。利瑟爾伸出手，勸慰似地撫摸他的頭髮，便看見面無表情的史塔德背後彷彿飛出了小花。

「史塔德，那個人是？」

「差不多就像他自己說的那樣。確實擁有獨行C的實力，但不是積極接受委託的類

型。」

「是獸人吧，蛇族獸人嗎？抗毒性強和怕冷，都是種族特性吧。」

「大概吧，這一帶幾乎沒見過。」

「本公會以前好像出現過一位蛇族獸人的前例。」

對於利瑟爾而言，獸人當然也是熟悉的存在，不過他從來沒見過蛇族。在原本的國家也一樣，不曉得是那一邊的世界沒有蛇族獸人，還是自己剛好沒遇見而已。蛇族獸人的特徵，也是他在這邊的書裡讀到的。

附帶一提，外貌表現出多少獸人特徵完全因人而異，不過在獸人心目中，獸的特徵越明顯就越值得高興。假如問為什麼，他們只會回答「反正就是這樣」。

「你打算讓他加入隊伍嗎？」

史塔德忽然抬頭問利瑟爾，他聽了眨了眨眼睛。

「嗯……有點困難。」

什麼意思？劫爾和史塔德的視線都集中到他身上，不過利瑟爾沒再多說。

既然利瑟爾沒說什麼，應該不是什麼重要的事吧。史塔德下了這個結論，暗自鬆了一口氣，接著筆直看向利瑟爾。

「今晚要去喝酒的話，方便讓我一起去嗎？」

「當然好呀。」

那眼神依然不帶感情，卻蘊著些微的懇求。利瑟爾微笑著點了點頭，接著望向劫爾，徵求事後同意，只見他微蹙著眉點了頭。

「沒想到竟然有跟你這小子喝酒的一天。」
「我到現在也沒那個意思。」
劫爾對自己的改變有所自覺，史塔德則沒有察覺，也不想察覺。雖然劫爾的反應有點一言難盡，史塔德則態度冷淡，但利瑟爾毫不在意，反正他們二人並不是討厭彼此。
「我們過來接你吧，幾點方便呢？」
「七點鐘響的時候我會把事情全部處理完畢。」
從這斬釘截鐵的語氣，聽得出史塔德是來真的。
「那我們到時候再過來。」
利瑟爾準備離開，揮了揮手為他加油。史塔德也微微舉起手，由於從來沒揮過手，於是又直接放了下來。
看見那副模樣，利瑟爾有趣地笑了開來。那就好，史塔德看著那笑容心想，繼續著手開始工作。

氣氛有如酒吧的那間熟悉酒館裡，四人圍著一張圓桌，利瑟爾、劫爾、史塔德，最後是賈吉在桌邊坐下。
二人去接史塔德的時候，偶然遇見賈吉來繳交護衛委託報酬，難得有這個機會，便邀請他一道同行。賈吉欣然點頭，跟著他們來到了這間酒館。
「今天是慶祝我升階，讓我請客吧。」
「為什麼是你請啊……」

「嗯？」

貴族發生值得慶祝的事總是講究排場，設宴招待賓客，在貴族社會當然是由主辦人出資，但利瑟爾的發言在這場合卻顯得牛頭不對馬嘴。

他一瞬間感到疑惑，隨即意會過來，點了點頭，這麼說來習慣確實不同。

「總之，今天我請客，大家儘管吃吧。」

「那個、讓我來……」

「我來出錢，蠢材請把嘴巴閉上。」

「為什麼對我這麼兇……！」

賈吉擁有自己的商店，有時候就連貴族都是他的客戶。史塔德在冒險者公會可是僅次於公會長的優秀職員，位居實質副手地位。說起後者，更是對任何散財的活動都興味索然，薪水只會越存越多。

若是為了幫利瑟爾慶祝，他們不可能吝惜這點小錢，看見二人搶著請客的模樣，利瑟爾微笑遞出菜單。

「我可不打算讓晚輩請客哦。要點什麼好呢？來。」

眼見利瑟爾親自遞來菜單，二人暫且停止了爭執。既然利瑟爾直說不讓晚輩請客，可不能硬是堅持己見讓他沒面子，他們於是乖乖讓步了。

「先給我上個麥酒，淡的。」

「啊……那……我也點個棕色麥酒。」

「隨便來個不甜的好酒。」

「你們都能喝酒呢。啊，我點個薩拉托加。」

看見三人習以為常地點單，利瑟爾佩服之餘，也像平常一樣點了無酒精的調酒。利瑟爾時不時會到這家酒館來，他不喝酒，只用完餐就回去，老闆卻從來不會對他擺臉色。老闆今天也站在吧檯內，聽著他們點餐默默點頭，他擁有一流的調酒手腕，能夠完美滿足史塔德含糊的要求。

「利瑟爾大哥，原來你不喝酒呀，有點意外。」

劫爾和史塔德在一旁隨意點了些吃的，賈吉則一臉意外地看著利瑟爾。利瑟爾擔任馬車護衛的時候也滴酒不沾，他原以為是委託中不方便喝酒的緣故。

「葡萄酒之類的，利瑟爾大哥喝起來應該很適合耶。」

「這就是體質問題了……我只喝一口就會醉了。」

「順道請教一下，喝醉了會怎麼樣呀？」

「可惜我完全沒有印象。」

聽見賈吉戰戰兢兢問道，利瑟爾惋惜地垂下眉毛，面露苦笑。

「不過，以前的學生叫我最好別喝，我想醉態應該不怎麼好看。」

真是丟臉，利瑟爾嘴上這麼說，態度卻一點也不難為情。他第一次喝醉，是在自家發生的事。

喝醉酒失去記憶這種事，在口頭約定也不能馬虎的貴族社會可是大忌，從此以後他便克制自己不再碰酒。

「當時是父親跟我一起喝酒，他倒是笑著說我沒做出什麼奇怪的事情。」

「那你到底是做了什麼？」劫爾問。
「他不肯告訴我。」
父親是個觀感獨特的人，利瑟爾不太相信他的話，因此仍然下定決心禁酒。
「你跟那位以前的學生一起喝過酒？」史塔德問。
「是的，那是第二次。」
禁酒的利瑟爾再度碰了酒，是他效忠的國王不由分說要求他喝的時候。當時那人尚未登基為王，但無論如何，利瑟爾不可能拒絕他。
這位國王也一樣，不肯告訴隔天酒醒的利瑟爾前一天發生了什麼事。不過，國王帶著意味深長的笑容透露了唯一一道線索，利瑟爾還記得一清二楚。
「據他所說，跟平常完全相反。」
也就是說……劫爾他們各自開口。
「變得很飢渴？（畢竟平常一臉性慾全無的樣子）」
「態度變得很冷淡……之類的……？（因為平常非常溫柔）」
「變得會跟人撒嬌？（因為平常很疼我）」
「今天改由劫爾請客，賈吉和史塔德別客氣，儘管吃。」
失策，劫爾皺起眉頭，滿臉不悅地咋舌，利瑟爾則粲然一笑。自己失憶期間染指了別人家的千金之類，這種醜態他一點也不願去想。劫爾大概也知道自己理虧，沒再表達不滿。
「我想吃點有飽足感的東西。」

「但是……也要點些下酒菜……」

「喂。」

只不過請客的人從利瑟爾換成劫爾的瞬間，兩個晚輩就接二連三開始點起菜來，這他還是得抗議一句。兩個男生都餓了，他也不是不明白，但這些小子不久前的客氣都到哪去了？

賈吉頻頻偷瞄劫爾的臉色，史塔德則光明正大物色菜單，在二人接連提議追加餐點的說話聲當中，老闆單手端著托盤來到桌邊。

「這種時候會乾杯吧？」

「你想試的話沒差啊。」

「好呀，難得升階了，請讓我們為你慶祝一下！」

老闆分別將玻璃杯擺到四人面前，史塔德端起玻璃杯，率先開口。

「恭喜你升階。」

「史塔德……應該更那個……該怎麼說……」

這敬酒詞真是淡漠到了極點。話雖如此，這間酒館也不適合太過嘈雜的氛圍。

既然利瑟爾本人也心滿意足地端起玻璃杯，「鏗」一聲碰響史塔德的杯子，那應該無妨吧。劫爾和賈吉也心想「那就好」，一起湊過杯子，反正在場所有人為利瑟爾慶祝的心情都是真誠的。

「那種喝法讓我有點嚮往。」

「是嗎。」史塔德應道。

劫爾以一口飲盡的氣勢仰頭灌下，賈吉也令人意想不到，咕嘟咕嘟一口氣將酒嚥下喉嚨。喝得真豪氣，利瑟爾望著二人心想。史塔德則瞥了他一眼，也緩緩將杯子湊到嘴邊啜了一口，隨後直盯著自己的玻璃杯瞧。

「真好喝。」

「太好了。老闆，店裡可能會多一位常客哦。」

「……這樣啊。」

利瑟爾朝著正巧端來餐點的老闆這麼說，只見他依舊沉默寡言地點點頭。態度雖然冷淡，從嘴角那抹淺淺的笑意可以窺見他真正的心情。

四人邊填飽肚子邊閒聊了一陣，話題轉移到剛結束的護衛任務上。

「這次的護衛委託如何？以這蠢材的個性，我想旅途應該比其他委託人舒適才對。」

「又叫我蠢材……」

「難道你敢說自己一路上完全沒給人家添麻煩？」

「嗚。」

賈吉不禁無言以對，史塔德冷淡的視線直勾勾往他刺去。利瑟爾面露苦笑，搖了搖自己的玻璃杯否認，杯中響起冰塊碰撞的清脆聲響。

「反而是我們一路上受他照顧呢。」

「名副其實的照顧。」

待遇好得就連劫爾也忍不住無奈地同意。

「那果然不是普通的待遇呢。」

「你怎麼可能覺得那是普通待遇……」
「只是確認一下嘛，確認。」
在利瑟爾原本所在的環境，這確實不足為奇。不過他事前也從劫爾口中聽說過一般護衛委託的情形，看得出賈吉的款待是破格的無微不至。
「因為是要拜託利瑟爾大哥呀，我想說做到這點程度是基本的……」
「那是當然。」
看見賈吉一臉害羞，劫爾不禁心想這不是該害羞的時候，眼見史塔德板著臉同意，利瑟爾也愣愣地眨了眨眼睛。我明明是個E階冒險者，為什麼？可惜利瑟爾的這個疑問沒有人瞭解。
事實上，劫爾覺得受不了，也只是出於「不是不懂你的心情，但做得太過火了」這一點而已，壓根沒考慮過什麼冒險者身分。
「試著接受一次其他人的護衛委託，感覺也不錯呢。」
「這冒險者還真讓委託人費心。」
劫爾壞心眼地一笑。利瑟爾刻意擺出賭氣的樣子，啜飲調酒潤了潤喉嚨。辛辣爽口的滋味比先前喝過的更加順口，也許是數度光臨之下老闆記住了自己的喜好，這麼想來總有點高興。
「其他人的護衛委託，聽說會被當成貨物一樣，硬塞到狹窄的空間……」
賈吉戰戰兢兢看向利瑟爾，語重心長地喃喃說道。
「既然自願接了委託，我想應該不算是硬塞吧。」

「不行！怎麼可以、讓利瑟爾大哥……受到那種待遇……！」

賈吉砰地一聲將玻璃杯擺到桌上，不曉得想像了什麼畫面，一邊顫抖一邊激動地說。看見他的酒杯空了，利瑟爾又幫他點了一杯。

他也想過賈吉這模樣不知道是不是醉了，不過要是酒量不好，賈吉會直接推辭。雖然多少藉助了酒力，這仍是賈吉如假包換的真心話。

「沒問題的。而且你想想看，也要接受各式各樣的委託才能提升階級呀。」

「我也反對。」

史塔德冒出一句驚人之語。

「想累積委託數量的話，這個蠢材可以一直過來提出委託，請你接他的。」

「真不像公會職員說的話。」劫爾說。

「只要足以讓其他人信服就夠了，說到底你也是幾乎靠著討伐委託升上B的特殊案例。」

既然階級沒有固定標準，由公會職員判斷，這種情況也是有可能出現的吧。換作是自己可沒有辦法，利瑟爾心想，佩服地望向劫爾，後者卻擺出一副不悅的表情。

「只要利瑟爾大哥有需要，不管多少次我都可以提出委託……！」

「沒關係的，你們先冷靜一下吧。來，包心菜捲來了喲。」

利瑟爾一遞過盤子，二人便默默吃了起來，好乖。

劫爾嘆了口氣，加點新酒，老闆過來收拾了桌上的空杯。劫爾逐漸開始整瓶整瓶地點，兩位年輕人在他的刺激之下，也接連喝乾了杯中的酒。

一部分是因為每次酒杯空了，利瑟爾總會開心地為他們斟酒，另一方面則是因為他們很久沒喝了，這次十分盡興的關係。幾杯麥酒下肚，賈吉又點了葡萄酒，興致正酣的時候，那雙微醺的臉頰忽然染上軟綿綿的笑容。

「對了，我有事情要跟史塔德炫耀。」

「你愛炫耀干我什麼事？」

史塔德的臉色一如往常，語氣也完全沒變。沒想到兩個人都很能喝呢，利瑟爾和劫爾雙雙觀察著二人的神態。依賈吉給人的印象，原以為他三兩下就會醉得一塌糊塗，但他此刻只是多少有點醉意，完全看不出醉倒的跡象。

「我睡在利瑟爾大哥旁邊，還看過他的睡臉哦……很羨慕吧？」

自己忽然成為話題，利瑟爾眨了眨眼望向賈吉，總覺得他看起來有幾分得意。自己的睡臉有什麼好看的呢，利瑟爾邊想邊觀望史塔德的反應。畢竟是護衛委託，賈吉說的都是理所當然，原以為史塔德會嗤之以鼻，沒想到他完全猜錯了。

一道閃電「轟隆」打在面無表情的史塔德背後，他們三人確實看見了。

「旁邊是多近的旁邊說清楚啊蠢材。」

「回程空間比較窄一點，那個……因為發生了一些事情，利瑟爾大哥還握著我的手哦。」

兩個人都不是小朋友的年紀了，更別說這還是男人之間的對話，聽來特別有趣。被當成話題的利瑟爾已經採取守望態度，臉上掛著接納一切的微笑，劫爾則憋著笑轉向一邊，卻忍俊不禁地輕咳起來。

「欸，史塔德，你一定很羨慕吧？」

提到「握著手」的時候，史塔德背後又打下第二道閃電，賈吉見狀直起高眺的身軀，微微挺起胸膛。也許那副模樣看得史塔德不是滋味，他也坐直了身子，由下往上冷冷睥睨著賈吉。

「你裝得太乖了吧，商人肚子裡明明都是黑水。」

「那是偏見……真要這麼說，你在利瑟爾大哥面前也是很乖啊。」

「我只是對自己坦白而已。所以今晚可以到你房間過夜嗎？」

聽見史塔德忽然向自己搭話，利瑟爾一邊將叉子伸向生火腿一邊點頭。

「可以呀，不過我住的是單人房，只有一張床哦？」

「我跟你一起睡。」

沒頭沒腦拋來的對話，心滿意足卻面無表情的臉。到了這時候，利瑟爾才終於明白過來，史塔德喝醉了。

史塔德平時雖然會撒嬌，卻也會顧慮對方的感受，利瑟爾知道他說話時總是一邊觀望自己的反應。他一點也不覺得困擾，不過明天醒來的時候，不曉得史塔德各方面是否都不要緊。

「劫爾，旅店還有空的雙人房嗎？」

「誰知道。」

他回想旅店的床鋪尺寸，兩個男人一起睡感覺有點擠。

「他都說要跟你一起睡了，你就陪他睡啊？」

「話是這麼說，但讓他睡得太侷促有點可憐。」

劫爾一副看好戲的態度，利瑟爾邊出言反駁，邊看向史塔德。他正目不轉睛地盯著這裡瞧，那雙玻璃珠般的眼瞳中看不出一絲感情，利瑟爾卻從中讀出了他的願望。

接著，他露出沒轍的微笑。除了床鋪太過擁擠之外，利瑟爾沒有理由拒絕，既然本人都說不介意了，那就不成問題。雖然他難免會想，喝醉了還是在寬敞的床鋪上舒舒服服睡一覺比較好。

「那就一起睡吧。」

那張漠無表情的臉龐背後開出滿滿的小花，史塔德淡然點頭。下一秒，沒有任何前兆，他便像木偶斷線似地倒了下去。

「史塔德——」

「只是睡著了。」

劫爾及時伸出手，史塔德才沒有整張臉栽進盤子裡。雖說只是睡著了，但看見他倒在那兒一動也不動，利瑟爾擔憂地輕撫他的背。

「喝太多了嗎？史塔德，你還好嗎？」

「史塔德喝到極限好像就會這樣……所以我想……應該不用擔心。」

附帶一提，賈吉是從認識的公會職員口中聽說這件事的。那位職員邊講邊爆笑，結果史塔德就在這時登場，嚇得職員一瞬間面無表情，他記得很清楚。

「真沒想到你比那小子還能喝。」

「謝、謝謝。」

感受到劫爾的視線，賈吉露出害羞的微笑。瞧他一點也不膽怯的模樣，應該也喝醉了吧，利瑟爾心想，便提議差不多該散場了。

史塔德要跟他們一起回旅店，不過賈吉得自己一個人回到店裡。店鋪距離這裡不遠，但是讓他喝得太醉、時間太晚，都令人不太放心。

「老闆，今天謝謝你了。」

「……嗯。」

酒館老闆點了個頭，朝著劫爾遞出帳單。

不曉得老闆是聽見了他們一開始的對話，還是認為這個組合理應由劫爾付錢。劫爾滿臉不悅地付了帳，他喝得比誰都還要多，卻絲毫看不出醉態。

哪天真想看看劫爾喝得醉醺醺的樣子。利瑟爾笑著心想，搖了搖史塔德的肩膀，他正趴在桌上動也不動。

「史塔德，來，我們一起回去吧？」

「一起回去。」

利瑟爾喚了他一聲，一秒之後，史塔德清醒的聲音傳來回答。看這副模樣，酒說不定醒得很快呢，利瑟爾想道。然而，那聲回答雖然清醒，史塔德的身體卻動也不動。利瑟爾輕撫著他的頭，稍微撥亂那滑順的頭髮，史塔德便伸出一隻手，撒嬌似地碰上他的手。

「史塔德，該走了啦。」賈吉開口。

「我知道。」

史塔德自己從來沒喝得這麼醉過。那隻撫摸頭髮的手滿是關愛，好舒服，他就是沒辦法從桌上抬起頭來。
「不然請劫爾揹你過去好了？」
「不要。」
秒答。
眼見史塔德試圖站起身來，利瑟爾也不著痕跡地替他拉開椅子。他的腳步沒有一點蹣跚，這點雖然令人佩服，不過動作仍然予人一點慢半拍的印象，以平時行動機敏的他來說十分少見。
賈吉已經先走出店外，打開門等著了。史塔德走過身邊的時候，他出聲關切了一句：
「還好嗎？」
「沒有讓你擔心的理由。」
「說得這麼斬釘截鐵……」
劫爾結完帳，最後一個走出店外，關上店門。店內的氛圍雖然沉靜，仍然帶有酒館特有的浮躁，這下完全隔絕在門的另一端。
夜幕籠罩的街道幾乎沒有行人，寂靜無聲。滴酒未沾的利瑟爾，也感到心情沉靜了下來，思緒更加明晰，令人心曠神怡。
「那，我往這邊……」
「真的不用送你回去嗎？」
「沒關係的！那個，要約的話……可以再找我哦……我會很高興的。」
聽見賈吉戰戰兢兢地這麼說，利瑟爾面帶微笑點了點頭。賈吉看了也開心地輕輕揮了揮手，便離開了。

假如賈吉回到道具店的路上會經過危險地帶，利瑟爾不論說什麼都會送他回去，不過幸虧那家店地段良好，沒有這方面的顧慮。利瑟爾沉穩地目送他離去，看著那背影晃著柔軟的頭髮越走越遠。

「我們也走吧。」

「你真的很寵年輕人。」

「他們很可愛呀。」

不懂，劫爾無奈地低頭看著史塔德。他平時冷若冰霜的氣質沉潛了下來，雖然態度淡漠，卻好像多了幾分呆愣。

自己和這人的距離也近得能夠分辨這種差別了，想到這點，劫爾心情有點複雜。但這也沒辦法，他斷然接受事實。這種受到相同存在吸引的感覺，唯有同樣深受吸引的人才能明白。

說好聽一點是同志，換個說法，就是一丘之貉吧。

「這麼說來，史塔德跟你說起話來總像要吵架一樣，真少見。」

利瑟爾忽然這麼說。

確實如此，史塔德對旁人一向漠不關心，冷淡又不帶感情，對自己的態度卻顯得稍微帶刺了些，劫爾想道，撥亂自己那頭黑髮。話雖如此，遇見利瑟爾之前，二人也沒說過多少話就是了。

「啊……」

劫爾大概明白是怎麼回事，他嫌麻煩似地點了點頭，雙唇微啟，正準備繼續說下去。但話還沒說出口，那目光便凌厲地掃向路旁櫛次鱗比的屋頂。

霎時間，原本漠然走在利瑟爾身旁的史塔德忽然消失了蹤影。

「嗯？」

事情發生在利瑟爾眨眼的剎那之間。

響起什麼東西喀啦一聲迸碎的聲音，閃閃發亮的碎片反射著月光飛散到空中，史塔德已經往地面一蹬，沿著民房的牆壁躍上屋頂。

「猜是猜到了，但這速度可真快。」

劫爾不知何時改變了站立位置，空中飛散的碎片撒落在他腳邊。當利瑟爾注意到那碎片是結凍的箭矢，沿著劫爾的視線望過去，事情已經結束了。

「那小鬼頂撞我的原因很簡單吧。」

「是嗎？」

「因為我跟你一起行動，他看不順眼，還有……」

接下來從他口中吐露的詞彙，利瑟爾聽了也恍然大悟。

「同類相斥。」

屋頂上鮮血飛濺，寂靜無聲的肅清畫下淡漠的句點。

史塔德佇立於屋頂上，雲隙間透出的月光照亮他手邊。手中那柄冰刃「鏗」一聲發出利響碎裂，落入血泊之中，立刻消融不見。

那雙漠無感情的眼眸凝神俯視著利瑟爾。

「我好像明白你的意思。」

雖然他本人聽了應該會不高興。利瑟爾帶著笑意說完，喚了史塔德一聲。他悄然無聲躍下屋頂，好像什麼事也沒發生地走了過來。

史塔德在利瑟爾身邊停下腳步，淡然開口。

「我想快點跟你一起睡覺。」

「說得也是，有什麼事情明天再談吧。」

看見利瑟爾一如往常露出微笑，劫爾心想，這傢伙也是半斤八兩。他朝著血泊另一端瞥了一眼，嘆了口氣，再度邁開步伐走向旅店。

19

史塔德不知道自己的身世。打從有意識以來，他已經活在王都的暗處，沒有更早的記憶。

偶爾有個來歷不明的男人來找他，史塔德便會按照他的指示殺人，藉此賺取金錢度日。從男人手中拿到的錢，他不曉得除了維持生命以外還能用在哪裡，於是將那些日漸累積的錢幣全都集中起來埋在土裡。

有一天，這種生活突然畫下了句點。這天現身在史塔德面前的，不是那個熟悉的男人，而是另一個陌生的大人。

史塔德沒有任何危機感。他從不覺得自己做了壞事，而且眼前的大人實力遠不如他，若有什麼萬一，奪去對方的性命是輕而易舉。

那個大人跪了下來，配合史塔德的視線高度，臉上掛著從沒見過的表情，開口朝他說了些什麼話。現在想起來，那只是普通的笑臉，對於當時的他來說，卻是個意義不明的奇怪表情。

『你已經不用再殺人，也可以活下去了。』

雖然大人這麼說，但史塔德殺人不是為了想殺而殺，也不曾排斥殺戮。真要說的話，他殺人是為了生活。拒絕那個男人的提案就拿不到錢，拿不到錢就會死，這麼想來實在難以聽從大人的話。

『每次付給你錢，叫你去殺人的那些人，已經全部都死掉了。』

『……』

『這樣你就沒事做了，對不對？怎麼樣，要不要到我這邊來工作？』

『……』

『衣服、住處、三餐全部包辦，還加上點心哦。』

他點了頭，因為這提議聽起來沒什麼生存上的不便。

看見史塔德表示同意，那個大人伸出手，本來是想要握他的手，結果史塔德不知道他要做什麼，反射性地作勢切下那隻手腕，對方一臉困擾地聳起肩膀。

就這樣，史塔德成了冒險者公會的一員。

「那個大人就是現在的公會長，他沒有把我交給憲兵，對於這一點我心存感謝。從那之後我一直以公會職員的身分工作，沒有像昨晚那樣開過殺戒。」

「……對不起，你可不可以……從頭再說一次……」

剛睡醒的頭腦完全無法吸收他淡然講述的情報，躺在床上的利瑟爾連眼睛都還沒完全睜開，只說了這麼一句話。

看來史塔德想說的是，昨晚只是他喝醉了，加上對方企圖謀害利瑟爾，才導致他過度反應。換言之，他希望利瑟爾不要討厭他。利瑟爾如此判斷，抬起一隻手，拍了拍史塔德的頭，那雙眼睛正幽幽凝視著這裡。

眼見他略微放鬆了肩膀的力道，利瑟爾悠然微笑。看來是猜對了。

正如同利瑟爾的猜測，史塔德一早醒來，便開始思索昨晚發生的事。

公會職員的一天，和冒險者一樣清早便揭開序幕。史塔德在一如往常的時間醒來，因此擁有充分的思考時間，反正今天是他休假的日子。雖然他從來沒有真的休過假就是了。

「（昨晚喝醉了。）」

他點點頭，沒有問題。憑著醉意才能像這樣撒嬌，結果良好就一切都好。

「（殺了人。）」

他點點頭，沒有問題。對方意圖加害利瑟爾，這是當然的處分，自己的行動反而該獲得嘉獎。

那就沒什麼該反省的了，史塔德在心裡下了結論。既然如此，接下來就是利瑟爾怎麼想了。他會生氣嗎？如果他生氣了，自己是不是該反省？於是思緒兜了一圈，又回到原點，他重新開始思索。

「……」

史塔德再次環視房間。

畢竟是單人房，室內空間不大。寫字桌上、床頭櫃上，書本散見各處，昨晚利瑟爾應該沒看書，表示這些書平常就堆在那裡吧。

牆上掛著史塔德的外套。這麼說來他有印象，那是利瑟爾催他脫下的。機不可失，昨晚他讓利瑟爾替他解開了鈕釦。要是賈吉叫他幫忙脫外套，他有自信把那隻伸過來的手腕往反方向折斷，利瑟爾臉上卻沒有半點不情願的表情。

「（睡臉。）」

他忽然想起賈吉在酒館炫耀的事。史塔德搬出從前練就的本領，消去自己的氣息，湊過去端詳利瑟爾，輕手輕腳不發出一點聲音。

利瑟爾背朝著這裡，睡得正甜。史塔德越過他的身軀，手臂輕輕撐在床上，探出身子，悄悄撥開遮住睡臉的柔軟頭髮。他沉睡的臉龐就這麼露了出來，看起來比平常稍微稚嫩了些。

這樣就打平了，史塔德心滿意足地凝視那張臉蛋。好巧不巧，他看見利瑟爾睡臉的感想竟然和賈吉差不多。他決定就這樣等待利瑟爾醒來，好在他一睜開眼睛的時候，立刻將自己的事情說給他聽。

時間來到現在。

利瑟爾壓根沒想到自己一直被人盯著瞧。他悠哉地坐起身，在床鋪上和史塔德相對而坐，指尖梳過他一點也沒睡亂的頭髮。

史塔德仍然面無表情，不過看他身後飛出了一朵小花，應該不排斥吧。利瑟爾從床邊放下雙腳，望向窗外，天色濛濛亮，是公會開始營業的時段。

「你今天休息吧？」

「是的。」

「再睡一下也沒關係喲。」

「不必了，我每天都在固定的時間醒來。」

「劫爾也這麼說，真羨慕你們。」

利瑟爾基本上都是睡到自然醒，沒有在固定時段起床的習慣。雖然不至於睡到中午，不過有時候他醒來的時候，已經是劫爾這種道地冒險者嫌晚也不奇怪的時間了。

利瑟爾站起身來，低頭看向自己仍然穿在身上的裝備。外套昨晚已經脫下了。

「昨天就這樣睡著了，不愧是最高級的裝備，連一道綴摺都沒有。」

利瑟爾端詳著衣服喃喃說道。看見他再尋常不過的模樣，史塔德安下心來。

既然他摸了自己的頭，代表自己沒有被討厭，這一點史塔德注意到了。說到底，利瑟爾甚至允許他睡在身邊呢。他坐在床邊，抬起面無表情的臉龐仰望利瑟爾。

那人並不是當作沒這回事，也不像動用什麼感情接納了這件事。利瑟爾心目中的自己一如往常，什麼也沒變。史塔德意會過來，一向靜如止水的那雙眼瞳輕輕一顫。

「你沒有什麼話要問我？」

「這個嘛……我想知道昨天的事情，會不會對你造成不利的影響。」

「看起來是不知哪來的盜賊，即使被人發現也沒有太大的問題。」

死了一名歹徒，人們只會當成內鬥處置，沒有一個人為之惋惜，甚至沒有人會感到悲傷。

「那就好。不過……」

利瑟爾驀地彎下身來，對上史塔德的視線。他伸出雙手，裹住他清瘦的臉頰，耐心叮嚀。

「今後也一樣，如果事態會對你造成不利，就請你別出手。」

「你要我袖手旁觀？」

「我也是有能力自衛的，而且還有劫爾在呀。」
「我會妥善注意不讓你蒙受任何損失。」
那語調裡帶著幾不可聞的不服氣，聽得利瑟爾那雙高貴的紫晶色眼瞳，也流露出甜美的笑意。他悠然偏了偏頭，微微一笑。
「我是不是該這麼說比較好？——失去你才是我的損失。」
史塔德背脊竄過一陣冷顫，那是出於強烈的欣喜，但他還不明白。
利瑟爾這句話，言下之意就像不希望自己手上的棋子減少一樣。但史塔德聽了卻欣然接受，對他而言，沒有企圖也沒有偽裝的溫柔，才更令人害怕。
沒有理由的溫柔，隨時都潛藏無緣無故離去的危險。假如利瑟爾給的溫柔沒有理由，無論再怎麼受他吸引，史塔德都不會伸出手。
「（只要有個理由，而我不背棄這個理由，他就不會離開。）」
利瑟爾的溫柔，源自於史塔德優秀的能力，史塔德也有所自覺。
但這沒什麼問題，利瑟爾只是比其他人更容易對優秀的人才抱有好感，其中沒有利用對方的企圖，也沒有惡意，這點他早已明白。
「……我知道了。我會在對你、對自己都沒有損失的範圍內行動。」
「嗯，拜託你囉。」
利瑟爾沒有全盤否定史塔德的好意，只是有趣地笑著放開手。史塔德的目光追著那雙手，也跟著站起身來。
「如果你願意，要不要一起用早餐？」

「當然好。」

史塔德坦率地點頭。利瑟爾從他手中接過外套，整裝過後，二人一同走出房門。一到走廊上，清晨澄澈的風便從開放的窗子吹拂進來。

這正好是人們開始活動的時間，窗外傳來遠處的喧囂，二人一邊側耳傾聽，一邊走下旅店的樓梯。

「不知道劫爾在不在房間。」

「不在，天剛亮的時候好像出去了。」

「可能是稍微去活動一下身體吧。」

當然，是到迷宮去，利瑟爾露出溫煦的微笑。沒有冒險者會像這樣把探索迷宮當成暖身運動，不過很可惜，在場沒有人能吐槽他。史塔德對於冒險者潛入迷宮的原因也沒有半點興趣。

不過，考量到昨天的事件，他想必不打算讓利瑟爾落單，一定會在自己離開之前回來吧。史塔德心想，跟著利瑟爾穿過餐廳的門扉。

「這邊的餐點很好吃哦。」

「好期待。」

這間旅店也有不少長期住宿的客人，正在用餐的房客幾乎都已經習慣了利瑟爾的存在。其中幾位冒險者一看見史塔德，倒是把嘴裡的東西都噴了出來。

「哎呀，利瑟爾先生，那孩子昨晚來過夜嗎？」

「是的，不好意思，事後才跟妳報備。」

「如果有需要我會支付住宿費用的。」

史塔德雖然態度平淡，卻恭敬有禮，女主人看了應該頗有好感吧。她豪爽地笑著歡迎來客，跟艾恩他們來訪時的待遇天差地遠。

「只是過來玩一下而已吧？沒關係啦！早餐也算阿姨招待的就好！」

女主人深有所感似地，將史塔德從頭到腳打量了一遍。史塔德沒有任何反應，不過她不以為意，逕自點了幾次頭。

「哦，那身制服，是冒險者公會的……利瑟爾先生，原來你真的是冒險者啊……」

「妳還不相信我呀？」

女主人這麼說大概是想開個玩笑吧，利瑟爾想道，露出溫煦的笑容。史塔德在一旁直盯著他瞧。

二人坐到女主人指示的座位上，邊閒聊邊等待早餐上桌。二人聊著賈吉喝酒的模樣、委託趨勢的變動，甚或尋找公會規章的漏洞，聊得正熱絡。

「貴族大人早安！」

這時候，一個年幼的小女孩忽然跑到利瑟爾他們桌邊來。女孩的父母由於工作關係，長期寄宿在這家旅店，利瑟爾他們時常見到她。附帶一提，有一次她被劫爾弄哭了。

儘管這綽號曾經鬧出問題，附近的孩子仍然稱呼利瑟爾為「貴族大人」。反正誤會已經澄清，利瑟爾也就隨他們叫了。他露出微笑，低頭看向小女孩。

「早安。」

「之前說要去別的地方，你回來了唷？」

「是呀，昨天回來的。」
「要再教我們功課喔！」
看見利瑟爾點頭，小女孩雙頰染上開心的紅暈，綻出燦爛笑容。
接著，她這時才終於注意到史塔德。面對那雙淡然俯視自己的眼瞳，她毫不畏懼，只是不可思議地歪著頭。
「貴族大人，你今天跟不一樣的大哥哥在一起？」
「……」
「你好！」
女孩滿面笑容，乖巧有禮地打了招呼，史塔德卻是面無表情。一如往常，面無表情到近乎冷漠的地步，不發一語，甚至動也不動。
一片沉默之中，小女孩漸漸顯得有些不安，不知所措地看向利瑟爾討救兵，這時史塔德的目光也轉向同一個人。
「（畢竟公會裡不會有小朋友過來嘛。）」
利瑟爾不禁微笑，眼角流露幾分笑意，什麼也不說，只是偏了偏頭。
對於史塔德來說，這完全是與未知的第一次接觸。正因如此，沉默是他對利瑟爾最大限度的體貼吧，為了不讓自己的言行舉止傷害利瑟爾的名聲。利瑟爾注意到這層心思，選擇觀望事態發展。
「嗯……那個……」
小女孩率先開口。她仰頭望著史塔德，努力吐露一字一句。

「你是貴族大人的朋友？」

「……」

「啊、嗯……大哥哥，你長得好好看喔！」

間隔一秒。

「……謝謝。」

終於獲得對方反應，小女孩的眼神閃閃發光。也許就此滿足了吧，她開心地跑向玄關，她的雙親正在那裡跟女主人談笑風生。

「這是讚美嗎？」史塔德問。

「是呀。」

「你平常會教小孩子功課？」

「真的只是偶爾指導一下而已。」

利瑟爾將落到頰邊的頭髮撥到耳後，面露苦笑。不打算到公會接取委託的日子，或是任務早早結束、提前回到旅店的日子，附近的小朋友們偶爾會來找他指導功課，而帶頭的就是那位小女孩。

有一次，小女孩獨自在餐廳絞盡腦汁寫學舍的作業，利瑟爾從旁指導，便成了一開始的契機。原本不懂的地方一下子融會貫通，小女孩高興得不得了，於是開始邀請要好的孩子們一起來請教功課。不過，要答應邀約，還是拒絕他們，得看利瑟爾的心情而定。

「我也常常推辭，不過他們並不介意，下一次還是會來找我，是群好孩子呢。」

「這樣啊。」

「只不過，劫爾在旁邊的時候他們完全不會靠過來。」

「我想也是。」

史塔德使勁點頭。

「啊，不過一開始知道我是冒險者的時候，孩子們的母親好像有點困惑。」

「那是……」

當然的吧？史塔德剛要這麼說，便打住了，利瑟爾指的應該不是這一點。他重新揀選措辭，再度開口。

「冒險者並不是什麼家長會想讓孩子接近的族群吧。」

甚至還有「冒險者災情」這個說法，專門指稱冒險者對國民造成的危害。

冒險者的形象粗暴野蠻，說難聽點，就是憑蠻力賺錢的集團，沒有父母想把孩子交給這種人吧。不過實際上，那群媽媽的困惑只有一成是「這人竟然是冒險者……」，三成是「這人竟然是冒險者?!」，另外六成則是惶恐地心想「這人當冒險者真的好嗎」。

「現在還會幫他們指導功課，表示問題解決了？」

「是呀。看來稍微會念點書的人，果然會受到家長歡迎呢。」

利瑟爾好笑地說道。這是什麼意思？史塔德眨了一下眼睛。

那是前陣子發生的事。小朋友們半帶強迫地說服了一位青年，將他帶到利瑟爾面前，異口同聲打著包票說「絕對沒問題！」青年似乎就讀於某間知名學院，看見他睜著一雙死魚眼、口中喃喃自語，利瑟爾也忍不住疑惑地看向孩子們。一問之下才知道，青年正在跟某項研究課題苦戰。

利瑟爾探過頭去，看了一下青年拿在手上的報告。這種程度應該沒有問題，利瑟爾於是給了他幾個提示，結果青年聽了狂喜亂舞，一邊說著「我終於可以睡覺了！」一邊回去了。這件事情就這麼在媽媽之間傳了開來。

「你常常提到『以前的學生』，應該很習慣指導別人吧。」

「不知道耶，我指導過的也只有他一個人而已。」

聊著聊著，熱騰騰的早餐便上桌了。

加入大塊香腸的番茄蔬菜湯、剛烤好的長棍麵包、鮮翠欲滴的生菜沙拉一一排列在餐桌上。餐點由女主人廚藝傲人的丈夫一手包辦，這裡的餐點和其他開給冒險者的便宜旅店可是天差地遠。不過劫爾從來不提這些事情，所以利瑟爾無從得知就是了。

就這樣，二人一邊談天，一邊優閒吃完早餐。這時候，正在品嘗餐後咖啡的史塔德，忽然看向餐廳的門扉。

「史塔德？」

「看來一刀回來了，既然用過早餐，我差不多該回去了。」

即使是史塔德，也不會因為今天休假就整天拉著利瑟爾四處跑。另一方面，也是因為前一晚睡在他身邊，某種程度上他已經滿足了。

「真厲害，我完全感覺不到。」

聽史塔德今天早上說過的話，想必他對氣息也十分敏銳。利瑟爾一向感覺不到氣息與殺氣，於是佩服地這麼說道。受到他誇獎，史塔德好像很開心，露出了有點滿足的表情。

「雖然不知道為什麼有人要害你，還是請你務必小心。」

「謝謝，你也多小心。」

史塔德飲盡杯中剩下的咖啡，從座椅上站起身來。看見利瑟爾揮揮手，他同樣舉起一隻手，沒有揮動就放了下來。

接著，史塔德的手才剛碰到門把，那扇門正好從另一側打開了。劫爾手握著門把站在那裡，他一身輕裝打扮，煩悶地撥亂那頭濡濕的頭髮，看起來好像剛沖過澡。

「怎樣啦。」

「沒事。」

二人一言不發，對視數秒，正要若無其事地錯肩而過，卻因為史塔德一句話再度停下腳步。

「什麼我跟你很像，別鬼扯好嗎，戰鬥狂。」

「這種話老子也不想說。」

昨晚劫爾說的話，史塔德聽見了。

他表面上雖然漠無感情，卻懂得巧妙表現自己的負面情緒。看見他渾身醞釀出一股露骨的嫌惡，劫爾也滿臉不悅地蹙起眉頭，咋舌一聲。

「擋住門口不好喲。」一聽見利瑟爾的聲音，二人瞥了他的方向一眼，彼此邁開腳步。

「還想待在他身邊，就拚死把他保護好。一刀。」

擦肩而過的瞬間，史塔德只拋下這麼一句話。還要你說？劫爾冷笑，但史塔德沒有回頭。要是二人決一死戰，勝出的一定是劫爾，所以史塔德才這麼說。

這不是什麼高尚的信任，不過是區區的事實而已。利瑟爾將咖啡杯湊到嘴邊，望著這副光景。這二人某些地方果然很像，他心想，唇邊淺淺勾起微笑。

「總之，這件事肯定跟盜賊有關。」劫爾說。

「他們用的完全是同樣的弓箭嘛。」

利瑟爾和劫爾嘴上討論前一晚遇襲的事，走在路上的姿態卻絲毫不見緊張。升階之後可以接的委託也變多了，他們正要到公會看看有沒有什麼適合的任務。雖然不缺錢，但利瑟爾對各式各樣的委託都感興趣，其實還算勤於造訪公會。

「不過是死了同夥而已，不可能為了這點事復仇。」

「而且目標不是劫爾，而是我，這點實在是……因為我比較容易下手嗎？」

「啊……你朝著那個逃跑的開過槍嘛。可能他懷恨在心？」

利瑟爾還在貴族社會的時候，總是小心斡旋，盡可能不樹敵，到了這邊卻屢次成為別人怨恨的標的。儘管如此，劫爾並不怎麼擔心。

以利瑟爾在那一邊的立場，不可能體驗到這些事情。情勢若只是多少有些不利，他仍有樂在其中的餘裕，而且也謹守分際，懂得以自身安全為優先。同時劫爾也明白，這一切權衡當中都考量到了自己的存在。

「但是，遇襲之後三天的旅途當中，他們都沒有動作耶。」

「那就是洩憤了？」

「嗯，感覺滿接近的。」

利瑟爾尋思似地點頭，劫爾低頭看向他。假如只是洩憤，那名襲擊者已經不在了。但是……劫爾剛打算開口，最後還是什麼也沒說，又閉上了嘴。

「還不會結束。」

那是因為利瑟爾露出看穿一切的微笑，接上了他的話。看著那雙仰望自己的眼瞳，劫爾無奈地嘆了口氣。

昨晚，劫爾確實察覺到襲擊者以外的人在場。那氣息抹消到了極限，要是對方的視線沒有朝向這邊，自己也許無法察覺。利瑟爾分明不知道這件事，卻說得斬釘截鐵。

「還有一個人在。」

「昨天？」

「對。比拿弓的厲害不少。」

看他一臉意外的表情，果然沒有注意到那個消去氣息的人物。那為什麼能夠做出這個結論？事到如今也不必多說。

「既然如此，使用同樣的箭矢、派出一看就知道是盜賊的襲擊者，想必也都是刻意的了。」

「還真有這麼愛自我表現的傢伙。」

換言之，昨晚遭到絕對零度肅清的男人，也不過是個用過即丟的犧牲品。假如以為從此不會再遇襲，那就太樂觀了。

「只不過，實在看不出對方這麼做的目的……」

「還真難得聽你這樣說。」

既然如此輕易犧牲那些盜賊，目的不可能是報仇。

而且，昨晚的襲擊恐怕一開始就以失敗為前提。刻意讓獵物意識到自己的存在，折磨、削弱對方的力量，這是嗜虐心的展現。同時，明知道有劫爾在，卻不顧雙方實力差距執意出手，從中亦可窺見對方自暴自棄的心態。

「對方並不是恨我，好像也不是想置我於死地。難道是想削弱我的精神？」

「那就很簡單了。」

劫爾說得乾脆，確信不疑地開口。

「是想毀掉你那副游刃有餘的樣子吧。」

利瑟爾眨了一下眼睛，手指沉吟似地輕觸唇邊。

無法理解，但說得通。對方折磨利瑟爾沒有什麼特定目的，也不會帶來什麼好處，只是一時心血來潮、為了好玩而下手的愉快犯。

「我看起來就那麼游刃有餘嗎？」

「到了我不是不理解對方想法的程度。」

「請你不要附和襲擊方的想法。」

看見劫爾揶揄似地揚起嘴角，利瑟爾刻意擺出一副不滿的表情回望，劫爾見狀只是嗤笑一聲。

「不過，對手要不是你，這些手段都有效吧。」

「劫爾，你是不是覺得我不管發生什麼事都不會動搖？」

「我發自內心這麼想。」

為什麼說得那麼誇張？利瑟爾一臉納悶，劫爾不理會他的反應，逕自穿越此刻抵達的公會大門。多虧利瑟爾從E階級升上了D階級，取二人的階級平均，他們現在的隊伍階級為C，能夠接取B以下的委託。

「B階級以戰鬥類的委託居多呢。」

「考量階級難度，自然而然就是這樣了。」

這時冒險者擁擠的情況已經開始減緩，二人站到委託告示板前面，討論委託要挑這個好還是那個好。話說到一半，劫爾似乎注意到了什麼，眉頭微蹙，向後瞟了一眼。

利瑟爾正興味盎然地望著告示板上那張【急徵！劇團徵求協助人手】，劫爾以手肘輕推他的手臂要他注意。怎麼了？利瑟爾一回頭，光澤亮麗的紅色便映入眼簾。

「能不能讓我加入隊伍呀！」

「啊，你是昨天的……」

「那麼，請說。」

看見他牽動臉頰上的鱗片，露出討喜笑容的模樣，利瑟爾也露出微笑。

「我的階級是獨行C，優點是聲音好聽又長得帥，缺點是看起來沒什麼肌肉又太顯眼！二位都很引人注目，要是能跟你們組隊，沐浴在大家的目光裡感覺一定很棒！」

旁觀的冒險者默默在心裡吐槽「這介紹是想表達什麼？」不過沒有人出言奚落，可見伊雷文所言不假。原來如此，利瑟爾點點頭下了結論。

「冒險者介紹失敗，請再接再厲。」

「不行喔……」

和上次比起來有所改善，不過這不是一個冒險者的自我介紹。至於遭到拒絕的伊雷文，他嘴上雖然那麼說，卻一副樂在其中的樣子，踏著輕巧的步伐走出公會去了。

利瑟爾目送他離開，劫爾滿臉詫異地低頭看向他，接著看見他手邊那張委託單，嘆了口氣。

「……你要接那個？」

「我很感興趣。」

【急徵！劇團徵求協助人手】

階級：不指定

委託人：幻象劇團「Phantasm」

報酬：十枚銀幣（＋額外報酬）

委託內容：徵求能勝任搭建舞臺等粗重工作的人力。

同時徵求為舞臺裝置補充魔力的人員，歡迎擅長魔法者應徵（報酬最高三十枚銀幣，詳面議）。

只需要灌注魔力的話，即使不是魔法師也辦得到。不過，既然委託單上註明「擅長魔法者」，表示需要相當程度的魔力量吧。向冒險者公會提出委託，代表劇團想要徵求的是魔法師。但魔法師基本上人數稀少，這個報酬顯得太低廉了，看來雇主也不抱太大期待，大概覺得反正沒人會接吧。

「我可不幹。」

「是我想試試看。」

利瑟爾的魔力也不算特別多，不過算是有一定的水準，應該沒問題吧。他心想，望向一臉嫌惡的劫爾。

「你不想去？」

「不想。」

「無論如何都不行嗎？」

「……」

劫爾咋舌一聲，別開視線。

假如放任不管，利瑟爾想必會自己跑去完成委託。現在這個時間點不宜讓他落單，再加上史塔德明明休假，不知何時卻已經坐到櫃臺窗口，正朝這裡投來「你這人渣說話不算話」的冰冷視線。最後，劫爾不情願地點了頭。

「委託你自己一個人接。」

「我知道。」

他可以陪利瑟爾過去，在旁邊打發時間，只要別接下任務就好。劫爾做出這個結論，利瑟爾則朝他露出高興的微笑表示謝意，拿著委託單走向櫃臺。

他邊走邊從腰包取出公會卡，和委託單一起遞給筆直盯著這裡瞧的史塔德。

「昨天喝了不少，休息一下比較好吧？」

「我從來不會宿醉所以沒問題。」

隔壁的職員正在「你外宿、你外宿」地起鬨，史塔德動用強制手段讓他閉嘴，接著理所當然地接過利瑟爾的委託單。看見委託內容，他的動作停止了一瞬間，也許是利瑟爾選擇的委託使然。

但史塔德知道利瑟爾會獨自接取一些古怪的委託，也知道他樂在其中，所以並不意外。

「這是二位到商業國的期間提出的委託，請在明天早上八點到中心街前東廣場集合。」

「集合？」

「另外還有兩組冒險者接受委託，都是幫忙搭建舞臺的人手，補充魔力的名額還空著。」

「那太好了。」

利瑟爾微微一笑，請史塔德繼續辦理手續。這還是他第一次與其他冒險者共同執行委託，而且在原本的國家，儘管接受招待、到特等席觀劇的經驗比比皆是，他卻從來沒有機會一窺後臺的情景。

看來這次能獲得各種寶貴經驗，利瑟爾滿心期待。劫爾見狀，放棄似地嘆了口氣，重新回到委託告示板前面，物色看看有沒有今天可以接取的委託。

20

格調高雅、欣欣向榮的中心街區位居王都中央，以城堡為中心鋪展開來。中心街區外圍有河川環繞，在東西南北四個方位，分別搭著宏偉的大橋。大橋外側則是人潮絡繹不絕的廣場，現在，利瑟爾他們正站在其中名為「東廣場」的地方。

「哈囉！各位冒險者，請到這邊來——！」

環視四周，能看見幾個人影已經圍起廣場一角，開始著手搭建舞臺了，他們就是劇團團員吧。其中一位團員用力揮著手，正高聲吸引眾人注意，那宏亮的嗓門不愧是劇團的一員。

「為了明天正式開演做準備，一起加油吧！就靠各位幫忙了！」

在其他冒險者「你們來這做啥」的注目禮當中，利瑟爾他們悠然朝著大聲喊話的女性團員走去。

「開演居然是明天。」劫爾說。

「畢竟是人潮眾多的廣場，計畫無論如何都必須安排得很緊湊吧。」

正因如此，劇團才會招募冒險者幫忙，縮短準備期間，好增加正式上演的天數。

聽說他們是巡迴各國公演的劇團，正在招呼冒險者的女團員看起來也絲毫不緊張。像這種單純的工作，抵達當地再雇用冒險者幫忙比較節省成本，團員們也都習慣了。

「今天謝謝各位來幫忙！想要拜託各位的，主要是搭建舞臺和……請問您是？」

她露出「您來這裡做什麼」的表情。
「我是冒險者，來負責補充魔力。」
「咦?!啊，不好意思，失禮了！我們沒有想到真的能徵到負責魔力的人……！」
聽見利瑟爾的話，其他兩組冒險者露出恍然大悟的表情。
兩組都是相對年輕的隊伍，不受「冒險者就該投身險境」的風潮影響，寧可選擇較划算的委託，不曉得是個性精明，還是荷包面臨危機。
看來不是要跟這傢伙一起做粗工，這下冒險者們都鬆了一口氣。他們的反應劫爾都看在眼裡，這種心情他能理解。
「那麼，搭建舞臺的兩組冒險者請跟我來。負責補充魔力的人，請到那輛馬車那邊，團長正在等你們！」
她說著伸手一指，那是非常罕見的巨大馬車，各式各樣的舞臺道具、搭建材料，都是用這輛馬車搬運的吧。
利瑟爾和劫爾循著她的指示走向馬車，穿越正在準備的團員、跨過建材、鑽過拉起的繩索，終於來到馬車旁邊。他們在車廂後部看見一位嬌小的女性，正坐在成堆並排的木箱上。
「這位就是團長嗎？」利瑟爾問。
「大概吧。」
她正全神貫注地在成疊的紙張上振筆疾書，二人見狀面面相覷，不曉得現在方不方便叫她。這時，她突然揪著頭髮，倏地抬起頭來。

「不夠！這點程度還不夠啊臭小子！還要更多的愛！更多冒險！更多友情！」
「不好意思，我們是來為舞臺裝置補充魔力的。」
「你還真敢跟她搭話……」
真不曉得這人是憑什麼判斷現在可以叫她的。看見利瑟爾若無其事地朝著那位高聲吶喊的女性開口，劫爾望著他的眼神半是無奈、半是佩服。
聽見利瑟爾的話，那個女生一下子停下動作，瞠大眼睛凝神打量利瑟爾。那頭抓亂的頭髮稻草似地蓬起，黑框眼鏡大概是不合臉，從鼻梁上滑了下來，她卻沒有將它推回去的意思，手中那枝筆就這麼掉到地上。
「妳就是團長吧？」
「沒錯！你願意幫忙補充魔力嗎?!」
「是的。」
「公演要持續兩週，有辦法補充到兩週的量嗎?!」
「大概可以，但得看過才知道。」
「快看！」
團長一股腦跑進車廂深處去了，原本拿在手上那疊紙張全撒在地上。
利瑟爾撿起其中散落的一張紙。看來似乎是劇本，上面寫得密密麻麻，幾乎無法辨認原本的文字。聽說明天就要公演了，繼續改動劇本沒有問題嗎？
話雖如此，利瑟爾也不清楚演出者的內情，既然本人說辦得到，想必沒問題吧。他在心裡點頭，一一拾起眼前的紙頁。

「真驚人……」
「可以看見他們的熱情呢。」
利瑟爾傾斜劇本，讓探頭過來的劫爾看。
「『幻想旅人』，一定是原創的劇碼吧。」
「什麼樣的戲？」
「快速瀏覽下來，感覺還滿有意思的。世界觀獨特卻單純，非常簡明易懂。」
「沒錯，就是這點！這點費了最多苦心啊臭小子！你看得出來嗎！」
團長喜上眉梢，雙手抱著什麼東西回來了。接著她粗手粗腳將那東西「砰」一聲放在其中一個木箱上，一把掀起蓋在上頭的布幔。
布幔在半空中翻飛，帥氣歸帥氣，卻猛地揚起一陣塵埃。利瑟爾他們相隔一段距離倒還好，團長直接遭到灰塵襲擊，開始劇烈咳嗽。
「咳、咳，如何，只要有這一臺，不管是下雨、下雪還是打雷都可以投射出來，可是很優秀的裝置呢！雖然範圍不大啦！」
展現在他們眼前的魔道具，乍看之下只是個四方形的箱子，上方裝著一個像是大型鏡片的東西。
「有辦法嗎?!」
「讓我看看哦。」
利瑟爾探頭端詳那箱子。既然是魔道具，某個地方應該藏有蓄積魔力用的魔石才對。
一問之下，團長說那鏡片可以拆下。利瑟爾拆下鏡片，找到箱子中央的魔石，伸手進去碰觸它，注入魔力。

「啊，應該沒問題。」

「太棒啦——！」

將魔力注入到極限，肯定可以持續兩週的時間。它會取走不少魔力，不過還算沒有大礙。利瑟爾朝她微微一笑，只見團長跪到地上、仰頭向天，雙手擺出勝利姿勢。不愧是劇團成員，情緒表現真強烈。

「既然這裝置能用，那就加入那場戲、刪掉那一段！全場氣氛炒到最高點！」

「恕我問個僭越的問題，現在刪改還來得及嗎？」

「不知道！他們每次都把我罵到臭頭然後就照著演了，應該沒問題吧臭小子！」

看來他們也吃了不少苦頭，辛苦的不是團長，是團員。

利瑟爾坐到附近的木箱上，時不時和劫爾閒聊幾句，持續注入了一會兒魔力。這種用途的魔石沒有辦法一口氣充滿，似乎還要一段時間才能補充到上限。

「你別弄到魔力不足啊。」

「不會的。」

劫爾也一樣坐在木箱上，手撐在頰邊說了這麼一句，利瑟爾聽了則好笑地回應。就在這時——

「把那東西搬開！」

傳來馬匹的高聲嘶鳴，一聲怒吼響徹廣場。

劇團的馬車擋住了視線，從利瑟爾的角度什麼也看不見。他望向劫爾，那人正百無聊賴地側過身子，確認騷動情形。廣場上的喧囂沒有平息，看來騷動仍在持續當中。

「啊……這裡的傢伙跟憲兵起了爭執。看憲兵帶著馬車，應該是叫他們別擋路吧。」

「我們是經過申請才待在這邊的耶臭小子！是誰找我家的團員麻煩！」

聽見劫爾的話，原本專注於劇本的團長跳了起來。

她正要衝出去，顯然準備好要跟對方大吵一架，手臂卻被利瑟爾抓住了。他也暫時停止注入魔力，從馬車後方探頭出去，先不讓情緒激動的團長看見現場情況。

「為什麼攔住我臭小子！」

「因為我很期待妳的公演呀……這麼說會不會太卑鄙了？」

利瑟爾可不打算以公演為由，要求她忍氣吞聲。清澈的嗓音帶點玩笑意味，卻充滿誠意，團長暫且收斂了怒火。假如利瑟爾這句玩笑是真心話，她會立刻甩開他的手衝出去吧。

「我也有事情要找他們。」

「啊？」

「妳願不願意讓我先下手呢？之後的事情就交給妳全權處理。」

利瑟爾瞇起眼睛，悠然微笑。這人氣質高雅，沒想到說出來的話可真是好戰，團長原本莫名其妙地皺著一張臉，聽了他這句話，也揚起一抹意味深長的笑容。交涉成立。

「喂。」

「我們走吧，劫爾。」

「為什麼啊。」

「我正好想去打聲招呼。」
劫爾略顯詫異，利瑟爾指向爭執越演越烈的糾紛現場。那平整勻稱、一點也不像冒險者的指尖，指著那臺由憲兵引導的馬車。
「那輛馬車上的徽章，很眼熟吧？」
劫爾蹙著眉頭望向那邊，接著嫌麻煩似地皺起臉來。

「但我們也只是在規定的範圍內活動而已啊？」
「話是這麼說，但是留一條路給人通行是常識……」
過路行人遠遠觀望的視線當中，團員與憲兵的爭執像平行線一樣毫無共識。雙方互不相讓，都覺得對方不知變通，現場甚至彌漫著「先妥協的一方就輸了」的氣氛。
這時有兩道人影，逐漸走近那場爭執的中心。
「你們自己避開不就好了嗎？」
「我們也有立場上的……」
「好久不見。」
「……考量……啊?!」
突然聽見有人搭話，那位一本正經的憲兵大吃一驚。
出其不意嚇到對方的罪魁禍首正是利瑟爾，他朝著目瞪口呆的憲兵粲然露出微笑。這時候，也許是憲兵驚嚇的表情似曾相識，再加上利瑟爾那句話，劫爾也終於認出這個人來。他正是利瑟爾扯上冒牌貴族嫌疑的時候，曾經造訪旅店的那位憲兵長。

那只是一瞬間的邂逅，真虧這人還記得。劫爾投以無奈的視線，利瑟爾則望向那輛由數名憲兵把守的馬車。

「馬車上坐的是子爵閣下吧，我想稍微打聲招呼。」

「是，啊，但您是冒險者……嗯？不，是貴族……不對，你是冒險者……」

圍觀群眾正興味盎然地旁觀這場騷動，不清楚內情的人還以為是貴族要去找貴族談話了。一旁的冒險者雖然知道狀況，卻也只是不敢置信地多看一眼，心裡想著「真的假的啊」，對此卻毫無疑問。

貴族原本不是冒險者能夠隨便攀談的對象。但是因為利瑟爾這麼做實在是太自然了，憲兵腦中一片混亂，連說話的人稱都飄忽不定。

「真是的，能避開的話繞過去就好了呀。」

這時，馬車的窗戶打開了。周遭的憲兵紛紛出聲勸阻，但聲音的主人依然不以為意，那頭燦然生輝的金髮從窗口探了出來。

「你呀，就算當上憲兵長，還是這麼死腦筋……」

那人臉上帶著任誰看了都有好感的快活笑容，一看見利瑟爾的身影，那端正的臉龐一瞬間閃過訝異之色，立刻又恢復了耀眼的笑意。利瑟爾面露微笑，將手掌放在胸口。

「好久不見，雷伊子爵。」

「利瑟爾閣下，是你呀！」

利瑟爾緩緩偏了偏頭，雷伊扶著窗沿探出身子。

「你等一下，我馬上就到那邊去。」
「不，還請您稍安勿躁。」
「好吧，雖然我實在不想從高處俯視你們。」
在這格外惹人注目的場合，可不能再掀起更大的騷動了。聽見利瑟爾出言勸阻，雷伊雖然毫不掩飾自己的不滿，仍然聽從了他的意見。
看見這番情景，最驚訝的應屬憲兵長了吧。儘管這人再怎麼看都是貴族，身分上好歹也是個冒險者，沒想到竟然認識統率憲兵的貴族。而且，雷伊的個性是十足的自由奔放，這下子竟然聽從利瑟爾的話，這已經足以帶給他重大衝擊了。
再加上情緒激動的團長咚咚咚跺著腳逼近，簡直是雪上加霜。
「就是你嗎臭小子！竟敢刁難我家可愛的團員！」
「什、什麼刁難……！」
「我們都是遵守規定活動，不准你找碴喔臭小子！又不是我們的建材佔掉太大空間……喂怎麼佔的空間真的比平常還大啊，舞臺負責人，準備過程要簡約不是基本嗎你這臭小子！」
「對、對不起！」
團長前一秒還在保護自家團員，把矛頭對準外人，這下卻立刻倒戈。憲兵長看得目瞪口呆，接著不知怎地開始拚命袒護原本與自己爭執不下的團員。也難怪大家都說這位憲兵長正經過頭了。
看見憲兵長和幾位團員合力制伏團長的情景，雷伊也有趣地笑了出來。他那句「繞過去就好」是真心話，看起來絲毫沒有責備劇團的意思。
「話說回來，馬凱德如何呀，玩得開心嗎？」
「是的，商業國非常熱鬧呢。」
「那是當然。」
雷伊滿意地點點頭。雖然名為「商業國」，馬凱德仍是帕魯特達爾的都市之一。身為為國效命的貴族，雷伊聽見正面評價自然高興了。
「子爵閣下的信也已經轉交了，還請放心。」
「嗯，看來你們順利見到面了，太好了。」
「哪有什麼順不順利，這傢伙連信也沒用，就讓那傢伙請了晚餐啊。」
「劫爾。」
怎麼提起這件事？利瑟爾露出困擾的笑容看向劫爾，那人揚起壞心眼的笑，低頭斜睨了回來。
「竟然讓那個小氣鬼請客！哎呀，真是太棒了！」
另一方面，雷伊倒是聽得十分愉快，他大笑出聲，連嘆了好幾聲「太棒了」。
「話雖如此，我也覺得這麼做好像只是加深他的警戒而已。」利瑟爾開口。
「嗯？他說了什麼嗎？畢竟那傢伙也是戒心很強的人嘛。」
「不，完全沒有。」
雖然沙德派了耳目監視他們，但是利瑟爾並不特別介意。只要不做出可疑舉動就沒有問題，和他從前一舉一動隨時受人矚目的生活相較之下，這種監視就像沒有一樣。

「雖然是我介紹的，你不必有任何顧慮哦。」

雷伊低沉深邃、安穩沉靜的嗓音中染上笑意。

「你該不會覺得我是為了你好，才安排你和那傢伙見面吧？」

「不是嗎？」

「當然不是，正好相反。」

貴族在什麼時候，才會將熟識的冒險者介紹給其他貴族？多半是為了向對方炫耀自己攏絡了優秀的冒險者，另外還有極少數情況，則是為冒險者介紹人脈做為報酬。一般而言都是如此。

然而，雷伊卻否定了利瑟爾的疑問。那依舊快活的笑容染上幾分謀劃的色彩，他像在說悄悄話般輕聲耳語。

「我是為了他好，才讓他見見你。那傢伙雖然乖僻，好歹也是我的朋友，所以才希望你把這號人物放在心上。」

他這麼說，並不是請利瑟爾在出事的時候多多幫忙的意思。雷伊只想請求他眷顧，言下之意暗示利瑟爾的地位高得遙不可及，而像他這樣的貴人只是垂青，便有其意義。

「受您抬舉到這種地步，實在不敢當。」

「哈哈，你太謙虛了。」

另一方面，利瑟爾只是露出溫和的苦笑。雷伊見狀滿意地笑了，接著忽然想起什麼似地開口。

「啊，對了。前天晚上，市區發現了疑似盜賊的遺體，你有沒有什麼線索？」

「這個嘛……冒險者對於這方面的消息也不是非常靈通。」

聽了利瑟爾的回應，雷伊點了個頭，說聲「原來如此」，接著端正姿勢看向劫爾。

「劫爾，你也要好好保護同伴啊。」

「太多人說過啦。」

「那就好。好了，我差不多該出發了！」

劫爾一臉不悅地咋舌，卻沒有拒絕。雷伊見狀加深了笑意，接著發下號令。憲兵長不知何時開始跟著團員一起將建材撤到旁邊，聽見了號令才忽然回過神來，跑回來跨上馬背。

雷伊就這麼在憲兵的開路下離開了，連最後揮手的姿態都充滿貴族氣質。

「要是知道，就把自己的工作做好啊。」

劫爾漫不經心地望著馬車遠去，喃喃低語。

「知道也無法貿然行動呀，這件事就連國家都慎重以對了。」

毫無疑問，雷伊一定知道前天晚上利瑟爾遇襲的事。他負責統領巡邏城市的憲兵，最重要的是實際認識利瑟爾他們，這是他的身分才有可能得知的情報。

另外，那個關於盜賊的問題其實有確認的意味。利瑟爾若是告訴他自己遇襲，雷伊想必會主動提供庇護，但是利瑟爾裝作不知情，雷伊因此判斷他不需要協助。

「就算指望你，也抓不到盜賊吧。」

「我覺得應該是沒有這方面的期待啦。」

利瑟爾對佛剋燙盜賊團漠不關心。劫爾明白這一點，於是嗤笑著說道，利瑟爾聽了也露出溫煦的微笑。

討伐盜賊不是冒險者分內的工作，希望雷伊他們，還有騎士們多加努力。

「那我們繼續填充魔力吧。」

「還要多久？」

「大概只差一點了。」

接著，利瑟爾他們走回魔道具旁邊，一路上沐浴在眾人「你為什麼認識貴族」的露骨注目禮之中，還看見筋疲力竭的團長呈大字形倒在地上。

關於團長，利瑟爾看了也心想「這樣沒問題嗎」，不過看其他團員嫌擋路似地從她身上跨過去，應該沒有大礙吧。其他冒險者也不安地窺探她的狀況，舞臺搭建倒是順利進行，利瑟爾他們就這麼望著這幅情景，悠悠哉哉繼續填充魔力。

利瑟爾一邊和閒來無事的劫爾談天，一邊持續注入魔力，過了十分鐘，才終於感受到結束的徵兆。魔力只能一點一滴慢慢注入，花費的時間比想像中還要久。

「劫爾，你要不要也灌一點進去作紀念？」

「不要。」

說著說著，一陣活力充沛的腳步聲噠噠噠地接近，看來是團長復活了。

「明天就是公演了，沒想到我竟然不支倒地啊臭小子！」

「團長小姐，妳也會以演員身分登臺嗎？」

「我演一個有點囂張的奇跡美少年！」

團長光明正大說出口，從中可以看出她的專業意識。一個沒有自信的表演者，不可能打動觀眾的心。

團長收集起散落的劇本，再次執起筆，利瑟爾和劫爾也再度打量這個女生。亂蓬蓬的頭髮、不合臉的眼鏡，不過反過來說，她的頭髮只要經過梳理，想必美麗動人，更何況她擁有一張小巧的臉龐。看她強勢的五官，確實帶有幾分少年氣質。利瑟爾看了明白過來，劫爾低頭望著她的眼神裡卻滿是狐疑。這男人真失禮。

「……嗯，已經滿了吧。團長小姐，結束了。」

「太好了！」

團長再度拋下疊好的劇本，朝著魔道具跑來。接著，只見她對著魔道具沙沙摩娑了一陣，手放在鏡片上「喝」地吆喝一聲。注入魔力的方式因人而異。

「啊。」

「哦？」

「好啦，可以運作啦臭小子！」

利瑟爾他們身邊輕飄飄下起雪來。利瑟爾伸手去遮，發出朦朧光輝的雪花結晶一碰到他的手，便如泡影般消散。

「與其說是映出氣候，這比較像是將魔力轉化為雪花、雨點形狀的魔道具呢。」

「難怪這麼耗魔力。」劫爾說。

看起來宛如真的下起雪一般夢幻，在舞臺上炒熱氣氛的效果一定很好吧。劫爾揮動手掌，戲耍似地搧去空中的光點，正當利瑟爾望著這光景的時候，不知何時鑽進車廂的團長又回來了，手中拿著一個布袋。

「來，你的報酬！想要幾枚銀幣啊臭小子！」

「原定的十枚就好。」

「上面不是寫了嗎？填充魔力的報酬是三十枚以內面議！拿去！」

團長嘴上問他要幾枚，卻不由分說硬塞了三十枚銀幣過來，利瑟爾好笑地道了謝，接過報酬。她說話的語氣雖然有點粗魯，做事卻不蠻橫，夥伴需要袒護的時候又毫不猶豫挺身而出，團員對她一定也是百般信任。

「順便賞你這個，拿去。」

「是門票，這樣好嗎？」

「是明天的票，你們要來看的話就拿去用！」

「有兩張呢，劫爾只是站在旁邊看而已喲？」

「我看起來就那麼小氣嗎臭小子！」

團長交到他手中的那兩張門票上，押印了美麗的版畫圖樣，以及劇名、劇團名，日期則是手寫字跡。利瑟爾感謝地接過票券，答應她明天一定來看戲。

儘管態度不客氣，團長看起來卻十分高興。她咧嘴一笑，那張亮出牙齒的笑臉令人印象深刻。

隔天，利瑟爾他們再度前往東廣場。

通道上擠滿人潮，眾人興奮地彼此對望。想要坐在舞臺前設置的椅子上看戲，那就得出示門票才行，不過站在座席區外頭觀看是不需要門票的。

「好多人哦。」

「還不是因為你動作太悠哉。」

利瑟爾按照往例跟在劫爾後頭，穿越擁擠人潮間的縫隙，往位子上走去。票上沒有指定席次，好位子先搶先贏，因此前半區域已經坐滿了人，不過二人以相關人員的身分，被帶到前排的保留席位上。

「原來如此，必須提早到場才行呢。」

基本上，利瑟爾只要到場觀劇，總會有人立刻帶他到位子上。這人根本沒有搶位子的觀念吧，劫爾無奈地坐到椅子上。

往四周一看，也有昨天幫忙搭建舞臺的冒險者在場。他們平時對戲劇興趣缺缺，不過這次是自己親身參與的作品，他們還是到場看戲，作個紀念。那群冒險者換上了休閒服裝，因此沒有招惹旁人「冒險者怎麼會跑來這裡」的目光。

「劫爾，你好顯眼哦。」

「囉嗦。」

劫爾倒是很引人注目，兇神惡煞的長相、強者的氛圍，遭人誤認為演員也不奇怪。提起這件事的利瑟爾也同樣引人注目，不過旁人以為他是來看戲的貴族，倒也不特別奇怪。雖然會遭人多看一眼，但沒有那麼格格不入。

二人坐在長椅上，他們的左右兩側不著痕跡地空了下來，有點哀傷。

「不曉得還要多久才會開場？」

「快了吧。」

他們從旅店出發的時候預留了緩衝時間，因此需要等候一會兒。來看書打發時間好了，利瑟爾才剛伸手摸向腰包……

這時，他彷彿聽見團長的怒吼。他們前一天聽過這聲音好幾遍了，其他冒險者也詫異地抬起頭來，應該不是自己聽錯了才對。

「團長今天也很激動呢。」

「這聲音太急迫了，不像在激勵士氣啊。」

劫爾百無聊賴地說。利瑟爾同意他的話，望向側臺的方向。

雖然聲音微小，只有前排能聽見，但聽起來一點也不像發聲練習。是不是出了什麼事？利瑟爾觀望了一會兒，只見一位女性團員從側臺跑了出來。

那是搭建舞臺時負責指揮冒險者的團員。看來她這次不登臺，一身普通的衣著，慌慌張張朝著這裡跑來。怎麼了？冒險者紛紛看向她，團員壓低聲音開了口。

「各位，你們有沒有人會拉小提琴?!」

怎麼可能有啊，這應該是在場所有人的共識吧。看見團員著急地說，拜託你們了、我們會支付酬勞、也會提出委託，雖然對她不太好意思，他們仍然全力推辭。

「昨天不是有人在練習演奏嗎，那位團員呢？」

利瑟爾納悶地問道。沒等到女性團員開口，答案已經從側臺傳來。

「你在搞什麼臭小子！怎麼會發生跌倒拐到手這種事，你是小孩子嗎臭小子！要是沒在明天之前治好我就把你踢出去啦臭小子！今天你就給我躺好！」

「我大概明白了。」

聽見團長的聲音，利瑟爾點了個頭。

幸好公演沒有伴奏一樣能進行，但是有沒有伴奏，演出效果應是天差地遠吧。果然還是不行嗎，那位團員傷心地垂下肩膀，朝他們低頭行了一禮。這時——

「現在開始背譜來不及了，可以用我原本熟悉的曲子充數嗎？」

「咦？」

女性團員猛地抬起頭來，張著嘴愣愣地看著眼前沉穩的微笑。

「我的實力比不上專業演奏家，如果你們不嫌棄的話。」

劫爾投來「你的貴族技能也自重一下吧」的視線，冒險者則紛紛投來「這人果然不是冒險者啦」的視線，再加上女性團員茫然的視線，利瑟爾全都不以為意，逕自催促她快點行動。

「喂別再失控啦臭小子！不行了，開始開會啦！」

「找、找到了！團長——！」

「竟然有人會小提琴喔!!是那個吧，一定是那傢伙，超有氣質的那個！」

團長的聲音從遠處傳來，冒險者們聽了紛紛點頭，他們都懂。

這是歡迎的意思嗎，利瑟爾一瞬間感到疑惑，不過立刻聽見團長指示團員帶他過去。

女性團員焦急地來回掃視側臺和利瑟爾，利瑟爾見狀站起身來表示會意，又忽然低頭望向劫爾。

「嗯……假如出了什麼萬一，我們就配合好時機吧。」

「啊？」

他朝著滿臉詫異的劫爾粲然一笑，便隨著團員的引導跟進後臺。到了後臺一看，所有演員皆已整裝完畢，穿著耀眼奪目的戲服。

其中有個人跪伏在地。他就是這個小劇團當中唯一的一位樂手吧，手腕上纏著繃帶的模樣令人不忍卒睹。

「如果是外傷，用這個馬上就能治好了。」

眾人的目光都聚集到他身上，利瑟爾從腰包拿出一個瓶子。

「雖然只是低級的，明天之前應該可以確實治好。」

「全體跪拜！」

團長一聲令下，團員們整齊劃一地跪了下來，默契絕佳。那演員特有的優美祈禱姿勢，看得利瑟爾有趣地笑了，他將手中的回復藥交給身旁正仰天祈禱的女性團員。

「不過這不是迷宮產的，我想會很痛哦。」

「沒問題！好，動手！」

於是好幾個人壓住樂手，毫不留情地灑上回復藥。幸好樂手嘴裡塞了布塊，慘叫聲並沒有傳到觀眾耳中，團長把他拋在一邊，拿著劇本咚咚地走了過來。

「我也不求你背劇本！跟你說明一下時機就好！」

「只要給我五分鐘，大致上的流程我應該可以背下來。」

「求你背起來拜託你了!!」

團長之前所言不假，此刻她已經搖身一變，成了奇跡般的美少年。女性真不簡單，利瑟爾邊想邊接過她猛力塞過來的劇本。

平常他想慢慢享受閱讀樂趣，所以不會讀得太快，不過認真起來，他能以相當快的速度讀完一本書。只需要知道概略流程的話，給他五分鐘已經夠了。

「有問題的話，請說。」

「你能演奏幾首曲子，技術呢?!」

利瑟爾快速翻閱劇本，沉穩地請她發問。團長深摯的謝意差點脫口而出，但她忍住了，現在哪怕一分一秒都不能浪費。

「演奏給耳朵被慣壞的貴族大人聽，也不至於招致不滿的程度吧。」

「很足夠了！」

「沒有樂譜的情況下，可以演奏整首的有十幾曲。按照我昨天看劇本的印象，其中適合的有四首，不必從頭到尾演奏的話再加十首。」

「你真的是冒險者嗎臭小子！」

我明明是如假包換的冒險者呀，利瑟爾面露苦笑，繼續仔細閱讀劇本。

那是樂手本人使用的劇本，寫著場景轉換、演奏開始處、演奏開始方式與結束方式，光是註明了這些提示，就已經非常清楚易懂。他一頁接著一頁翻閱過去，團長目不轉睛地盯著那掀過紙頁的指尖。

「開始時的『adagio[1]』指的是?」

「不要太沉重，盡量保持固定節奏……有點接近華爾滋。」

1. adagio：音樂術語，柔板。

「還有，這邊的打鬥場景，我沒辦法配合演員的動作。」
「我知道。不過這邊劍刃相擊的時候，有沒有辦法一瞬間中斷演奏？」
「如果時機配合得來的話。」
利瑟爾一路讀到劇本最後一頁，又回到開頭處，開始討論細節。團員們本來私底下還有點不安，心想與其勉強讓冒險者上臺，還不如不要伴奏比較好吧？不過聽見二人沉穩的討論，演員們也紛紛恢復了平常心。
他們將痛到昏厥的樂手悄悄推到角落，一如往常各自做好心理準備。團長瞥見這一幕，壓低了音量，想必是刻意的吧。還真有伸出援手的價值，利瑟爾低頭望向她，眼角流露幾分笑意。
「好，這下萬無一失啦臭小子！」
「恐怕會給各位帶來一些困擾，還請多加包涵了。」
「比起在一片安靜中上演好太多啦！我的團員都很擅長即興演出，不管出什麼事都能幫你掩飾過去！」
「那真是太可靠了。」
利瑟爾在磋商過程中接過小提琴，稍微演奏了幾曲，兼作練習，接著磨合了彼此認知的差異。
這時，女性團員抱著一大團布跑了過來。她從利瑟爾手中接過小提琴，放在一旁的桌子上，接著猛地展開那塊布給他看。
「樂手全程都會站在觀眾看得見的位置，所以請穿上這件戲服！」

開演已經迫在眉睫，團員俐落地將那塊布披到利瑟爾身上。戲服優美地纏裹在他身上，幾乎遮住了全身，還附有兜帽，在舞臺上想必相當好看。
利瑟爾雙手拉起兜帽，戴到頭上，將之調整到遮住眼睛的高度。
「不方便演奏的話，露臉也沒關係哦。」團長開口。
「要是暴露身分，又有人要在背後說我不像冒險者了。」
「你還在意這點不是太遲了嗎臭小子！」
「這句話我聽了有點受傷。」
不說這個了，時間到了。團長說完，喊了演員們一聲。
觀眾的喧囂就連後臺都聽得見，感受得到臺下迫不及待的熱望。團員們彼此互望，踏實地點了點頭，利瑟爾也在打氣聲中接過小提琴。
「從一開始就要出場啦，走囉。」
「好的。」
利瑟爾走向仍然空無一人的舞臺，舉止泰然自若。
站在群眾眼前，他早已感受不到緊張了。他見過無數重大場合，站在國民面前、領民面前，集萬眾目光於一身，對他而言才是日常的一部分。
舉手投足流暢優雅，他在舞臺一角停下腳步，架起小提琴。
「（從劫爾那附近，大概會被看見吧。）」
樂聲緩緩起步，譜出輕快節奏，利瑟爾邊開始演奏邊這麼想。
戲服雖然飄逸，卻不會影響演奏。只不過，衣服是配合原本樂手的身材製作，而利瑟爾的身高比他還要高。劫爾他們坐在第一排，想必看得見利瑟爾的眼睛吧。

難得最近已經很有冒險者的樣子了，利瑟爾內心喃喃自語。得小心別暴露身分才行，他在劫爾無奈的目光中這麼想。

「『我會把你的首級砍下來示眾！』」

「『你這惡徒怎麼這麼天真呀，你要示眾，至少要在眾人眼前活生生割下首級才像樣。』」

劇情推進，來到打鬥場景。

團員們經過千錘百鍊的逼真演技，看得觀眾們緊張地捏一把冷汗。至於劫爾，則是冷靜看著舞臺上的武打動作，一邊想著「一般打鬥的動作不是那樣」，這也是他享受戲劇的一種方式吧。

「（真不簡單。）」

利瑟爾此時演奏激烈曲調，仍然不失風雅，劫爾看了在心中低語。貴族還真辛苦。

劇中鬥劍的場面逐漸逼近高潮，演員們手中的劍刃相交、彈開，又拉開距離。悲痛吶喊的主角、搧風點火的美少年、冷酷的反派，看得全場所有人目不轉睛。

就在這時，劫爾忽然看見利瑟爾雙唇吐露了些什麼話。配合提琴演奏的樂聲，那嘴型正以固定間隔念出單詞，劫爾發現那是倒數的數字。沒有一位觀眾在看樂手。

「（Five、Four。）」

「（Three。）」

利瑟爾從兜帽的陰影下望向他，二人視線交會，那嘴唇數出無聲的數字。

見他朝這邊露出微笑，劫爾凝神回望，忽地瞇起眼睛，微微張開雙唇。「Four。」他道出理應數過的數字，利瑟爾見狀加深了嘴角的笑意。

利瑟爾順著他修正過的數字繼續倒數。「（Three，）」主角舉劍過頭。「（Two，）」那柄劍彈開反派的劍刃。「（One，）」被彈飛的劍在舞臺上畫出弧形，正要落到地上之前。

「Zero。」

剎那間，聲音全數消失，黑暗籠罩舞臺，只聽見劍刃「鏗」一聲落到地上的清響。

接著，黑暗有如潮水消退般隨即散去。觀眾想必以為這是演出效果吧，全場響起熱烈掌聲，團員們的表演也未曾中斷。

「（真不愧是專業演員。）」

面對突發意外，團員們仍然沒有絲毫動搖，利瑟爾重新開始演奏，一面觀望他們的反應。剛才，他彷彿看見團長一瞬間朝著這裡瞪來，太可怕了。

此後，公演順利進行，全場氣氛不曾冷卻。舞臺華麗炫目，奪去觀眾的目光，沒有一個人注意到舞臺角落，躺著折斷的箭矢和一柄小刀。

「給我解釋清楚臭小子！怎麼突然搞得烏漆墨黑的！」

「不好意思。不過我事前就說了，可能會給各位帶來一些困擾。」

「誰想得到你指的是這麼具體的事情啊臭小子！」

利瑟爾再三安撫激動的團長，憑著這次演奏不收取委託費用、以及提供回復藥的恩情，他終於獲得團長原諒。

她想必早已看見掉落在地的箭矢，也注意到攔下箭矢的小刀，卻並未深究。以劇團領導者的身分來說，這也是正確的判斷。

雖然態度不客氣，又難以察覺，但團長看來是擔心他吧。利瑟爾朝她微微一笑，最後在團員的袒護之下離開了後臺。他也向團員們道了歉，不過團員們對他僅有誠摯的感謝，令他鬆了一口氣。

「你喔，知道對方會下手就不要主動上臺。」

然後現在，他正在走回旅店的路上，聽著劫爾的怨言。

「難得都幫了他們的忙，總是希望公演能成功嘛。」

以那個劇團的實力，即使沒有伴奏，一定也能圓滿完成演出，只是利瑟爾不希望他們妥協。這是他自己的任性，劫爾卻願意奉陪，利瑟爾對此十分感謝。

「那你事前先講清楚啊。」

「時間寶貴呀。」

「然後呢，你省下那些時間的成果如何？」

「還不錯，不過假如能多練習一下就好了。」

劫爾拋來「這傢伙個性很認真嘛」的視線，利瑟爾則逕自思考。

表演結束之後，他們拾起箭矢一看，果然和盜賊使用的箭相同。不曉得是打著演奏中難以防備的算盤才下手襲擊，或者只是告誡他們不許鬆懈。

「你差不多該想點辦法了吧。」

「有點期待呢，不知道對方下次會採取什麼行動。」

眼見利瑟爾露出微笑，劫爾也嗤笑出聲。

那位襲擊者也許只想耍弄他取樂而已。被一刀保護得無微不至，態度悠然自得的小白臉，這下會有什麼樣的反應？假如能看見他求饒的模樣，那就太愉快了，不過是這種程度的戲耍而已。

未免太瞧不起人了，劫爾心想。自己唯一服從的男子，怎麼可能只是區區的弱者？還真敢做出這種非分的勾當，他暗自嘲笑至今尚未現身的那個兇手。

「你現在的表情很兇惡哦。」

「我本來就長這樣。」

只不過，既然利瑟爾說要放任不管，劫爾也不打算出手。若利瑟爾開口要他殺了對方，他隨時可以斷了那人性命，現在就讓那襲擊者幫利瑟爾打發點無聊時間就好。

看見那人揚起打趣笑容的臉龐，劫爾回以一聲嗤笑，伸出手背拍了他額頭一下，遮住那雙望向自己的眼瞳。

21

他天性喜歡享受刺激。

生來就是如此吧。他幾乎靠著無師自通，練就了一套戰鬥方法，此後便獨自去找魔物單挑。有時候受了徘徊生死邊緣的傷，這孩子仍然笑著說「可惜只差一點」。

他並不是想尋死，只是興趣嗜好太過極端而已。雙親接納了兒子的本性，只跟他約好「不許丟了性命」，便讓他自由闖蕩，對於父母的寬容，他尊敬有加。

到了獨自住進旅店也不會遭到老闆拒絕的年紀，他離開了雙親身邊。在叢林裡感受到的刺激少了，他便在雙親的目送下離開森林。平時，即使兒子被打得半死不活，父母也從來不曾阻止他狩獵魔物，這時候卻讓他帶上五花八門的送行餞禮，正是出於他們對兒子的愛吧。

他對父母的厚愛心懷感謝，依然踏上離家的旅途。

後來，他聽說了冒險者這個職業，由於可以兼顧興趣與收益，他也到公會登記了。

光論他的實力，肯定足以在冒險者這一行獲致成功。既然如此，他為什麼會成為盜賊？這只能說是情勢使然。

他為了尋找委託需要的魔物，穿梭在森林中的時候，遇上了盜賊襲擊。他反過來討伐了那群盜賊，殺死了應是首領的人物，結果在殘存盜賊的簇擁之下，不知為何成了他們新任的頭目。

聽當時認識到現在的盜賊說，他看起來實在不像是來報仇的，他們都以為是其他勢力的盜賊派了斥候過來。真是太遺憾了。

他儘管能辨善惡，卻苦於缺乏刺激，因此順水推舟過起了盜賊生活。也許他還算機靈，原本的小型盜賊團逐漸發展出堪稱組織的規模。

同時兼任冒險者與盜賊首領的奇妙生活，每一天都充滿刺激，感覺還不壞。

一次在酒席間，有人開玩笑提議幫盜賊團取個名字。他隨口回應，結果這稱呼不曉得為什麼就定了下來，而且還因為聽錯誤傳，導致盜賊團的名聲以一個蠢名字傳開了，實在令人難以接受。

自從耳聞某位冒險者的傳言，他的生活出現轉機。

那是個像貴族一樣的冒險者。一刀隨侍在側，有一定的聲望，身姿高貴，怎麼看都是個貴族。他聽說那男子因為護衛委託離開了王都，正好他也好奇一刀的實力高下。不曉得這一趟能撈多少？他打算出手襲擊，順便試探一番。

那時，他看見一輛馬車，一名男子隻身在火堆邊看書。那人讀書的姿態怎麼看都不像冒險者，不如看看能不能扭曲那張廉潔的臉龐好了。於是他搭弓射箭。

箭矢被彈開的同時，一道黑影現身。他看了亢奮難耐，已經許久沒有面臨自己絕對無法匹敵的對手了。他無意自殺，只想交鋒一次就好，他拋開弓弦，撫上劍柄。

下一秒，爆裂聲響起，他是第四個人，所以才躲得開。假如是第一個，不知能否全身而退。

「…………啊？」

無意間發出的那聲低喃，極接近他最自然的嗓音，如此低沉。

他轉向爆裂音傳來的方向，沉穩清靜的面孔詫異地朝這個方向望過來。那人臉上的表情沒有動搖，也沒有敵意，帶著與陌生人擦肩而過般的態度，面帶微笑地與一刀交談。

「哈、哈哈……！」

背脊竄過一陣冷顫，寒毛直豎，他分不清那是恐懼還是狂喜，伸手捂住胸口狂跳的心臟。

然後他將帶來的嘍囉拋在原地，就這麼撤退了。他們肯定會被殺得一個不留，但也沒什麼問題，反正人數放著不管也會變多。

他疾奔過夜幕低垂的森林，臉上浮現由衷愉悅的笑。

「能不能讓我加入隊伍呀！」

事不宜遲，他向那二人搭了話，只要能跟他們交談幾句都是賺到。

畢竟他再怎麼挖掘，都打聽不到他們的任何情報，太奇怪了。既然如此，就算免不了引起懷疑，還是直接跟他們接觸比較快。

向他投來的微笑，與那天夜晚看見的並無二致。不曉得是對自己有所戒備，還是興趣缺缺，或者是已經察覺了些什麼？不過他早已明白攀談的風險，依然露出親切討喜的笑容。

「優點和加入動機矛盾了，請再接再厲。」

謊言被識破了，他壓抑住唇邊的笑意。原來如此，這人的確擁有與一刀共組隊伍的價值。他明白過來，故意不再糾纏，就這麼走出公會。

能稍微勾起他們的疑心最好。他注意到了，那雙紫晶般的眼瞳對自己不抱一絲關心，不論盜賊襲擊還是加入隊伍的請求，對他來說全都是不值一提的小事而已。

謊言被拆穿之後，就連他身邊那二人都對自己起了疑心，那人臉上卻掛著一如往常的微笑，他回想起那道身影。

「煩死了。」

他啐道，嘴角卻勾起譏嘲的笑。

看來暫時不會無聊了，正好最近盜賊事業也缺乏新意。他順道跑到王都帕魯特達的其中一個據點，隨便找了個傢伙來，讓他帶上弓箭。

這次權充問候的襲擊失敗了，一如他的預測。他理應藏好了自己的身影，卻有道殺氣牽制似地向他投來，不愧是一刀。他愉悅地走在別人家的屋頂上，離開了現場。

那張臉龐果然還是沒有浮現任何一絲動搖。有沒有辦法攪亂那人沉穩的表情呢，他心想。

「能不能讓我加入隊伍呀！」

隔天才是重頭戲。

考慮到自己上前攀談與遇襲的時機，任誰都會提高戒心吧。他瞇起眼睛笑了開來，但那人的反應卻不符合他的期待。

照理來說，那人不是那種對誰都不抱疑心、純潔大真的笨蛋才對。但臉上那道不為所動的微笑，卻不是見到危害自己性命的嫌疑犯該有的表情。

「冒險者介紹失敗，請再接再厲。」

不帶謊言的自我介紹，果然還是被拒絕了。

他望著走出公會的二人，意識到自己昨天的「問候」沒有意義。他們行走的姿態對周遭毫無戒備，看來摧折他們精神的希望渺茫，這二人真是我行我素。他想著，大口咬下路邊攤買的串燒。

結果，那天他也試著拿弓襲擊解完委託踏上歸途的二人，不過箭矢被一刀一把抓住，馬上就結束了。不愧是高手。

他忽然想到，那人泰然自若的態度，該不會是因為有一刀隨侍在身邊的關係吧？

就在這時候，有個絕佳的機會上門了。雖然他也在內心全力吐槽「是怎樣才會發生這種事」，不過目標離開一刀身邊，出現在舞臺上了。那人裹著陌生的戲服，要不是他刻意監視，想必不會注意到吧。

那人演奏的音樂聲傳來，聽得他有點莫名其妙，這傢伙肯定不是冒險者。他側耳傾聽那音色，思量該哪時候放箭。既然這是場戲，那就挑個戲劇化的時機最好。

接著，他在逐漸白熱化的打鬥場景中算準時機，打了暗號。他不是想殺死那人，所以不會瞄準要害。這下能看見他痛得皺起臉的樣子了吧，他帶著看戲的心情，等待好戲上場。

「啊？」

下一秒，黑暗籠罩舞臺，同時他看見一柄小刀貫穿了持弓盜賊的腦門。眼見手下身體一晃，他隨即失去了興趣，定睛望向黑暗散去的舞臺。

繼續響起的樂聲流暢而悠揚，這次也失敗啦，他聳聳肩離開現場。憲兵會把遺體清掃乾淨吧。

指定範圍的暗屬性魔法，這人魔法用得還真靈巧。

擁有貴族人脈的優秀魔法師，這可是貴重的人才，要是真能跟那個人組隊也不賴。他一邊這麼想，今天也來到冒險者公會跟那人搭話。

「拜託讓我加入隊伍！」

「那麼按照慣例，請說。」

「我是獨行C的伊雷文，優點是雙劍技術高超，還有在黑暗中看得很清楚，缺點是不太懂禮貌又容易大意。我聽了那天的演奏好感動喔，跟這種人一起接委託一定很有趣，這就是我的加入動機！」

「嗯……」

不同於往常，這次沒有立刻遭到拒絕，他吊起嘴角。以一個冒險者來說，這次的介紹內容相當優秀吧，接下來就看眼前這若有所思的男子要怎麼拒絕他了。

一旦拒絕，就證明了那人對自己抱有疑心，證明表面上即使裝作漠不關心，他的情緒仍然產生了某些變化。

反過來說，假如他同意讓自己加入隊伍，目的大概就是監視了。這下不論拒絕與否，對方都得將自己放在眼裡。採取露骨的行動總算有了回報，不管事態如何發展，獲勝的都是自己，他感覺到瞳孔期待得瞇成了一條線。

「嗯。」

一道柔和的嗓音落下，看見那人臉上浮現淺淺的笑，他忽然感到疑惑。

那和平常的微笑不一樣。看見那期待已久的表情，湧上他胸口的情緒卻不是喜悅。這種寒毛直豎的感覺究竟從何而來？至今從來沒有過這種感覺，他不明白。

「你大意了吧？」

纖薄的唇瓣勾起弧線，那雙眼眸裡高貴的色澤更加深沉，他移不開目光。

那天早上，利瑟爾和劫爾一同在旅店享用早餐。說好一起造訪公會的日子大抵如此，平時則是因為二人開始活動的時間不同，沒什麼機會碰頭。

完成劇團的委託後幾天，利瑟爾和劫爾都沒有到冒險者公會露面。他們本來就沒有熱中到每天往公會跑，也不缺錢，最重要的是利瑟爾的讀書欲好久沒有如此高漲了。劫爾一瞬間懷疑這是不是壓力使然，不過完全不是這麼回事。

「今天大概又會有箭飛過來了。」

「瞄準你腦門，還被你說得這麼輕鬆。」

「反正射不中的話都一樣吧？」

一個每次踏出屋外都會受到性命威脅的人，說話竟然是這種態度，劫爾一手端著裝了水的玻璃杯望著他。換作一般人，早就嚇得足不出戶了。

「就算是用過就丟的嘍囉，這也太沒完沒了了。」劫爾說。

「如果只是當作消耗品，要找多少就有多少吧。」

差不多也嫌麻煩了，劫爾心想。他的個性不是特別衝動火爆，但也不算特別有耐心。假如遭到狙擊的是自己，他會隨便應付過去，現在倒是稍微有種「你以為你在對誰出手」的不悅。

「最近吵著要加入隊伍的小鬼是盜賊吧。」

「是的。」

「把那傢伙抓起來，逼問出元兇不就解決了？」

「說是逼問，倒不如說……」

利瑟爾說到一半，忽然眨了眨眼睛。這還是劫爾第一次主動提出具體的解決方案，先前每次遇襲，他都是用一副意興闌珊的樣子幫忙擋下。

不過這也是當然的，利瑟爾點點頭，畢竟最近每次外出，劫爾都必須與他同行。劫爾不想做什麼事的時候總是直言不諱，所以利瑟爾也疏忽了，也許這種生活對他來說太拘束了。

習慣有人隨時陪侍身側，總是難以注意到這一點，利瑟爾深自反省。

「你別亂想。」

劫爾看著他的眼光帶點詫異。

「還想玩的話隨你高興，我也是自己高興才這麼做。」

「真的？」

「嗯。」

利瑟爾眼角多了幾分笑意，往口中放入最後一口麵包。

劫爾話裡沒有絲毫顧慮，唯有事實而已。道了謝他一定不想聽，客氣推辭的話他一定會不高興吧。即使如此，他口中自稱隨興的舉動，依然是利瑟爾應該感謝的行為，而利瑟爾也相當珍惜。

「不過，我想想……」

他將剩下一塊麵包的盤子遞給劫爾，表達這份心意。

「今天他大概也會認真自我介紹了，差不多了吧。」

「差不多結束了？」

「這就要看他怎麼做了。」

劫爾沒特別說什麼，拿起麵包大口咬下。他三口吃光那塊麵包，咕嘟嚥下喉嚨，聽見利瑟爾那句別有深意的話，略微蹙起眉頭。

「要是他不耐煩了，對其他人出手，那也很令人頭疼。」

「也是，你表面上看起來這麼正派廉潔，想刺激你的話確實會來這招吧。」

「『表面上』是什麼意思啊。要是他對賈吉他們下手，我也會生氣的。」

「哦？那還真想看看。」

劫爾勾起壞心眼的笑。這人真是口無遮攔，利瑟爾面露苦笑。

但是劫爾深信不疑，畢竟利瑟爾都已經指明對象了。在這裡沒有利瑟爾應該守護的國民，所以不管素未謀面的陌生人發生什麼事，他的情緒應該都不會產生任何波動。與其說他冷酷，還不如說是合乎邏輯，這男人的優先順序排得一清二楚。

「話說回來，他不是盜賊的手下哦。」

「啊？」

利瑟爾終於吃完早餐，稍微喘了口氣，忽然開口說道。冒險者要多吃一點，女主人出於這份好意準備的早餐，對利瑟爾來說分量有點多。他緩緩喝了口水，雙唇微啟。

「是首領。」

伊雷文興味盎然地環視對方準備好的房間。

剛才那股感覺已經沉澱下來，他還搞不清楚它的真面目。雖然覺得奇怪，他還是決定不去在乎這件事，因為現在還有他更應該介意的男人在場。

「我們談談吧。」

公會內部的會客室，與冒險者來來去去的大廳氣氛截然不同。經過打磨後光亮的地板、面對面擺設的豪華沙發椅、高度及膝的厚重茶几。利瑟爾只消一句話就能讓人打點這間會客室，他一瞬間懷疑這人是不是公會的要人。

話雖如此，但準備會客室的是在一旁聽見他們的對話，便立刻採取反應的史塔德就是了。

「是說要談什麼啊？」

「難得有位子坐，我們坐下來談吧。」

利瑟爾面露微笑，伊雷文見狀愉快地坐到沙發上。他一屁股使勁坐下去，這沙發果然如外表一般高級，柔和地承接住他的體重。

利瑟爾在伊雷文對面悠然坐下，劫爾也坐到他隔壁。至於史塔德，他也沒有離開會客室，而是在利瑟爾背後站定。看見他宛如侍從一般的站姿，利瑟爾露出苦笑，但沒有趕他出去。

「該不會要錄用我了吧？」

伊雷文探出身子，露出討人喜歡的笑容。該怎麼辦呢，利瑟爾想道，悠然偏了偏頭。

「從以前開始，你就拋出不少線索了吧？」

「啊？」

「不過，今天給的畢竟是決定性的線索。」

「啥？」

「和我們正面相對的感想如何？」

眼見利瑟爾面露微笑，伊雷文微微瞠大眼睛。他斂起討喜的笑容，接著極度愉快地吊起嘴角。

「完全被你發現啦？真假？套話什麼的三流手段不需要喲？」

「也沒有套話的必要吧？」

「哈哈！」

利瑟爾答得乾脆，伊雷文蜷起身體誇張地放聲大笑。

他親切討喜的表情消失不見，換上異樣的笑容。此刻的他氣質陡變，確實擁有盜賊首領的風範。劫爾不悅地咋舌，史塔德身周淡然地醞釀起一股寒意。

「怎麼會露出馬腳呀？」

伊雷文雙腿打開，手肘撐在腿上托住下巴，目不轉睛地盯著利瑟爾瞧。

儘管利瑟爾問他感想如何，這時他也絲毫沒有感覺到想像中的狂喜，因為想要的東西還沒到手。不僅欲望沒獲得滿足，反而還覺得飢渴，他自己也覺得不可思議。

「你說得這麼露骨，我原以為是故意的，原來是真的大意了？」

「啊？」

「你的加入動機。」

伊雷文伸出舌頭舔舐略顯乾燥的嘴唇，一面回想自己說過的話。「我聽了那天的演奏好感動喔，跟這種人一起……」，想到這裡，他嘆了聲「哎呀」，垂下肩膀。

「知道那天的樂手是我的，就只有冒險者和劇團團員，再來就是——」

「襲擊者？」伊雷文接口。

團員求助的時候壓低了聲音，利瑟爾也經過變裝才登上舞臺。假如聚精會神盯著他看，也許能猜到樂手是誰，不過確信到足以射箭狙殺的程度，那肯定是另一回事了。

「你都不覺得我只是剛好去看戲，然後發現樂手是你哦？」

「你醒目得都足以當成缺點了，假如你坐在臺下，難道我從舞臺上還看不見？」

戲服雖然遮住了他的眼睛，但是某些姿勢下觀眾席仍然一覽無遺。樂手也有暫停演奏的時候，為了確認反應如何，利瑟爾也必須觀望周遭。假如伊雷文真的以觀眾身分到場看戲，從視野良好的舞臺上一定能清楚望見那鮮艷的紅色。

「所以就被你發現啦？」

伊雷文譏嘲似地瞇起眼睛，視線瞟向劫爾。

「但是啊，你都知道我是盜賊了，還馬上找我進來哦？就算身邊有護衛，也未免從容過頭了吧？」

「他不是護衛，是隊友……」

劫爾滿臉不悅地皺著眉頭，利瑟爾瞥向他，面露苦笑。

「而且，也不算是『馬上』了。」

「哦？那是哪時候？」

伊雷文有一部分是刻意挑起對方疑心找樂子，因此他聽了並不特別驚訝，仍不為所動地向利瑟爾拋出疑問。

沒錯，這原本只是場遊戲才對啊？這疑問浮現於他的意識一角。但這場遊戲卻激起他的欲望，甚至逼得他近乎飢渴。他原本無意挑釁一刀，只是拿這件事情打發時間而已。

「我第一次見到你時就知道了。」

然而這微小的疑問，立刻被利瑟爾平穩的嗓音抹去。

「不是覺得可疑而已？」

「不，幾乎是確信了。」

伊雷文直起撐在手肘上的上半身，靠到椅背上，手臂擱上沙發。接著他瞇起眼睛，緊盯著眼前沉穩的男子。

想必他不是瞎猜的。伊雷文早覺得這人看起來腦袋相當靈光，沒想到竟然超乎他的想像。還真想偷窺他的思路一次，他邊想邊搖搖頭，甩開落到眼睛上的瀏海。

「為啥？」

「要是當時來的不是你，也許還不會知道呢。」

利瑟爾回以一抹忍俊不禁的笑。什麼意思？伊雷文眨了下眼睛，那柔和的嗓音向他道出答案。

「畢竟是首領親自來見我們呀？」

聽見他帶著確信說中實情，伊雷文那雙比常人蒼白的臉頰泛起紅潮，放聲大笑。

「哈哈，連這都被你猜到啦！」

「你都強調到這種地步了，當然會注意到呀。是你幫盜賊團取了『Forked Tongue[2]』這個名字吧？」

「太厲害啦！你未免太多疑了吧？」

伊雷文止不住笑意，就這麼張大嘴巴，露出舌頭。那舌頭比利瑟爾他們唯人[3]更細一些，纖薄的舌頭上有道淺短的裂口，尖端分出雙叉，是蛇族獸人的特徵。

「因為不太可能再出現第二位蛇族獸人了。」

「我在這一帶也是沒見過其他蛇族啦。」

他縮起雙腳，毫不猶豫踩上昂貴的沙發。史塔德臉色當然不怎麼好看，不過他現在似乎決定不插嘴，因此沒多說什麼。

「然後咧，你想怎樣？把我抓去送辦？」
「說要把你抓去送辦的話，你會逃跑嗎？」
「不會，應該是說不可能逃得了啦，對手是那傢伙欸。」
伊雷文隨時都在追求刺激，但也清楚自己的實力在哪。畢竟死了就沒戲唱了，他懂得什麼時候該抽身，敵不過對方的時候，他也會乾脆放棄。
對他來說，劫爾是不論如何都無法匹敵的對手，史塔德也不是能輕易制伏的對象。假如將不擇手段、成功率極低的狀況也列入考量，倒不是完全不可能就是了。
這人究竟會怎麼做呢，伊雷文向他投以愉快的目光，利瑟爾忽然煩惱地偏了偏頭。
「老實說，這些事情怎麼樣都無所謂。」
「啊？」
「你是盜賊，是盜賊團的首領，你說謊，舉止又沒規矩，這些事情都不太重要。」
他臉上掛著柔和的微笑，笑裡甚至感受得到慈愛，吐露的卻是冷言冷語。伊雷文隨時掛在臉上那種有如譏嘲的笑容一瞬間消失不見。
「只不過，你差不多要對我身邊的人出手了吧？」
不許對其他人出手。利瑟爾說他到這裡來，只是為了提這件事。
面對面談話的是他們兩個人才對。即使如此，利瑟爾的心思卻沒有放在伊雷文身上，

2. Forked Tongue：雙叉蛇信。
3. 唯人：指稱一般人類的用語。

而是為了別的誰才這麼做。一開始，這只是場遊戲。他以為這能充作消遣，只是想把那張泰然自若的臉龐糟蹋得七零八落而已。他樂在其中，本來應該只是這樣的。

但這種煩躁感是怎麼回事？沒樂趣的話扔掉就好。尋找下個玩具就好。儘管注意到自己無法保持平靜，伊雷文仍然放任這股類似焦躁的衝動，驅使他伸手探向劍柄。

咻一聲劃破空氣的銳利聲響，還有喀啦喀啦什麼東西碎掉的聲音傳入利瑟爾耳中。同時，他感受到某種溫暖的東西覆上一邊臉頰。

他伸手碰觸那溫度，發現那是誰的手掌。正要轉頭看向那邊，近在眼前的刀刃尖端卻映入眼簾。那刀尖停在原地，仍微微顫動，持續瞄準近在數公分之外的利瑟爾。劫爾的手臂橫過他眼前伸來，擰碎了那隻手腕，壓制著那隻握著短劍的手。

「謝謝你。」

利瑟爾露出微笑，目送刀尖慢慢遠離，又回過頭去。

「還有史塔德也是。」

他握住那隻貼在臉頰上保護他的手，眼中流露出甜美的笑意。利瑟爾輕輕移開他的手，澄澈透明的蒼色眼瞳俯視過來，彷彿忘了要眨眼。

「嗚，煩欸……！手腕都碎了啦，放手，很痛欸！」

「一個手腕被捏碎還不放鬆力氣的傢伙，我怎麼可能放手？」

此刻依然震顫的刀尖，是伊雷文全力抵抗劫爾的證據。正如劫爾所言，假如他現在放開手，那利刃會毫不猶豫刺向利瑟爾吧。

這麼說來，這人應該是雙劍士才對。利瑟爾看向他的另一隻手，大概是撐上桌面的時候被盯上了吧，那隻手被仍然坐在原位的劫爾一腳踩住了。

「在劫爾眼前還有辦法接近到相差幾公分的距離，不愧是盜賊團首領。跟史塔德比起來，不知道是誰比較快？」

「我的身手退步很多了但也不會輕易輸給這種人。」

「真厲害，速度太快我就不太能看到了。」

「要練習能夠看到啊。」劫爾說。

伊雷文使勁咬緊牙關，這是他發動襲擊時見過好幾次的光景。

即使性命受到威脅，仍舊若無其事、好整以暇地交談，面帶微笑。一開始，他還覺得這反應很有趣；此時此刻，看了卻讓人恨不得殺了他。

然而被踩爛的手掌骨骼早已碎裂，另一隻疼痛難耐的手腕雖還堪用，但任憑他再怎麼使力，劫爾緊抓不放的手臂也文風不動。

「唉呀……哈哈……」

伊雷文放棄似地忽然放鬆了力氣，沉聲笑道。

「你要我挑哪一個下手？」

他是被綁上刑架、肢體扭曲的罪人，那眼神宛如看見渴望的事物就懸吊在眼前，伊雷文那句呢喃中飽含愉悅。

「我就滿足你的期待吧。喂，你以為我辦不到？」

利瑟爾的視線轉了過來，他見狀咧開嘴唇，露出利牙。

他捨棄了撤退的後路，那種小事早已無關緊要。打從這麼想的時候開始，伊雷文已經迷失了自己「形勢不利時不下賭注」的本質，眼中只看得見唯一一人。

「你還不成熟。」

聽見那唯一一人吐露的嗓音，伊雷文停下了所有動作。

朝向利瑟爾的短劍懸在半空，他瞠大的眼睛眨也不眨，甚至連原本開玩笑時放鬆下來的身體，都反過來繃緊了渾身的力氣，動彈不得。他不懂發生了什麼事。

但僵在原地的不只伊雷文一人。不論仍然封著他行動的劫爾，還是反手握著冰刃的史塔德，都一樣無法動彈地看著利瑟爾。

「你能將些微的恐懼轉變為快樂，一定不曾感受到恐懼吧？」

「……！」

「剛才朝氣蓬勃的回答到哪裡去了？」

伊雷文依舊從茶几邊探出身體，利瑟爾的指尖悄然撫過他臉頰，從冰涼的鱗片撫至下顎，就這麼滑到下顎底下，緩緩抬起他的下巴。

那臉龐不費多少力氣便暴露在他眼前，上頭沒有笑容，蒼白不帶血色。利瑟爾悠然瞇起眼睛，露出微笑。

「恐懼等同於自制。這是你缺乏的東西，所以儘管能分辨善惡，你仍然無法理解遵從它的意義。」

伊雷文突然明白過來。

為什麼劫爾肯與他同行？為什麼史塔德仰慕他？不是因為優秀的知識或魔法，也不是因為受到他疼愛。答案銘刻在他腦海，比思考更深刻、比感情更激烈，訴諸本能，使他明白了背後的原因。

「所以……」

同時，他回想起被帶到這裡之前感受到的，那種背脊寒毛直豎的感覺。伊雷文總算明白，原來那就是所謂的恐懼。

看見那雙因為加重了高貴色彩，而顯得更加深邃濃艷的眼瞳，他體內深處湧上一陣顫慄。

「要是輕舉妄動，我會生氣哦。」

但是為什麼呢，縱使恐懼到這種地步，哀求、倚賴的對象卻也都是利瑟爾。現在支撐伊雷文的，不是跪在茶几上的雙膝，也不是被劫爾制住的雙手，唯有利瑟爾托在他下顎的指尖而已。

顫動的喉頭嚥下一口唾沫，他點了點頭，動作細微得與顫抖沒有區別。利瑟爾見狀也移開了指尖，短劍從他脫力的手中落下，從茶几彈落地面。同時劫爾也放開了箝制，伊雷文整個身體崩落到茶几上，忽然感覺到什麼東西觸碰他的頭髮。

「現在，你知道不能出手的範圍了吧？」

沉穩的聲音如此柔和，溫柔的手掌一次、兩次梳過髮絲，便離開了。支配思緒的氛圍就此消散，劫爾和史塔德也呼出無意間屏住的氣息。

「嗚……嗚……」

伊雷文緊緊趴在桌上，蜷著身子，微小的嗚咽聲忽然從他喉間流洩出來。那雙肩膀時不時抽動，相當難受的樣子，一看就知道他不習慣哭泣。
要把他抓起來嗎？史塔德正要伸手，利瑟爾卻朝他搖了搖頭。他從沙發上起身，毫不猶豫地跪到地上，這一次沒有強迫伊雷文抬起伏在桌上的臉龐。
「……嗚……」
「是不是把你嚇哭了？」
「……！」
伊雷文那隻折斷的手腕顫抖著環抱肩膀，搖著頭不曉得想否定什麼。這也是理所當然，劫爾嘆了口氣。史塔德雖然不情願，卻也明白了伊雷文的心情。
不僅遭受那種狀態的利瑟爾正面牽制，這還是他生來第一次感受到恐懼，簡直引人同情。要是自己遭遇相同狀況，肯定也無法保持平常心，二人不禁這麼想。
「別怕，我還沒生氣呢。來，別憋住氣，很難受吧？」
利瑟爾緩緩梳理他散在茶几上的紅髮，伊雷文顫抖的手疊上他的，那隻被踏碎的手掌腫脹發熱，但利瑟爾任由他碰觸，沒有制止。
感受到那隻手掌倚賴似地繃緊了些許力道，利瑟爾輕撫過他沒有受傷的指尖。嗚咽聲似乎大了一些，但他不以為意，仍然繼續撫摸。
「看來暫時是動不了了。」
利瑟爾說道，回頭望向劫爾他們，露出為難的笑容。
「今天這間會客室沒有其他安排，我先回工作崗位，這裡就請你們自由使用。」
「你喔，看到別人掉眼淚就沒抵抗力。」

明明是你自己把他弄哭的，劫爾說完又補上一句。這次不是我的問題吧，利瑟爾心裡雖然納悶，不過直到伊雷文抬起頭之前，仍然一直跪在他身邊。

22

冒險者說到「公會」，指的就是冒險者公會，其他行業可就不一樣了。各行各業也存在許多職業公會，例如商業公會、郵務公會等，規模都不輸冒險者公會。

身為商人，賈吉登記的就是商業公會了。登記並非義務，不過可以享有各項福利，因此凡是經商之人，大多數都會加入公會。

其中一項福利，就是「店員派遣服務」。例如臨時有急事，好幾天不能開店的時候，只要提出申請，公會就會派出專門的店員幫忙看店。派遣店員的專長也是五花八門，有些人擅長在路邊攤當兜售小販，也有人能夠擔任高級商店的接待員。

「咦……？」

前往商業國的時候，賈吉也利用了這項服務。

擁有鑑定能力的售貨員。雖然休業幾天也沒關係，不過難得有這項福利，他還是申請了派遣店員服務。出發前，他跟對方見過面，回到王都後也順利交接完畢。是個親切的人呢，他本來還鬆了一口氣。

「……數量，好像不對。」

剛回來的時候，他忙於處理交接後的事務、整理剛進貨的東西，過幾天終於閒下來了。當時他正在核對帳簿，確認對方顧店時售出的商品，一邊想著有些東西需要補貨了，一邊及早將剛進貨的商品擺到空下來的貨架上。

這時，他發現帳簿上的數量，和店鋪裡陳列的商品數量不一致。這裡的商品一向經過仔細整理，賈吉環視貨架一圈，這才注意到有幾個地方的排列方式他沒有印象。

他本來想，會不會是派遣過來的店員幫忙整理過了？但是看起來又不太對勁。

「（這……）」

他翻出帳簿，一個個確認貨架。換過排列方式的幾個地方，短少了三項迷宮品。

賈吉一下子臉都綠了。他也想過會不會是小偷，不過不可能吧，小偷不會特地把貨架整理得天衣無縫，掩飾自己偷走的商品。

而且，這間店鋪對於不速之客可是毫不寬限。

「要跟商業公會理論……太恐怖了……！」

既然如此，推論出的答案就只有一個，但他也不能忍氣吞聲。

賈吉帶著泫然欲泣的表情，在店門口掛上「有事外出」的牌子，無精打采地走上熙來攘往的街道。

「咦，店沒開耶。」

「那傢伙也會出門喔。」

劫爾說出一句莫名其妙的話。不過賈吉給人的印象確實是工作勤勉，總是開著店營業，利瑟爾也明白他想這麼說的心情。

他們今天接的委託是【前往迷宮「迷霧森林」取得緋色蝶鱗粉！】，正打算到這邊來鑑定迷宮中獲得的迷宮品。緋色蝶雖然名為「蝶」，仍然是兇猛的魔物，不愧是C階級的委託，具有一定難度。

委託人是一位廚師，說想將鱗粉用在研發中的新菜色裡。利瑟爾不知為何對這特殊的委託原因相當中意，便接了下來。魔物從濃霧彼端源源不絕朝二人襲來，劫爾接連斬殺魔物的同時，利瑟爾就在旁邊一點一點採集鱗粉。

「稍微多採了一些，本來想問問看這東西怎麼用在料理裡面的。」

「問這幹嘛？」

「你不覺得很好奇嗎？」

「不覺得。」

這時不會說「因為我想做做看」就是利瑟爾的個性了。

既然賈吉不在也沒有辦法。二人這麼想，正打算離開的時候，忽然注意到街道另一頭，有個高挑的身影垂著肩膀朝這邊走來，於是又停下腳步。他的背比平時更駝，那副明顯消沉的模樣，看得利瑟爾他們也面面相覷。

「該直接回去嗎？」劫爾問。

「不，還是喊他看看吧。」

儘管訝異，利瑟爾仍然喚了他一聲，低垂著臉龐的賈吉驚醒似地抬起頭來。利瑟爾輕輕朝他揮了揮手，他便急急忙忙往這邊跑來。

「利瑟爾大哥，不好意思，商店……」

「別介意，碰巧我也才剛過來。」

利瑟爾露出微笑，賈吉緊繃的肩膀放鬆下來，似乎鬆了一口氣。他的手握著袖口垂墜的布料，徬徨游移的視線又落向地面。

「賈吉？」

「是、是的？」

「發生什麼事了嗎？」

「嗚……那個……」

利瑟爾筆直凝視著他問道，只見賈吉一點一點地濡濕了雙眼。看來等等要哭了吧，二人才剛這麼想。

這時，他卻緊緊閉上嘴，用力皺緊眉頭，硬是忍住了眼淚。他握住袖口的手抓得更緊，搖搖頭說聲「沒什麼」，請利瑟爾他們進到店裡。

怎麼辦？劫爾拋來詢問的目光，利瑟爾邊走進店內，邊壓低聲音回答。

「沒有示弱，就代表他不想要安慰吧。」

既然如此，至少讓他全心投入工作也好，於是利瑟爾刻意拜託他鑑定迷宮品。該說是一如預期嗎，到了鑑定結束的時候，賈吉臉上也多了幾分笑容。

「那個……利瑟爾大哥，謝謝你。」

「下次再來麻煩你了。」

那句感謝裡想必包含了許多意思，利瑟爾聽了，只是像平常一樣露出微笑。賈吉看了也安心似地放緩嘴角，送利瑟爾他們出了店門。二人就這麼站在關上的店門前面。

然後不約而同，自然而然地對上彼此的視線。

「那盜賊……應該不是他，才剛嚇成那樣，不可能馬上亂來。」

「他哭到眼皮都腫起來了呢。」

利瑟爾回想起那鮮艷的紅髮，抽泣到最後，他大概筋疲力盡了吧，壓著眼角拋下一句「受不了……我要走了……」便從窗口離開了。這種情況下，他不太可能再對賈吉出手。

「嗚……」

輕聲交談的二人，聽見店裡傳來微弱的哀號，那是強自忍住眼淚、感嘆某種無奈的聲音。知道賈吉在空無一人的店舖裡獨自難過，二人悄然離開當場，朝著旅店走去。

他一定不想被人聽見吧。賈吉在利瑟爾面前從不會藏起眼淚，這次卻想要隱瞞，背後的原因也不是猜不到。利瑟爾心想，劫爾的視線則朝下瞟向他。

「你要幫他？」

「嗯……現在先觀察情況吧。」

「哦？」

利瑟爾面帶苦笑，吐露了意想不到的答案。

平常在無關緊要的場面，利瑟爾寵他們寵到誇張的地步，這次事態看來非同小可，他卻袖手旁觀。劫爾也懷疑過，選擇旁觀也許代表他不想被捲入麻煩，但應該不是這麼回事。

基本上利瑟爾不會對人太熱心，不過只要認定對方是「自己人」，他也會有足夠的體貼。

「一定是出了什麼跟店裡有關的事，不是我們能光明正大插嘴的問題吧。」

「是嗎？」

「所謂的專家就是這樣囉。」

賈吉也是一流的商人，在這方面，利瑟爾他們才是外行人。既然如此，他們能幫上忙的，也就只有讓他轉換一下心情而已。

「你也是？」

「不知道耶。」

劫爾開口問道，利瑟爾露出戲謔的笑容。

儘管在溫和穩重的性格下看不太出來，但他本來是貴族，有貴族應有的傲慢與尊大。那驕傲全是為了唯一一人存在，若有人對此說長道短，他確實會不高興吧。

那種驕矜萬一遭到玷汙……劫爾剛想到這裡便打住了。恐怕會看見驚人的場面吧，就連他對伊雷文的牽制，相形之下都只是兒戲的程度。

「人家都說看起來越溫順的傢伙，生起氣來越恐怖嘛。」

「我是無法想像賈吉生氣的模樣啦。」

我是說你。劫爾嘆口氣，伸手推開現已抵達的旅店門扉。

今天的迷宮不愧名為「迷霧森林」，是一片視線不佳、潮濕陰暗的森林。二人在林間不停四處走動，尋找緋色蝶，以致現在的頭髮和肌膚仍帶著濕氣。

話雖如此，利瑟爾一邊說著「好想早點沖澡」，一邊伸手拉著襟口，身上卻全無泥土氣味。潛入這迷宮的冒險者大都帶著渾身泥濘回來，利瑟爾沒有沾上一點汙漬都要歸功於身上的最上級裝備。不過連氛圍都依然透澈，就是利瑟爾本身的氣質使然了。

「真想把你塞進泥巴裡。」

「咦？」

雖然意思完全不同，不曉得是不是他的想法跟某位蛇族獸人類似的關係。

「啊，歡迎回來！」

一打開旅店的門扉，便看見笑容燦爛的紅髮男子，劫爾蹙起眉頭，利瑟爾有趣地笑了出來。

「昨天才剛發生那種事，還真沒猜到你會來。」

「真假？太好啦！」

利瑟爾從劫爾背後探頭一看，伊雷文正一臉親切討喜的表情，站在雙手扠腰、氣勢洶洶的旅店女主人面前。他一朝這裡回過頭來，鮮艷的紅髮便像條蛇一樣擺動。

他精瘦的身體動作靈巧，多虧了回復藥的效果，被劫爾弄傷的地方看來完全沒有大礙。昨天回去前，利瑟爾記得他邊走向窗戶，一邊毫不吝惜地把回復藥灑了上去，弄得地板濕答答的，史塔德因此靜靜地燃起怒火。

「等一下，利瑟爾先生，你該不會又被不正經的傢伙纏上了吧？」

利瑟爾還沒開口問他有什麼事，女主人先問了他一句。

「不完全是，但差不多。」

「什——等等——」

「哼，你看吧！還敢撒謊說你是利瑟爾先生的朋友！」

聽見利瑟爾中肯過頭的答案，女主人衝著伊雷文逼問。

伊雷文也不可能推說這只是誤會，他前幾天才瞄準人家的腦門大肆放箭呢。雖然那是以劫爾會出手擋下為前提，但這話說出來也只會讓事態惡化而已。

「畢竟艾恩他們一開始也被攔下來了呀。」

「這傢伙看起來比那些小鬼還壞嘛。」

一手掌管旅店的女主人氣勢驚人，眼見伊雷文求救似地看向這裡，利瑟爾朝他露出沉穩的微笑。

「對了，我是想沖澡才回來的。」

「我也是。」

「你們要丟下我不管喔！咦……等等……真假?!拜託讓我加入隊……還真的走咧!!」

目送利瑟爾他們頭也不回地走上階梯，伊雷文倏地垂下肩膀。就算硬要追上去，女主人也擋住了去路，強行突破就更不像話了。

以前的他會肆無忌憚硬闖，不過剛銘刻在心裡的恐懼，讓他學會了自制。雖然不覺得利瑟爾會為了這點程度的事情生氣，但無論如何，不按部就班來的話，他就不會歡迎自己吧。

「好了，你要在這邊蹲到什麼時候？頭髮都刷到地板上了，真是的。」

「……妳覺得我是不是被討厭了？」

「利瑟爾先生怎麼可能沒事去討厭無關緊要的人嘛！」

「無關緊要?!」

伊雷文無力地蹲了下來，長長的馬尾在地板上盤成一圈。和賈吉不同，他是為了尋求安慰才說出喪氣話，但不僅沒換到安慰，反而還換來加倍打擊。

感受到自己的心情比想像中消沉，伊雷文又更失落了些，他站起身來。換句話說，只要取得受到女主人歡迎的立場就行了。

「有空房間嗎？」

「全都滿啦。」

被擊沉了。

利瑟爾沖完澡回到房間，坐在椅子上一邊擦乾濡濕的頭髮，一邊看著站在眼前的伊雷文。他帶笑的臉龐滿是成就感，規規矩矩站在他面前。

至於為什麼他會在這裡，只能說堅持到最後的人就是贏家了。

伊雷文宣告他會在原地等到利瑟爾下樓為止，女主人不曉得該拿他怎麼辦，於是算準利瑟爾差不多沖完澡的時間，便跑來房間詢問。「如果你不想見他，不管怎樣我都會把他趕回去啦。」雖然女主人這麼說，不過利瑟爾沖過澡後神清氣爽多了，便答應讓他進來。當然，女主人還是一副很擔心的樣子。

「請坐。」

「好喔！」

伊雷文以輕佻的動作在他對面坐下，坐到椅子上的瞬間撥了一下結成一束的頭髮，是為了避免壓到嗎？這習慣動作自然不做作，卻沒來由地引人注目。

要他別引人注目還比較難吧。利瑟爾一邊這麼想，一邊確認頭髮已經乾得不會落下水滴，最後稍作梳整。

「所以呢，你是有事才會過來吧？」

不曉得什麼事讓他那麼高興，伊雷文瞇起眼睛看向這裡，一副心情好得不得了的樣子，利瑟爾回以一個苦笑這麼問道。

「我是來拜託你讓我加入隊伍的，還是不行嗎？」

「不行。」

利瑟爾說得乾脆，看見那道微笑，伊雷文暫且閉上了嘴。

他知道會被拒絕，但這和想像中不一樣。原以為利瑟爾會像之前那樣敷衍過去，說句「請再接再厲」把他打發走。他現在該如何有效利用這項變化才對？

從昨晚開始他一直在想，究竟該怎麼做，才能表示自己已經沒有敵意了？倒不如說，「表示自己沒有敵意」到底是不是正確的做法？小手段會被對方識破，他想不到好點子。

既然如此，他就剩下唯一的方法了。畢竟再怎麼左思右想，「放棄加入隊伍」的選項仍然一次也沒有納入他的考量。

「我發誓，絕對不會再傷害你。」

他斂起笑容，展現最大限度的誠意。

「別擔心，這點我不懷疑。」

還是不行。

「那我到底該怎樣嘛！」

「來，加油別放棄呀。」

利瑟爾有趣地笑了出來，伊雷文則刻意擺出賭氣的樣子，將椅子往後傾，正要將兩隻腳踩上去，又立刻放了下來。想必是昨天利瑟爾說他「沒規矩」的影響吧。

利瑟爾的眼神中多了幾分笑意。既然這樣，就給他一點線索吧，他開口說道。

「我想看看只有你辦得到、有個人特色的表現。」

伊雷文睜大眼睛。至今為止，他們的對話都是以拒絕為前提，現在利瑟爾卻告訴他有可能。應該不是故意耍人，這人看起來興趣也沒那麼差勁，不會以此為樂。

既然如此，伊雷文驀地抬起臉，笑了開來。印象強烈的笑容看來樂在其中，又遊刃有餘。

「那我要賄賂你。」

猜不透對方的態度，所以他沒有立刻攤牌，不過伊雷文這趟可是帶了伴手禮過來。眼見利瑟爾偏了偏頭要他說下去，他打出了這張應該有效的手牌。

「跟你很要好的那個道具商人，今天跟商業公會起了爭執哦。」

「不會留下證據，不錯的賄賂呢。」

「對吧？」

伊雷文得意洋洋地笑了，利瑟爾也微笑示意他繼續說下去。

他知道賈吉不想讓人知道這件事。利瑟爾不會刻意問他，不過要是有機會知道，他也不會拒絕。簡而言之，別讓當事人發現就沒關係。

「不過，你是怎麼知道的？」

「最近我派人打探你們的情報，算是那個的延伸吧。」

反正說謊也會被拆穿，伊雷文乾脆如實招來，另一方面也是表示自己已經不打算對利瑟爾周遭的人下手了。

「啊，原來是這樣。劫爾說他被人盯著看，還很不高興地咋舌呢。」

「真假，我派的手下還算有實力，不是之前那些雜魚欸。」

伊雷文回想起剛剛見到面時劫爾的模樣。

門一打開，視線交會的瞬間，劫爾便煩躁地蹙起眉頭，表情兇神惡煞得連真正的盜賊看了都會怕。原來他知道被人盯梢的原因出在伊雷文身上，才擺出那副表情嗎？他沒當場砍過來真是萬幸，伊雷文發自內心這麼想。

「……你不生氣嗎？」

他瞄了利瑟爾一眼，只見那人一臉意外地眨了眨眼。

「我身邊也有人盯著嗎？」

「你沒發現喔？」

「完全沒有。」

這麼想來也是，他心領神會地望著利瑟爾。

倒不如說，劫爾明知有人跟著卻沒告訴他，這點還比較令他意外。表示既然利瑟爾沒注意到，那就維持原樣也無所謂的意思吧。不知道他是因為這不會造成妨礙才放任不管，還是認為利瑟爾不知道也沒關係。

「他們也沒對我做什麼事，我不會生氣的。」

「那就好。」

他臉上安心的表情只浮現短短一瞬，立刻又掩飾過去。看見伊雷文總想藏起自己真正的心思，利瑟爾不禁苦笑，真是個棘手的孩子。他這麼做並沒有什麼目的，只是單純不想被人知道而已吧。

伊雷文在利瑟爾面前比較坦率一些，但他原本的性格相當乖僻。將這扭曲的性格扳直、誘使他轉向自己的，正是利瑟爾本人。

「話說回來，賈吉跟公會起了什麼爭執？」

聽見利瑟爾催促他說下去，伊雷文將環抱的雙臂擱到桌上，繼續他的賄賂。

「好像是請來的店員偷了他幾樣商品。那個店員是商業公會直屬的派遣店員，而且還是上級店員的樣子，就吵得更兇了。」

「店員矢口否認，公會不想承認過失，因此相信店員的說詞，導致賈吉被當成騙子？」

「就是這樣。」

利瑟爾的總結就像親眼看見事發經過一樣清楚，伊雷文露齒一笑，回以肯定的答案。

「看樣子，這件事可能是基層在處理吧……」

利瑟爾喃喃自語，陷入沉思。

因薩伊說過，那間道具店一開始是他為了跟年幼的賈吉一起生活，出於興趣而開的店。即使如此，店鋪的創始者仍然是這一帶堪稱頂尖的貿易商，而現在由他的孫子繼承店面。

商業公會的高層不可能不知道這件事。為了將傷害降到最低，與其得罪因薩伊，還不如捨棄出事的店員，二者造成的損害可是天差地遠。

「（話雖如此，商業公會的事我也沒有資格插嘴。）」

想到這裡，他忽然注意到伊雷文正看著這邊。

從利瑟爾的反應，他大概發現這情報有一定的價值了，正等待利瑟爾判定他能否加入隊伍。

原本這是必須跟劫爾談過才能決定的事，不過大部分情況下，凡是利瑟爾決定的事情劫爾都不會反對，應該沒問題吧。雖然他大概會擺出一臉無奈的表情就是了。

「你是盜賊團的首領吧？」

但是在考量這一點之前，現在還有更重要的問題。

「讓盜賊首領加入隊伍實在不太恰當。」

「那我不當盜賊了。」

儘管遭到利瑟爾拒絕，伊雷文卻開心地瞇起眼睛。

情報被他白拿了，但也沒關係，反正這本來就不是一場交易，只是獻給他的貢品而已。比起這點，聽利瑟爾這麼說，等於暗示清算了盜賊關係之後會考慮讓他加入隊伍，這才重要多了。

「失去首領的盜賊，直到被捕之前會失去秩序，四處胡作非為哦。」

「嗯，確實是啦。」

「而且，其中也有人見過你吧？」

「啊……」

伊雷文不曾在亂七八糟的嘍囉面前露面，但也說不上藏得天衣無縫。應該不至於遭人指認，但屆時流出的情報量想必足以招致懷疑。

「啊，那把他們全部殺光就好了？」

「你記得人數嗎？」

聽見他充滿血腥味的提案，利瑟爾乾脆地反問。伊雷文原本在內心期待利瑟爾的反應，這下失望地把臉埋進交叉在桌上的臂彎。

「……不記得。」

「萬一出現漏網之魚，那問題就嚴重了。即使真的殺得一個人都不剩，你們那種規模的盜賊團被全員剿滅，群眾會以為又有新的威脅出現，反而會引發一場大騷動吧。」

騷動就騷動啊……不過在利瑟爾面前，伊雷文可不敢這麼說。

他依然將下巴擱在手臂上，向利瑟爾拋出明顯賭氣的視線。這也不行、那也不行，令人忍不住懷疑他是不是根本不想讓自己加入隊伍。

該怎麼做才能脫離盜賊團？他本來是為了好玩才讓盜賊團成長，到了現在，卻覺得它礙事得要命。

「用毒殺的話，殺光所有人也不會累的說……」

「要是這麼做，身為蛇族獸人的你會被懷疑的。」

「你還會為我擔心喔。」

這句話他什麼也沒多想就脫口而出，利瑟爾卻回以一個沉穩的微笑。

「當然。」

伊雷文不禁張大了嘴巴。

的確，利瑟爾知道他是盜賊，還放任他在外逍遙。萬一這件事傳了開來，對利瑟爾想必也十分不利，也許是這層意義上的擔心也不一定。然而任憑伊雷文再怎麼刺探他這句話真正的意思，仍然看不見類似的意圖。

伊雷文現正面無表情絕讚混亂中，利瑟爾卻完全不以為意，視線停留在他嘴邊。

「這麼說來，你有辦法毒殺呢。」

「咦，喔對啊，小菜一碟。」

「據說有些人口中的分泌腺可以分泌出毒液吧，只有一種嗎？」

利瑟爾雖有從書上獲得的知識，但有些事情想實際問問他。因為蛇族獸人數量稀少，又只居住於特定地區，相關情報並不普及。

「這種事情是沒什麼人願意講啦……」

該怎麼辦呢，伊雷文靜靜地看著利瑟爾，那是他從未見過的表情，顯然利瑟爾對此有十分濃厚的興趣。不然這樣跟他說吧，讓我加入隊伍，等我們變成夥伴就告訴你。才剛這麼想，伊雷文就自己否決了這招，只看得見利瑟爾說「那就算了」的未來。

不過機會難得，開個什麼條件吧。伊雷文正打著如意算盤，指尖滑過下顎的感覺卻奪去他所有的意識。

「嘴巴張開。」

那聲音甜美柔和，伊雷文無法抵抗，緩緩打開嘴巴。

他想起習得恐懼的瞬間，想起當時那隻輕托下顎的手支撐了自己的一切，想起獸人那

比唯人更加強勁的本能，是如何對眼前的存在宣示強烈的服從。

輕輕靠在下顎的指尖，只是邀請似地使了些微的力氣，身體便反射性地從椅子上站起身來，雙手撐在桌上，順著他的意思交出自己。

他著迷似地望著那指尖伸進口中，掠過尖銳的牙齒，又退出去。

「怎麼了？」

「！」

利瑟爾忽然喊了他一聲，伊雷文大夢初醒似地取回了意識。

他大概沒注意到吧，獸人擁有的獸性本能，唯有同為獸人的人才能理解。看見利瑟爾不明就裡地望著這裡，他靜靜地深吸一口氣。

「……沒事啊？」

他按住狂跳的心臟。既然他不懂，可不能讓他發現這件事，於是他露出一如往常的笑臉。粉飾的笑容當然會露出馬腳，不過比起真相敗露稍微好一些。

「既然你那麼想知道，那就請便？」

「可以嗎？」

「加入隊伍的事情就請你多幫忙啦。」

伊雷文若無其事地再度張開嘴巴。利瑟爾雖然發現他掩飾了些什麼，卻也不以為意地湊過臉去。血紅的口中長著比唯人更薄、更利的牙齒，以及一對尖銳突出的獠牙，要是被咬到一定很痛。

「分泌腺位於獠牙背面，所以……」

利瑟爾基於書本上的知識伸出手，指尖撫過獠牙銳利的尖端，又從前側滑到背面。看見伊雷文愉快地瞇起眼睛，他微微一笑，探頭朝嘴巴裡看去。

「裂口位於根部……這就是分泌腺嗎？」

「呃呃。」

伊雷文的嘴巴一直張著，聽不太懂他說什麼，不過看他稍微點了點頭，應該猜對了吧。利瑟爾以若即若離的力道撫過裂口，小心不弄痛他，結果伊雷文顫動喉頭笑出聲來。好像會癢。

「兩側都有呢。」

從右側來到左側，利瑟爾撫過左右兩邊的開口，發現它是緊緊閉合的。果然不可能一直開著讓毒液流出，不過應該可以憑自己的意志控制開闔吧。

「可以就這樣流出什麼液體嗎？」

「呃……」

伊雷文張著嘴想了一下，單手指向臉頰。看來他願意排出一點毒液看看，利瑟爾探頭看進他艷紅得毒辣的嘴巴。

「啊。」

位於牙齒根部的裂口張開，不再是一道裂縫，呈現比較接近洞口的狀態。緊接著，從那道開口一點一點流出帶點黏度的透明液體，流經獠牙，在尖端慢慢形成水滴。

即將滴落口中的瞬間，利瑟爾以指腹接住了那水滴。伊雷文睜大眼睛，一瞬間僵在原地，但利瑟爾沒放在心上，逕自從他口中抽回指頭，饒富興味地端詳上頭的液體。

接著，水滴緩緩滑落指頭，利瑟爾靜靜將唇瓣靠上去，小小的水聲響起。伊雷文突然驚醒過來，猛地抓住他的手。

「你在……幹嘛！」

「只是想看看這是什麼毒……嗯，嘴巴和指尖開始有點麻了。」

「當然啊那是麻痺毒啊！喔真是的這是解毒劑快喝下去！」

伊雷文往衣服內側找了找，不曉得從哪裡掏出一個瓶子，打開瓶蓋就往利瑟爾嘴邊塞。利瑟爾乖乖收下了解毒劑，發麻的指尖動作雖然不穩，還是勉強握住瓶身灌進口中。

一股難以言喻的味道。回復藥也是，為什麼造成二次傷害的藥這麼多？他忍不住想。

「真是誇張到不敢相信欸！萬一這是致死毒怎麼辦啊！」

「反正只是麻痺毒而已呀。不過毒液對你無效，你怎麼會帶著解毒劑？」

「談判用的！剛給你的解毒劑也是二話不說就喝下去，你的戒心是死去哪啦?!」

面對激憤的伊雷文，利瑟爾卻有趣地笑了。

解毒劑的藥效絕佳，指尖的麻痺感已經消退。他穩穩地放下藥瓶，拿起剛剛擦拭過頭髮，還帶著水氣的毛巾擦手。這毛巾大概得報廢了吧，利瑟爾心想，將它擺到桌子邊邊。

「而且啊！」

「你擔心我？」

「那……」

他的問句令人想起不久前的對話，伊雷文無意間停下動作，僵在原地。不論誰這麼問，他分明都能做做樣子、隨口答句言不由衷的「那當然啊！」但現在，他卻啞口無言。

不行這一定被發現了，伊雷文噤聲不說話，利瑟爾卻從容地笑著補了一刀。

「你不是發過誓了嗎？」

『我發誓，絕對不會再傷害你。』

該不會他真的相信了吧？那時候，他是真的擔心自己？伊雷文偏低的體溫一口氣升高，一股寒毛直豎的感覺，他喀啦一聲推開椅子站起身來。

他別過臉，卻藏不起所有心思。利瑟爾見狀，開口正想叫他的瞬間，伊雷文什麼也沒說，就這麼衝出房門。他要回去了嗎？利瑟爾的猜測，被下一秒傳來的聲音推翻了。

「喂一刀大哥！你是怎樣教育那個人的啦！正常人明知道是毒液怎麼可能放到嘴巴裡啦！」

「不要拍門，吵死了……你少為了掩飾害羞跑來遷怒。」

「啥?!我才沒害羞咧?!」

「都叫你別吵了，死小鬼。」

「等等……你幹嘛關門！而且我才不是小鬼……」

「吸引不到別人的注意力就發脾氣，被罵到哭哭啼啼的傢伙哪裡不是小鬼了？」

「這麼說我實在沒辦法反……不要關門啦！我是要說你對那個人的教育方針！」

伊雷文大吵大鬧的聲音，聽得利瑟爾也笑了出來。劫爾不理他，他還是照樣大喊大叫，看來是各種衝動還沒消退吧，這人連發洩方式都相當熱鬧。

「不過，他說出去了呢。」

之後見到劫爾的時候，他一定會擺出一副眉頭深鎖的表情吧。要是他生氣了該怎麼辦呢，利瑟爾露出苦笑，從椅子上站起身來，準備讀點書。

23

「被偷的都是迷宮品，每個價值都是金幣一枚左右。」伊雷文說。

伊雷文昨天在大吵大鬧之後離開，今天不曉得為什麼又跑來和他們共進晚餐。

今天利瑟爾和劫爾完全是分頭行動，卻在外頭偶然碰了面。反正難得這麼巧，他們決定一起吃晚餐，結果才剛走進餐廳，便遇上伊雷文，簡直像早就算準了時機一樣。但劫爾注意到，今天已經沒有人跟在自己身邊監視了。

該不會監視的是利瑟爾那一邊吧，劫爾微帶鋒芒的目光轉向伊雷文，只見他裝模作樣地張開雙手。

「沒有喔，只是湊巧而已啦。我想說蒐集到一點情報了，要帶著伴手禮來拜託讓我加入隊伍，然後剛好就看到你們了。」

「還真好心。」

「我本來就很好心呀！」

伊雷文臉上浮現完全無法信任的燦爛笑容。「話說回來，」他探出身體。

「下次能不能跟我比試一下啊？」

「能撐五分鐘就陪你玩玩。」

劫爾隨便回了一句，伊雷文聽了吊起嘴角。這絕不是他能匹敵的對手，正因如此才特別刺激。

「五分鐘嗎……」伊雷文喃喃自語。利瑟爾原本沒有搭理他，逕自以堪稱楷模的完美動作切著牛排，這時卻忽然抬起頭來。

「賈吉的店裡還有更高價位的商品吧。是因為容易被發現嗎？」

「還有銷贓的時候一定會露出馬腳喲。我現在也派人去調查黑市了，但沒聽說流出好幾項迷宮品的消息。」

「我想應該不會出現在那一邊。」

利瑟爾彷彿看透一切似地斷言。什麼意思？劫爾他們的視線匯集在他身上。

但二人只是望著他尋思的身影，沒有發問。有必要的話利瑟爾自然會說，這是劫爾的想法，伊雷文則是有樣學樣，跟著劫爾閉上嘴巴。

「你不是不插嘴？」

劫爾沒多問，卻無奈地吐槽。沒有錯，看見賈吉垂頭喪氣的那天，利瑟爾本人才說過這「不是我們能光明正大插嘴的問題」。

「我什麼事都還沒做，所以沒關係。」

「說得理直氣壯哦。」

「而且也不是光明正大，是偷偷打聽。」

「有時候你講話實在很硬來，想點法子吧。」

連自己說的話都事先拉好防線，這點倒是很有利瑟爾的風格，劫爾反而佩服起他來。

利瑟爾忽略劫爾的目光，聽說賈吉連續幾天都到公會露面的情報，他露出微笑。

表面上看不出來，但賈吉可是很頑固的。儘管個性有點軟弱，他仍是不折不扣的商人，在關鍵之時會拿出強硬的態度。想必在這一點上賈吉絕不會退讓，但是萬一因此蒙受莫須有的汙名，對於經商也會出現不利影響吧。

「我們明天去接委託吧。」

「啊？」

雖然不知道面帶微笑的利瑟爾究竟在想什麼才得出這個結論，劫爾仍然詫異地點了頭。伊雷文在一旁喊著「我也要去！」，利瑟爾他們一邊享用牛排，一邊換了個話題，聊起明天要接的委託。

到了隔天清晨，利瑟爾他們按照原定計畫來到公會。

他們的隊伍階級是C，最高可以接取到B階級的委託。較低階級的委託還是一樣可以接，只是低階委託即使接了也沒什麼好處。

不過，利瑟爾看重的是對委託內容有沒有興趣，因此選擇低階委託的情況也不少。一般冒險者不接低階委託不是為了禮讓新手，單純只是不想被人說成膽小鬼而已，但利瑟爾不會在意這種事。

「這是認真的嗎？」

「嗯。」

看見利瑟爾正在看E階的委託，伊雷文半信半疑地問道，劫爾回以一句乾脆的肯定。

這時，有個人過來跟悠哉物色委託的利瑟爾搭話。

「方便打擾一下嗎，有一位在某學院念書的青年向你提出了指名委託，內容是【請救救我的報告】。」

「麻煩你轉告他，作業要自己寫。」

「好的，我會按照你的意思處理。」

淡然走過來的史塔德，又淡然離開了。

指名委託可以拒絕，不過冒險者們重視與委託人建立人脈，鮮少拒絕，更別說這次還是在知名學院念書，前途似錦的委託人。

「這也是認真的？」

「嗯。」

不只是伊雷文，周遭的冒險者也紛紛投來交雜著驚愕與頓悟的視線。

附帶一提，利瑟爾拒絕的瞬間，公會外頭有個死魚眼的青年哭著跑走了，不過公會裡的人無從注意到。

「真了不起，你頭腦果然跟看起來一樣聰明欸！這附近有名的學院，不就是騎士學校或隔壁的魔法學院嗎？」

視線之所以集中在他們身上，並不只是拒絕了指名委託的關係，伊雷文也是重要因素之一。

劫爾站在利瑟爾一側，伊雷文則站在另一邊，正咧嘴露出親切討喜，卻也可以解讀為挑釁的笑容。那頭鮮艷的紅髮自然不在話下，覆蓋在精瘦的身軀上那身全無防禦力的裝備，以及腰際那對雙劍，應該都是吸引目光的要因吧。

「啊，不過騎士學校都是貴族大爺，應該不是那邊喔。」

「我想應該是魔法學院吧。」利瑟爾回答。

伊雷文探頭看向身高相同的利瑟爾，輕鬆開著玩笑。利瑟爾他們的隊伍在各種意義上相當知名，而伊雷文想要加入這隊伍，最近也成了冒險者之間蔚為話題的人物。

「啊，劫爾。這委託如何？」

「【新鑄刀劍試刀】？你自己揮。」

「劫爾，你對劍很講究呢。」

「折斷就不好了。」

劫爾平常用的大劍是最深層等級的迷宮品，一揮起普通的劍常會折斷。

「太誇張了吧這怪力！真的超想加入你們隊伍欸——」

「不行。」

伊雷文在公會說想加入隊伍，並不是為了請求利瑟爾他們同意，而是為了讓旁人知道他還沒有成為隊友，避免利瑟爾他們蒙受各種不利。

正因為瞭解這一點，利瑟爾拒絕的嗓音帶著幾分溫柔。那語氣像一種褒獎，聽得伊雷文的面部肌肉都要抽搐著偷笑起來，他全力將表情固定成一如往常的笑臉。

「你別惹麻煩。」

「什麼意思呀？」

聽見劫爾的牽制，伊雷文回以一個燦爛笑容。

「（裝作不知道，代表他有信心不把我們捲進麻煩事嗎……）」

察覺劫爾的意圖，他笑彎的雙眼瞇得更細了。那笑裡蘊含著來自深淵般的妖冶和殺意，但利瑟爾一問他委託相關的事，那種笑便立刻消褪了。

看見伊雷文換上一副向對方表示友好的笑容，劫爾也別開視線。那是代表肯定的意思吧，反正只要跟利瑟爾和自己無關，那就隨他高興。

「劫爾？」

「……沒什麼。你要接那個？」

「你覺得如何？」

「對你來說有點微妙。」

【取得白石巨人的核心】

階級：B～A

委託人：圖洛茲魔道具工房

報酬：每個核心十～十五枚銀幣

委託內容：請取得白石巨人的核心。

由於委託品將用於製作魔道具，僅接受完整無損傷的核心。

報酬隨核心大小調整（標準詳見背面說明）。

這是標準的冒險者委託，內容本身沒有什麼問題。那劫爾這麼說是什麼意思？利瑟爾望向他，結果從反方向也傳來一聲同意。

「是沒錯，魔法對石巨人沒什麼效欸，你接這個有點危險吧？」

「但是我一次也沒見過石巨人呢。」

「隨你高興。」劫爾說。

石巨人是迷宮特有的魔物，迷宮以外的地方沒有機會看見。也不是每一座迷宮都有石巨人出沒，因此牠雖然算是常見魔物的一種，利瑟爾還沒有碰到過。

要是真的有危險，劫爾會出言制止吧。他這麼說，就代表沒有危險；即使有危險，也在劫爾能夠應付的範圍內。利瑟爾露出高興的笑容，拿著委託單走向史塔德等候的櫃臺窗口。

「你這樣是不是太寵他啦？」

留在告示板前的劫爾望著委託單打發時間，一旁的伊雷文忽然露出意味深長的笑容。

「明明有危險還硬要去，不就是叫你保護他的意思嗎？以隊友來說，這樣不太好吧？」

伊雷文望著利瑟爾正在辦理委託手續的背影，挑釁似地說道。

不過他刻意壓低音量不讓利瑟爾聽見，想挑釁的對象是劫爾吧。不曉得是純粹感到疑惑，還是在嘲笑劫爾變得沒有原則？

「干你什麼事？」

「等我加入隊伍的時候不是會很傷腦筋嗎？……那是認真的殺氣嗎，我錯了抱歉。」

感受到劫爾甚至帶有威壓的凌厲氣息，伊雷文不禁面部抽搐。有這麼討人厭嗎？適度的刺激能帶來快感，但確實能掐掉他小命的危機就另當別論了。

他本來就只是在說笑而已。老實道歉之後，劫爾也斂起了險惡的氣息。

「要是打定主意讓人保護，他一開始就不會接什麼委託了。」

「但是魔法沒效欸？」

「他本人是很認真在當冒險者的。」

伊雷文無言地看向劫爾，對方什麼回應也沒有。

「讓你們久等了。」

「怎麼了？」劫爾問。

「我有點事情要拜託他。」

利瑟爾不知為何跟史塔德多談了一會兒，二人就這麼沉默了幾分鐘，等到他回來，三人便立刻離開公會，準備前往迷宮。伊雷文全力醞釀出一股「無法理解」的氛圍，利瑟爾雖然覺得不可思議，但看見他一起邁開步伐也忍不住苦笑。

看來一大早在公會見到他果然不是巧合，他打算就這樣跟到迷宮裡吧。但是他們沒有組隊，因此即使幫了利瑟爾他們的忙，這次任務也不會算進伊雷文的委託達成數裡面。

「迷宮有辦法一起進去嗎？」

「迷宮很會看狀況的啦，只要沒被你們拒絕就沒問題。」

就算和其他隊伍同時進入大門，彼此也不會碰面，迷宮內只有自己的隊伍成員。不過，迷宮見機行事的能力可是眾所公認的優秀。

「這麼說來，在馬凱德也看到冒險者和觀光客一起進去呢。」

「前提是彼此同意。」劫爾說。

誰也不知道迷宮是怎麼判斷這一點的，畢竟迷宮就是這樣嘛，沒辦法。

乾脆拒絕他好了。劫爾眉頭深鎖，滿臉不悅地想道，這時忽然斜瞟了伊雷文一眼，眉間又皺得更深了。帶著不是隊友的人執行委託、讓他跟到迷宮裡來，劫爾都多有怨言，但是在那之前，還有最根本的問題。

「你在這太引人注目了，離遠點。」

「這麼說來，今天旁人的目光特別多呢……不愧是醒目到足以成為缺點的人，就是不同凡響。」

「哪有，又不是說我平常就很惹人注目，只不過是不適合隱密行動而已……」

伊雷文帶著「這兩個人在講什麼」的眼神看向他們，忽然領悟過來，這完全不是演的，他們是真的這麼想。這兩個人儘管引人注目，但不以為意的特質太過強烈，反而沒注意到自己有多顯眼。

「講這什麼話啊，你們本來就很醒目好嗎？」

「咦？」

「咦什麼咦啦。」

還在調查利瑟爾他們的時候伊雷文就這麼覺得了，這二人幾乎打探不到相關情報，知名度卻高得出奇。

一般著名的冒險者，只有在冒險者之間才有名氣，以前的劫爾也是如此。普羅大眾對於冒險者不太熟悉，即使是知名的冒險者，也很少成為一般人茶餘飯後的話題。

但是利瑟爾不一樣，和利瑟爾共同行動之後的劫爾也不一樣。只要說出這二人的特徵，見過他們的王都民眾全都會帶著心照不宣的表情猜到是誰。

「首先外表就很顯眼了嘛，組合又這麼意外，做什麼事都惹人注目，光走在路上就一堆人多看兩眼啦，不是嗎？」

「我最近變得比較有冒險者的樣子了呀。」

「嗄，你是說真……」

利瑟爾發自內心地感到納悶，伊雷文看見他身後一臉無奈的劫爾，頓時領悟了一切。他吞下剛說出口的話，老實地點點頭。故意在這時候吐槽就太不識好歹了，而且利瑟爾還一副有點開心的樣子，更令人不忍直視。

「不過，反正我就像是大家接觸你們的契機嘛。」

伊雷文重新打起精神，揚起輕佻的笑。

「之前的你們很難以直視啊，我剛好當個緩衝材料？」

「很難以直視嗎？」

「你就是，嗯……該說讓人惶恐嗎，不敢光明正大盯著看吧。不管是在跟小孩講話，還是在路邊攤吃東西，總覺得你是不同世界的人。」

「那不就是難以親近的意思嗎……」利瑟爾說。

「啊，不過最近大家都說慢慢習慣了喔！」

習慣。

的確如此，這麼一說好像是習慣了沒錯，利瑟爾在心裡同意。不過他並不知道，這裡指的不是利瑟爾習慣了，而是旁人習慣了利瑟爾的存在。

話雖如此，自己明明就只是照常行動而已呀。利瑟爾偏著頭納悶，看得伊雷文哈哈大笑。接著，他望向劫爾，看見對方不悅的神情，伊雷文得意地吊起嘴角。

「至於一刀大哥，本來渾身散發著那種『對上這個人的眼神就會被砍』的氣息，最近除了後街的小姐，不是也有其他女生含情脈脈看著你嗎？」

「不需要。」

「啊，不過也有後街的小姐說以前那樣比較帥啦。」

「這麼說來，之前我也聽她們提過這件事，說是『以前那種氣質才讓人上癮的，太可惜了』。」

聽了利瑟爾這句話，劫爾和伊雷文忍不住面無表情。換言之，就是那個意思嗎。利瑟爾仍舊帶著溫煦的微笑，不以為意地繼續前進。賈吉要是聽到了會哭吧，劫爾這麼想道，以古怪的方式接受了事實。伊雷文則是衝擊的後勁久久不散，二者差別在於跟利瑟爾相處的時間長短吧。

「不過，冒險者基本上都很引人注目呢。」

「帶著武器很顯眼啊。」劫爾說。

「那也是沒辦法的事。」

「有些裝備也很誇張嘛。」伊雷文說。

然後三人若無其事地再度開始閒聊。

「很有個性，我看得很開心呢。」

裝備可以在商店購買現成品，也可以自備素材請匠人製作。

防具是專為冒險者打造的，所以材料大都是魔物素材。即使是現成的裝備，根據使用素材與製作工匠不同，設計也各不相同，沒有完全一模一樣的裝備。

「也有些人先跟工匠指定要哪種裝備，再收集必要素材。」劫爾說。

「然後做好的裝備一發就被打爆了。」

「日子還真難過。」利瑟爾說。

冒險者對裝備的講究，永遠在美觀與耐用之間拉鋸。

「你們也是啊，幾乎都穿布裝備，到底用了多好的素材啊？」

「你不是也一樣輕裝嗎？」

「我只是不喜歡增加重量而已啦，被打到一樣很痛。」

金屬裝備的保護效果當然比布裝備來得好，即使是初出茅廬的新手冒險者，最少也會穿上皮製裝備。不過依據素材不同，這項定理不一定成立。

「哇，這邊是祕銀喔？這邊是龍的……」

伊雷文邊碎念邊拎起利瑟爾的外套一角端詳，二人把他放在一邊，聊著聊著就到了通往城外的大門。守衛早已習慣他們，看見他們出示的公會卡，點點頭便放他們出去了，倒是一臉訝異地看著站在旁邊的伊雷文。

「走路過去嗎？」利瑟爾問。

「搭馬車。」劫爾回答。

三人朝著城外唯一的馬車停置處走去。

那裡的馬車全都是公會所有，會繞行位於城外的幾個迷宮，再回到停置處。步行能夠抵達的迷宮則不會有馬車停靠，這時候就只能徒步走過去了。

這次的目的地是白石巨人出沒的迷宮，搭馬車約需一個半小時才能抵達，是徒步稍嫌遠的距離。

「人很多呢。」

「現在是最擠的時候。」劫爾說。

大清早是大家紛紛出發前往迷宮的時段，許多冒險者正在停置處等候，不過馬車數量也不少，想必不需要等太久吧。

利瑟爾一行人就這麼排到隊伍後頭，冒險者之間掀起短暫的騷動，立刻又平息下來。除了初次見到利瑟爾的人以外，王都的冒險者已經見怪不怪了。伊雷文多少吸引了一些目光，不過他沒有特別理會，逕自放開了利瑟爾的衣服。

「所以咧，要去哪個迷宮啊？」

「白石巨人出沒的是『黑白之城』和『箱型洞窟』對吧？」

「嗯。」

迷宮內部的配置某種程度上是固定的，有遺跡型、城堡型、洞窟型、森林型等等。一般來說，一座迷宮的名字就是以這些分類為基礎，再加上迷宮的特徵命名。

利瑟爾已經將公會裡的魔物圖鑑全部讀過一遍，凡是他感到好奇的魔物，棲息地大致上都記得。

「就挑比較近的好嗎？」

「嗯。……這麼說來，你最近接的委託比之前還多啊。」

「我覺得運動量好像不太夠。就算一直爬階梯，你也完全不會喘不過氣吧？」利瑟爾問道。
「不能跟這個人比啦，他根本不是人類。」
「果然是這樣嗎？」
「你等一下來跟老子談談。」
從商業國回來之後，劫爾注意到利瑟爾比之前更積極接受委託了。不過他原本就沒有那麼頻繁接受委託，所以雖說數量增加，也不至於老是往公會跑就是了。
真正的原因，恐怕不是他嘴上說的那樣吧。他沒有說謊，但是……劫爾想起在商業國發生的事。那時利瑟爾問過他，階級是不是早日提升比較好。
「不是叫你別介意嗎……」
劫爾喃喃說道。利瑟爾聽了只是微笑，伊雷文則一副「你說了什麼嗎」的眼神看向劫爾。
話雖如此，也可能只是因為史塔德以外的公會職員老是跟他確認誰才是隊長，他嫌麻煩而已。總覺得這理由也很有可能。正當劫爾這麼想的時候，馬車立刻就來了。
「真的會擠到不能再擠為止耶。」
「就是為了多擠點人才把座椅撤掉啊。」劫爾說。
馬車上是有座位，不過人潮擁擠的時段會折疊起來，不會使用。三人看著冒險者們把眼前的馬車擠到水洩不通，最後連車頂上都坐了人才出發離開。
利瑟爾他們搭到了下一輛馬車，不過車廂內已經擠滿了人，所以他們坐的是車頂。
「我還是第一次坐這上面，看起來滿高的。」

「啊……嗯，呃……要、要不要跟你換？」

「沒關係的。」

先搭上車的冒險者開口問他，不知道為什麼一副坐立難安的樣子。利瑟爾雖然感到不可思議，仍然微笑回道。這是冒險者不該有的體貼，眾人的視線紛紛集中到開口的人身上，眼神中卻帶著全力的同意，「我們都懂」。

「我先上去。」

「你上得來嗎？」伊雷文問他。

在一般的乘車口旁邊，設置了一道緊貼著車廂的梯子，劫爾他們三兩下便登上車頂。原來如此，利瑟爾仰頭看著他們的動作，點了個頭，也將手伸向梯子。

等待下一輛馬車的冒險者們好像看見什麼不忍卒睹的東西一樣，提心吊膽地在一旁看著。在眾人的注目當中，利瑟爾的腳尖雖然踢到馬車幾下，仍然平安攀上了車頂。

不過車頂稍微有點弧度，他沒辦法穩穩站在上頭。先坐下來的劫爾叫他過去，讓他盡可能坐在正中間。

「沒想到還滿不穩的。」

「那當然。」

在這馬車夫也稍微感到不安的狀況之中，馬車按照原定行程出發了。

賈吉的馬車各方面都是精工打造，相較之下，公會的馬車雖然堅固，卻捨棄了搭乘的舒適度。利瑟爾也坐過車廂內的座椅，震動還不小。

「你屁股不會痛嗎？」伊雷文問。

「是有點痛。」

馬車在行進當中，伊雷文卻踏著安穩的步伐走到他身邊，隨便伸出雙腿坐下。聽見他這麼說，利瑟爾想起什麼似地往腰包裡翻找了一陣。

「啊，有了。劫爾，請用。」

「嗯。」

「你也是，不嫌棄的話。」

「這是什麼啊，坐墊？……哇靠……」

伊雷文接過那片薄薄的墊子，發出不敢置信的聲音。

「這不是幻狼的毛皮嗎，怎麼做成坐墊啊？」

「這種馬車就算坐在車廂裡也會腰痛吧？所以我就請人做了這個。」

「太浪費啦！」

幻狼正如其名，是有如夢幻般稀有的魔物。牠平時棲息於懸崖或岩地的陡坡上，擁有結實的毛皮，即使從峭壁上落下也毫髮無傷。

這種毛皮吸收衝擊的性能特別優異，是冒險者垂涎的好東西，沒想到卻拿來應付馬車的震動。

「哇，好有彈性!!」

「對吧？」

想說的話實在是一言難盡，不過即使說出口，利瑟爾恐怕也只會擺出一副不解的表情而已。伊雷文慢慢懂了這個道理，於是放棄吐槽，把坐墊墊到屁股底下。

一坐上去，馬車的震動便不再衝擊臀部，坐起來舒適得不得了。只要克服了糟糕透頂的震動，坐在車頂也不差，利瑟爾一行人便悠哉地享受馬車之旅。

馬車穿越平原，駛進森林，朝著路線上的第一座迷宮奔馳。

森林中比平原更容易遭遇魔物襲擊，冒險者搭乘的馬車也不例外。遇到這種狀況，原則上是由搭乘馬車的冒險者負責處理。順帶一提，利瑟爾至今還沒有遇過這種狀況。

「快抵達第一座迷宮了呢。我們是第三座吧？」

「嗯……」

利瑟爾望著葉隙間灑下的陽光向後流逝，劫爾才剛同意他的話，卻忽然轉向馬車剛才通過的方向。

「劫爾？」

「怎麼……啊，原來。你明明不是獸人，竟然有辦法發現喔。」

伊雷文也輕佻地一笑，看向劫爾視線的方向。從二人的反應看來，想必有什麼東西吧，利瑟爾也跟著望過去。

過了幾秒，行駛中的馬車後方，有什麼東西猛然跑了過來。隨著那幾個影子漸漸拉近距離，牠們的姿態也越發清晰。

「從地面上急速衝刺過來的鳥，有種不可思議的氣勢呢。」

「明明能飛，卻很少看見那些傢伙飛啊。」

「牠們還是用跑的比較快吧？」伊雷文說。

這種鳥擁有流線型的身軀，約一公尺長，是名為「叢林跑者」的魔物，牠們壓低頭部、在林間疾走的身影靈活又迅捷。

牠們好像嫌棄翅膀妨礙衝刺一樣，收起的雙翼緊緊貼在身上。鐵一般的嘴喙在葉隙灑落的陽光下閃閃發亮，萬一遭到突擊可是非同小可。

這時，馬車內部也傳來些微騷動，看來也有其他人注意到了。

「劫爾，萬一我快掉下去再麻煩你了。」

「別掉下去啊。」

基本上由坐在車頂的人負責警戒周遭，這是冒險者之間的默契。伊雷文正要去轉告車夫，叫他停下馬車時，利瑟爾卻制止了他，往車廂邊緣靠過去。

緊接著，他整個人就這麼倒吊下來，探頭望向馬車窗口，衣角由劫爾穩穩抓著。

「哇?!什麼，原來是貴族小哥喔……」

「很危險欸，差點要出手攻擊了。」

「不好意思。」

嚇了一跳的冒險者紛紛鬆了一口氣，也有人出言警告，一夥人望著窗口倒吊的利瑟爾，真是奇特的畫面。

「所以是魔物嗎？」

「是的，三隻叢林跑者。」

冒險者們嫌麻煩似地皺起臉來。

馬車上載了這麼多人，很難甩開牠們，而且這種魔物又非常棘手。牠們在及膝的高度盡情衝刺，嘴喙只消一擊就能在樹木上鑿出一個洞，假如正面吃牠一擊，腿就廢了。

「所以我想請問一下，各位應該沒有人想要迎擊吧？」

「啊？」

沒辦法了，冒險者們正要準備迎戰，一聽之下紛紛停下動作。

「如果沒有特別想要的素材，我們會直接打倒魔物，屍體就丟在原地囉。」

聽他的說法，就是不必停下馬車就能收拾牠們的意思吧。也是，還有一刀在嘛，冒險者們意會過來，各自點了頭。

「我知道了。」

利瑟爾露出柔和的微笑，便從窗口消失了。這人果然不是冒險者吧，他們邊目送那人回到車頂邊想，接著站在窗戶附近的冒險者爭相窺探外頭的狀況。

那群猛然逼近的魔物，已經近得能看出翅膀上的紋路了。

「你要用魔法喔？」

既然說不必停下馬車，應該就是這麼回事吧，原本正要起身的伊雷文問道，利瑟爾則朝他拋出另一個問句。

「你呢，素材需要嗎？」

「是不用啦，但……等等……那啥！」

隨著那聲驚呼，連續幾聲爆裂音在林間迴響。伊雷文瞪大眼睛，馬車裡的冒險者則感到疑惑，那是什麼聲音？

「啊，被躲開了，速度敏捷的魔物就是不一樣。」

「還有兩隻。」

中斷一會兒，又傳來兩聲爆裂音。「已經沒事了。」聽見利瑟爾這麼告知車夫，車廂裡的冒險者才明白魔物的襲擊已經結束。畢竟他是法師嘛，一定是用了什麼魔法，冒險者們自認理解了事件經過。在他們頭頂上，伊雷文正懷著今天不曉得第幾次「無法理解」的感受，朝著利瑟爾逼近。

「好的。」

「那是……等等……雖然我是本來就知道啦！」

「啊，你知道呀。」

「剛剛那個怎麼飄在半空?!」

「那是應付後座力的對策。」

「再讓我看一次！」

「不行。」

伊雷文死纏著他不放，最後得出了「迷宮就是這樣，沒有辦法」的結論才冷靜下來，但他臉上的表情還是有點無法釋懷。

這時，利瑟爾忽然呼出一口氣，愣愣地看著向後流逝的風景。劫爾正略顯詫異地望著他的舉動，利瑟爾的身體便斜倚過來，頭靠到他肩膀上。

「怎麼了?」

這點程度不至於令他疲倦才對，劫爾蹙著眉頭問道，但那表情立刻轉變為無奈。

「我暈車了。」

「暈了？……護衛的時候不是沒問題？」
「那時候沒有晃得這麼厲害。」
至今為止利瑟爾搭過幾次馬車，從來沒有頭暈過。但這次是在相當程度的顛簸中，朝著反方向集中注意力瞄準目標，因此才導致不適。
說到底，在原本的國家，利瑟爾搭乘的可是頂級舒適的上流階級御用馬車。這也沒辦法，劫爾嘆了口氣，便隨他去了。他身旁的伊雷文，忽然想到什麼似地翻了翻自己的腰包。
「你還好嗎，這個給你。」
「嗯？」
「巧克力。」
伊雷文特地拆開包裝，遞了過去。利瑟爾正要伸手去接，卻被對方躲開了。他眨了眨眼睛，那人揚起得意的笑容，把巧克力遞到他嘴邊。
利瑟爾露出苦笑，張開嘴巴。沒想到那塊巧克力並不太甜，吃下去頭腦居然清醒了些。他帶著溫煦的笑容品嘗巧克力，任憑劫爾伸手鬆開自己的衣襟。
「甜的東西對於改善暈馬車的症狀很有效呢。」
「這說法我好像在哪邊聽過喲。」
伊雷文說完，拉起利瑟爾的手，開始揉捏他的手掌到手臂一帶。按起來雖然舒服，利瑟爾還是不可思議地看著他的動作。
「這是什麼按摩？」

「聽說可以治暈車，老實說我覺得只是偏方啦。」

「哦？第一次聽說。」

馬車車頂坐起來仍然顛簸，不過利瑟爾本來就不容易暈車，在按摩之中身體狀況慢慢恢復了過來。他向伊雷文道了謝，那雙體溫比唯人稍低的手便離開了。

馬車的速度也漸漸減緩，看來第一座迷宮已經近在眼前。

「真是無微不至的照顧，我好很多了。」

「怎麼樣啊，我很有用吧？」

「對呀，真是好孩子。」

看見利瑟爾的微笑，伊雷文啞口無言。他這麼做本來沒什麼盤算，後來自己注意到這件事，自問這樣是不是不太對，才裝成一副另有企圖的樣子，卻被利瑟爾毫不猶豫地肯定了。

根本被玩弄於股掌之間嘛，伊雷文苦惱地抱著頭。利瑟爾見狀有趣地笑了，從劫爾肩膀上抬起頭來。馬車停了下來，可以看見幾位冒險者正朝著迷宮大門走遠。

「這迷宮是？」

「很暗的洞窟。」劫爾回答。

冒險者們稍微舉起手朝這邊打了招呼，是感謝他驅逐魔物吧。利瑟爾微微一笑，也揮揮手回應。他們腰間全都繫著提燈，應該是照明用的魔道具了。

「裡面有位置了，你們要下來嗎？」

「難得這邊可以坐下，沒關係。」

馬車夫特地喊了他們一聲，利瑟爾婉拒了。天氣也不錯，偶爾坐坐車頂也不壞。馬車再度開始行駛，一行人在車頂悠哉閒聊。

伊雷文依然懷著來不及消化的千頭萬緒在二人身旁哀叫，不過誰也不在意。

24

「箱型洞窟」的迷宮內部，是由正四方形的空間串連而成。

地板與牆壁之間構成直角，極度井然有序的空間當中看不見任何照明，卻相當明亮。壁面平整光滑，一點凹凸起伏也沒有，材質也看不出是石頭還是什麼物質。

通道也相對寬敞好走，是冒險者之間評價相當不錯的迷宮。

「白石巨人出沒的是三十層以後……劫爾，如何？」

「到過最深層了。」

「那就用魔法陣……啊，但是……」

「我也沒問題喲！」

這迷宮是向上延伸的類型，一共有六十層。

到了三十層，理論上魔物也都有相當的強度。劫爾暫且不論，看來伊雷文也曾經獨自潛入這座迷宮，光從這點就可以窺見他的實力。

順帶一提，利瑟爾辦不到，所以他也不會獨自造訪迷宮。這才是正常的，但因為待在他身邊的是劫爾，利瑟爾總是覺得自己「還差得遠呢」。

「那就請你在我們傳送之後過來。」

「好——」

由於沒有組隊，三人無法同時使用魔法陣。在利瑟爾他們傳送之後，伊雷文也立刻啟動了魔法陣。
三人毫不費力便抵達第二十層，一行人打量著依舊一成不變的方形通道。寬敞的道路連石巨人也能輕易通過，視野相當良好。
「構造簡直算是一絲不苟了，不過我還滿喜歡的。」
「我知道。」
「你給人的印象就是會喜歡這種的！」
雖然這空間井然有序得不像洞窟，不過分支出去的通道沒有門也沒有其他裝置，確實是洞窟的結構。簡單明瞭真不錯，利瑟爾邊說邊邁開步伐，看得伊雷文「欸……」了一聲。
這通道什麼特徵也沒有，連距離感都難以掌握，甚至無法判斷自己的所在地。一般冒險者會購買地圖，要不然就邊記錄路線邊前進，但這二人完全沒有類似的動作。
「我不想在回去的時候迷路欸。」
「咦？」
「啊？」
利瑟爾一臉不可思議。我說的話沒那麼奇怪吧，伊雷文面部抽搐。
儘管上知天文下知地理，利瑟爾的常識卻時常有所缺漏。原因他早就一清二楚，伊雷文看向事不關己似地站在原地的劫爾，眼神像在質問「為啥會變這樣」。
這時，伊雷文偶然發現地板上有道奇怪的刻痕。
「啊，那邊有陷阱喔。」

「是這個嗎？」

「等等……你為啥要踩……哇?!」

利瑟爾毫不猶豫地踩了下去，下一秒，伊雷文差點跟著腳邊的地板一起陷下去，立刻被他躲開了。看見那人佩服似地朝這裡望過來，他只有滿腹的疑問。

「咦，我沒說嗎?!說了吧！你為啥還踩?!」

「我還是第一次事先知道哪裡有陷阱，不小心就……」

「不小心個頭啦！怎麼可能到現在一次也沒看過陷阱！」

利瑟爾露出溫煦的微笑，正興味盎然地觀察腳邊的機關。

伊雷文再次看向劫爾。教導利瑟爾冒險者相關知識的理應是他沒錯，到底是怎麼教的？不對，說不定沒教咧。

「我不太擅長發現陷阱，劫爾看到陷阱也不會告訴我。」

「要是希望我告訴你，你就直說啊。」

「反正發動了也沒事呀。」

就是因為這樣還沒事，才會演變成這種局面。只要有劫爾在，利瑟爾就不會有危險。地板陷下去他會躲開，箭矢射來他會抓住，有魔物湧出他會斬殺殆盡，天花板掉下來也有他接著。這樣的劫爾不在意陷阱，所以利瑟爾也不在意。

這標準太奇怪了，伊雷文忍不住露出尷尬的假笑。

「話說回來，你怎麼會知道那裡有陷阱？」

「直覺啊，有些地方感覺會有陷阱，一看就發現真的有。」

用直覺就能找出陷阱的伊雷文，也算是相當超脫常人標準的人物了。這是因為他瞭解在哪裡設下什麼陷阱效果最好吧，這男人能夠精準察覺別人討厭的事情。

雖然這是白石巨人出沒的階層，但出沒的魔物並不是只有白石巨人一種。

在迷宮當中四處走動，自然會遭遇各式各樣的魔物，其中也有利瑟爾至今一次也不曾見過的魔物。

看來這個迷宮的特色，是「飛天寶箱」、「殺人傀儡」這類沒有生命感的魔物。和牠們交手的時候，利瑟爾他們第一次見到伊雷文戰鬥的姿態。

「該怎麼說，很獨特呢。」

「雙手都拿刀，只有特別愛搞怪的人才會幹這種事。」

他奔跑起來就像蛇，時而掠過地面，時而飛躍空中，變化萬千、自由自在，劍尖由意識所不能及之處襲來，要擋下想必相當困難。雖然沒有劫爾那種一擊必殺的猛勁，但他的攻擊段數繁多，招招瞄準要害，能確實將對手逼入絕境。

「看起來游刃有餘的樣子。」

「不意外。」

雖然攻擊段數繁多，但這看來也不是他需要費力苦戰的敵手，三兩下便收拾乾淨了。本人大概覺得不夠盡興，一副有點無趣的樣子。

順帶一提，他的移動方式獨特，速度又快，利瑟爾的眼睛已經追不上了。得看見被步伐牽動的紅色長髮，才能明白「啊，原來他發動攻擊了」。

「喂，最後一隻。」

「好的。」

伊雷文的動向對利瑟爾來說難以預測，萬一誤傷到他就不好了，因此利瑟爾沒有進行支援，轉而在確認劫爾負責收拾附近的魔物之後，開槍擊殺從遠處逼近的魔物。

同時，戰鬥告一段落，伊雷文靈巧地轉動手中的短劍，邊把玩邊朝他走來。

「在一刀大哥旁邊比較起來，我果然就遜色了喔。」

「老實說，你的動作比較華麗，在我看來反而比較厲害呢。」利瑟爾稱讚道。

「閃避成那樣，看起來當然華麗。」

基本上，伊雷文不會用劍承受敵方的攻擊。他的武器也是迷宮品，但不像劫爾的劍擁有那麼多上等加護，倒不如說劫爾那把大劍的性能好過頭了。

一般來說，大多數迷宮出產的武器也只有一些聊勝於無的加護，與市售品相差無幾。

「我的武器是有抗劣化加護和利刃加護啦，但不想讓它破損，這對雙劍我很喜歡說。」

「光是能躲開就很厲害了。」

在魔物包圍之中，還能閃避所有攻勢的人可是屈指可數。歸根究柢，凡是毒藥能奏效的對手，伊雷文的劍尖一劃到敵方就分出勝負了。

但也有許多魔物不怕毒液侵襲，這座迷宮正好就是這類魔物的寶庫，所以並不構成質疑伊雷文實力的理由。

「之前他好像說是無師自通對吧，很俐落的動作。」

「關節夠柔軟吧，活動範圍夠廣，同時揮兩把刀也不會互相干擾。」

縱使利瑟爾完全不懂劍，也看得出他實力非凡，而劫爾也開始考慮跟他比試比試了，可見伊雷文的劍技之精湛。

「平常很少看到雙劍士，忍不住看得入迷了。」

「這比你的武器普通太多了好嗎！」

伊雷文無奈地聳了聳肩膀。

「只要先灌好魔力，我也可以用你的槍吧？」

「你肩膀會碎掉。」劫爾說。

「果然喔？」

魔銃的衝擊力道大得驚人，至少會撞到肩膀脫臼，弄不好的話肩膀會碎裂到整條手臂都動不了。更慘的是，一般還無從得知槍管裡面有沒有裝子彈，不愧是人稱「最適合打出關鍵一擊，關鍵時刻卻派不上用場」的武器。

「還真虧我有辦法閃過欸。」

「身手到了你這種境界，應該可以輕鬆避開吧？」

「這個嘛，因為它只會直直射過來啊。」

「劫爾也是這麼說的。」

一行人在閒談之中，好整以暇地前進了一會兒。這時候，劫爾驀然停下腳步。

伊雷文也一副心裡有數的表情，若無其事地停了下來，利瑟爾也跟著照做。側耳傾聽，一陣微小的隆隆聲傳來。那是岩石彼此撞擊的鈍重聲響，正從前方那道轉角的另一端，朝著這邊緩緩逼近。

不必親眼看見牠的體型，也能感受到那龐大的存在感，不愧是高階委託，難度也是三級跳。石巨人從轉角那一頭緩緩現身，這是除了地底龍之外，利瑟爾在迷宮裡見過最巨大的魔物。

「體型還真龐大。」

「在頭目以外的魔物裡算大吧。」

「不過牠動作很遲緩喲！」

石巨人外觀看起來就像無數岩塊重疊在一起，再將表面磨平的樣子。由於動作遲緩，冒險者可以輕鬆跑過牠身邊迴避戰鬥，因此除非接下石巨人相關的委託，否則常常略過這種魔物不打。

但是，一旦想要認真對付，牠可是非常棘手的魔物。

「白色的特別棘手對吧？」

「不像其他顏色，魔法對白的沒用。」劫爾說。

「而且就連斬擊都不太有效咧。」

有顏色的石巨人各自帶有不同屬性，使用相反屬性的魔法就能應付，但不帶色彩的白石巨人是唯一例外。石巨人的核心經常用於製作魔道具，由於討伐難度較高，白石巨人的核心在市面上也鮮少流通。

「魔物圖鑑上是說，牠們最大可以達到十公尺那麼高……」

「大部分都是這種高度吧。」劫爾說。

「在這邊感覺不太可能看見呢。」利瑟爾同意。
出現在他們面前的石巨人，一隻大約四公尺高，另外兩隻約三公尺。抬頭看去相當有壓迫感，高舉雙臂的模樣令人看得不禁愣在原地。
那巨大的身軀想必相當沉重，牠們撼動地面的雙腳每逼近一步，都響起震動內臟的重低音。
「你打算怎麼辦？」
「我想做個實驗。」
「啊？可是魔法沒效耶？」伊雷文納悶。
眼前的石巨人宛如高牆般擋住去路，利瑟爾朝牠們架起魔銃。
除了核心以外，石巨人沒有弱點。一旦核心被破壞，石巨人也會隨之崩毀，但假如要破壞核心，還是先把石巨人打倒比較快，因為核心埋藏在哪個位置完全是隨機的。
利瑟爾瞄準石巨人的頭部，扣下扳機。
「……為啥有效啊，那不是魔力嗎？」
隨著那聲爆裂音，石巨人的額頭被打出一個洞。洞口旁邊有些微裂縫擴散開來，但這點程度還無法封住牠的行動。
「石巨人的核心和魔石不同，會自動吸收魔力吧？」
「誰知道。」
「是這樣喔？」
自己繳交的素材拿去做什麼用途，大部分的冒險者都沒有興趣。怎麼會不想知道呢？

利瑟爾一副不可思議的樣子，再次將槍口轉向毫不放緩腳步、持續逼近的石巨人。

「魔法對石巨人無效，是因為核心會吸收牠承受的魔力，圖鑑上是這麼寫的。應該是吸收之後將魔法無效化了。」

「啊……帶顏色的只能吸收自己的屬性，所以相反屬性的魔法有效？」劫爾問。

「沒錯。」

緊接著，利瑟爾又連開幾槍。

隨著幾聲槍響連續往頭部擊發，裂縫也逐漸擴散，石巨人的頭部終於承受不住攻擊而崩毀。牠巨大的身軀這時才終於停止動作，全身也隨之崩落。

「一般魔法是將終止點設定在魔物身上對吧？這也就是朝著核心輸送魔力的意思。但我的魔銃不一樣，魔力會直接貫穿到目標背後，所以我才想可能不會被吸收。」

當然，萬一運氣不好打中核心，一樣會被吸收就是了。

「實驗成功了？」

「是的。」

利瑟爾露出滿足的微笑。那就好，劫爾聽了朝他點點頭，拔劍出鞘。

石巨人已經來到揮舞巨大手臂足以打到他們的距離，劫爾搶先一步奔向牠，不等敵方揮下那雙巨腕，揮劍就是一斬。那把纖細的大劍假如從正面劈砍下去，感覺一定會折斷，此刻卻挾著劃破空氣的斬擊聲，將石巨人的軀體一刀兩斷。

「你那揮一下就結束的是怎樣?!」

「吵死了。」

在他身旁，伊雷文才剛按照正常做法擊碎了石巨人雙腳的關節，看了劫爾那一斬忍不住吐槽。不過伊雷文自己的劍技也超乎尋常，那可是一般來說難以攻擊到的部位，卻被他輕易破壞了。

「唉……這兩個人真的是太誇張了……」

石巨人轟隆隆倒了下來，隨著撼動地面的衝擊捲起一陣風壓。伊雷文邊嘆氣邊三步併作兩步走近牠，朝著牠頭部看起來狀似眼睛和嘴巴的空洞，隨手拋進了什麼東西。

劫爾拉過利瑟爾的手臂，和他對調了位置。同時傳來「轟」的一道巨響，石巨人應聲碎裂，構成身軀的小石塊爆散開來。

「盜賊的首領說什麼鬼話。」

「我只是『前』首領好嗎，前．首．領。」

利瑟爾探頭看向那一邊，只見頭部灰飛煙滅的石巨人倒在地上。原來如此，他點了個頭。

「牠的核心，指的是哪個部位？」

「喏。」

「完全裂成兩半了耶。」

「位置不湊巧吧。」

利瑟爾正準備開始尋找委託需要的石巨人核心，只見劫爾輕鬆蹲下身去，拾起看似混濁玻璃塊的東西，還可以看見它平整的斷面。

看來是核心剛好埋在劫爾斬過的地方吧，委託品必須完好無傷，因此這顆派不上用場了。

「我去找你那隻的核心。」

「拜託你了。」

一陣喀啦喀啦的聲音，在伊雷文狐疑的目光當中，劫爾一腳一腳踩碎石巨人的身體。利瑟爾自顧自端詳著剛才劫爾給他的核心，接著觀察夠了，便將裂成兩半的核心隨手一扔。

「喂你為啥丟掉啊！」

「咦，劫爾不是也說這樣沒辦法拿去賣嗎？」

「你幹嘛那麼相信他啊?!」

伊雷文氣勢洶洶地湊了過來。

「這東西本身夠稀有，就算裂成兩塊還是可以賣喲。」

核心即使破損，同樣保有吸收魔力的功能。價格雖然沒有完整無缺的核心那麼漂亮，仍然是一般冒險者樂於收集起來出售的戰利品。

但是劫爾嫌麻煩，只剝取頭目身上的素材，對於沿途魔物的素材幾乎不屑一顧，所以利瑟爾也不太清楚。

「原來是這樣……哦，確實能感受到魔力被它吸收了……」

「喂。」

「啊，是。」

利瑟爾對於確認新知不遺餘力，劫爾則把他擺在一邊，不以為意地繼續尋找核心。看他一副見怪不怪的模樣，把核心拋過去給利瑟爾，看來這一切他都習以為常了吧。

看樣子還不如樂在其中比較輕鬆，伊雷文這麼想，逐漸恢復了常態。他第一次學會自制，至今甚至壓抑著原本自由奔放的性格。

「一刀大哥，也幫我踩這隻嘛。」

他愉快地瞇起修長的眼尾，走近石巨人的腳步輕盈靈巧。

「是說能踩爆這個太突破常識了吧，你是不是光用踢的就能打倒牠啊？」

「誰知道。自己打的你自己解體。」

「解體石巨人一定要用鐵鎚欸，你不知道喔？」

「不知道。」

伊雷文哈哈大笑，利瑟爾也面露微笑，將核心收好。

看二人一直踢皮球似地叫對方負責解體，利瑟爾便說他想試試看，卻被二人斬釘截鐵地拒絕了。他心裡有點落寞，但這是祕密。

接下來的伊雷文狀況絕佳。

他宛如擺脫什麼桎梏似地俐落揮劍，不斷斬擊，看見什麼斬什麼。不管是石巨人還是鐵鎧，凡是能斬的部分都毫不客氣斬下去，那模樣充滿活力，完全不給利瑟爾他們出手的機會。

「這明明是我們的委託，這樣好嗎？」

「就隨他高興沒差吧。」

一行人從第三十層走到第四十層，一路討伐石巨人，最後收集了不少核心。

「收集到這個數量夠了嗎？」

「實際上大概不需要這麼多。」

「咦？」

接近四十顆核心，從早上收集到午後，這成績可說是優異過頭了。

一般冒險者攻略迷宮的時候，只要一天內能抵達下一個魔法陣，就已經謝天謝地了。考量到這一點，這已是破格的成果，但是對劫爾來說這還算慢的，而把劫爾當成判斷標準的利瑟爾也一樣。伊雷文也是，儘管裝出一副正常人的樣子，但他也是實力超群的人物，一樣覺得這步調沒什麼好奇怪的。

三人覺得差不多該回去了，正好第四十層設有魔法陣，一行人便直接傳送回了迷宮入口。

「雖然裡面很明亮，真正的陽光果然還是不一樣呢。」

「有的迷宮啊，裡面不是也會有太陽升起嗎？」伊雷文說。

「晚上的時候進去就搞不清時間了。」劫爾說。

「我懂！」

走出迷宮，仍然是太陽高掛的時間。三人各自伸展筋骨、深呼吸，放鬆心情，等待回程的馬車。

公會的馬車在清早頻繁往返，到了其他時段就只剩下稀少的班次，萬一時間不湊巧，等候一小時以上也稀鬆平常。儘管如此，搭乘馬車還是比徒步走回去來得省時，所以誰也不會抱怨。

「大概再等三十分鐘。」

伊雷文抬頭看著公會掛在迷宮大門上的沙漏。

馬車夫每次抵達迷宮門口，便會將沙漏倒轉過來，一看就知道前一輛馬車離開後過了多久。最慢兩小時以內一定會有馬車通過，所以能夠計時兩小時的大型沙漏，在這裡是方便又一目了然的判斷標準。

「已經到了下午，我也開始餓了。」

「還不是因為你把飯拿給這傢伙吃。」

「很好吃喔！」

迷宮大門附近一樣是城外的野地，有遭遇魔物襲擊的危險，不過牠們的攻勢不像迷宮內部那麼積極。三人在這裡優閒地等待馬車到達。

「在迷宮裡吃便當，老實說我看到的時候超傻眼的欸。」

「其他人在迷宮裡都不吃東西嗎？」

「是會吃啦……」

迷宮攻略動輒耗費一整天，冒險者當然多少也會帶上食糧。

但是，在迷宮裡可沒空悠哉吃飯。一般冒險者是像伊雷文那樣帶著巧克力之類的東西，或是吃一口就能補充營養的樹果，利瑟爾他們卻照常吃著旅店女主人準備的便當。

因為基本上，一有魔物襲來劫爾就會注意到，而利瑟爾坐在原位就可以擊殺。伊雷文已經決定了，與其努力習慣還不如樂在其中，但是看在他眼中，那休息時間還是悠哉到令人傻眼的地步。

「是說竟然給冒險者帶便當，這沒問題嗎？」

「我一個人出去的時候都是飯糰。」

「那個人在其他人眼裡到底是什麼形象啊？」

二人小聲交談，幸好這段對話沒傳到利瑟爾耳中。

接著，伊雷文走近正望著沙漏的利瑟爾，像在說「給你」似地伸出握著的拳頭。利瑟爾一伸出手，幾顆包好的巧克力便落在他掌心。

「這個給你，就當作我的賠禮。」

「謝謝你。」

那時看見利瑟爾的便當（夾滿肉和蔬菜的三明治），伊雷文說著「好好哦——好好哦——」，露骨地張開嘴巴等在那裡，於是利瑟爾的午餐就讓給他了。伊雷文給他巧克力，是充作午餐的回禮吧。

利瑟爾當時沒什麼飢餓感，不過到了這個時間還是難免會餓。他露出微笑，感謝地收下了。

「啊，是說剛好有時間，怎麼樣呀？」

利瑟爾正含著口中的巧克力，伊雷文本來心滿意足地看著這一幕，這時忽然轉頭看向劫爾這麼說。他指的是比試吧，不久前才狀態絕佳地活動過筋骨，看來動得還遠遠不夠。

這一點，劫爾也一樣。這一趟沒有和頭目交手就出了迷宮，他也不夠盡興吧。看見劫爾投來徵詢的視線，利瑟爾比了個「請便」的手勢。

「你要撐過五分鐘啊。」
「耶！」
利瑟爾小心不弄掉堆在手掌上的巧克力，悄悄往大門邊靠，接著望向持劍的二人。
伊雷文握著雙劍的手臂垂在身側，緊盯著劫爾，宛如尋找獵物破綻的捕食者。劫爾僅以手腕支撐那柄足以垂至地面的大劍，以自然的姿勢站立。微風拂來，地面斑駁的樹影隨之搖動。
「口令。」
聽見劫爾的嗓音，利瑟爾停下手邊正要拆開巧克力包裝的動作。
四周是靜謐的森林。這附近不知道會不會遭受波及？雖然這麼想，利瑟爾並沒有加以制止，只是微微一笑，悠然開口。
「開始。」
和接下來要發生的事比起來，這道口令實在顯得太過溫和，那聲音卻清澈得不可思議，穿透二人的內心。
縱使那道嗓音聽得他差點入迷，伊雷文仍然蹬向地面，出其不意地邁步疾奔。他的動作宛如滑過地面般靈敏，到了劫爾眼前又加快了速度。
下一秒，那道身影消失於無形。劫爾毫不動搖，舉劍一擋，阻止了對方來自背後的奇襲，同時微微一偏頭，以最低限度的動作避開伊雷文刺出的另一把劍。
「哈哈，這你也躲得過！」
第一波攻勢以失敗告終，伊雷文卻露出尖牙笑了開來。

他瞬間拉開距離，再次斬向劫爾。驟如雨點的攻勢之下，金屬相擊的尖銳聲響聽起來幾乎重合，劫爾卻全數擋了下來。

二人用盡所有空間展開激烈攻防，對於利瑟爾來說，就連要用目光追隨劍影都相當困難。他努力了一下子，最後還是懷著觀戰的心情品嘗巧克力了。

「（嗯……看不清楚。）」

「哈，你用那種大劍……怎麼還這麼快……！」

「你才是別再瞄準脖子了，很難控制力道。」

聽了劫爾這句話，伊雷文咋舌一聲，心情卻十分高昂。

以刺激來說稍嫌不足，但不擇手段征服強者的瞬間，可是無以取代的快樂。雖然現下還不足以征服對方，不過為此嘗試錯誤的過程他並不以為苦。

劫爾追求與強者一戰，只為了衡量自身的力量；伊雷文揮劍，則是為了截然不同的理由。

二人的動作不斷加速。利瑟爾打從一開始就只看得出速度很快，但就連他都注意到劃開空氣的聲音越來越非同小可，也注意到這場交戰大肆波及了周遭林木，卻完全沒有影響到自己周遭。

是劫爾為他擋下了攻勢，還是即將喪失理性的伊雷文也下意識避開了？如果真是這樣的話……利瑟爾微微一笑，這時他身邊的迷宮大門忽然打開了。

「唉……果然差一個就是不出來，那個殺人傀……唔哇！」

「馬車應該就快來了，待在這邊是安全的，請到這裡來吧。」

是潛入同一座迷宮的冒險者。終於出了迷宮，眼前卻是一片異常空間，看得他們臉頰抽搐，不過聽到「安全」這個關鍵字，一群人還是愣愣地照做了。

他們稍微和利瑟爾保持一點距離，聚在一起啞然看著眼前的攻防，只能勉強喃喃說著「好厲害……」。

「這只是比試而已，不用擔心。看起來劫爾拿捏得很好，應該不至於演變成最壞的狀況。」

「比、比試？話說那名字是一、一刀？」

冒險者們緊盯著受到劍擊聲響支配的空間，無法移開目光。聽見劫爾的名字，他們這時才終於正眼看向利瑟爾，一看便僵住了。

到了最近，在王都活動的冒險者要是還不認識利瑟爾他們，甚至會被人笑沒常識。他們也一樣，當然見過眼前這位酷似貴族，不曉得為什麼站在這吃巧克力的冒險者。

眾人的視線紛紛匯集到他身上。難得的巧合，利瑟爾遞出掌中的巧克力。

「你們也累了吧？不嫌棄的話，大家一起分著吃吧。」

「喔……嗯……」

身為隊長的男子正準備接過他手上的巧克力，這時一把小刀咻地射來，掠過他指尖，距離近得幾乎要削到指甲。

男子以為自己的手指不保了，隊友們也一樣嚇得臉色鐵青。只有利瑟爾眨了眨眼睛，向對方道了歉，望向小刀飛來的方向，為難地垂下眉毛。

「這樣很危險哦。」

「但那是！我送給……你的……欸……！」

在迷宮裡大氣不喘一下的伊雷文，這下卻肩膀劇烈起伏，大口喘著氣看著這裡。

他銳不可當的氣息，此刻已煙消雲散。劫爾大概察覺比試難以繼續，於是無奈地舉起大劍，劍身朝著伊雷文頭頂揮下，「鏗」一聲直擊腦門，敲得伊雷文抱頭蹲了下來。

「如各位所見，我們已經好好訓斥他了，請各位不要見怪。我想他沒有惡意，也無意傷害你們才對。」

看見伊雷文那副模樣，利瑟爾有趣地笑了，轉向戰戰兢兢縮回手，看起來甚至引人同情的冒險者。要是平常的狀況，有人來挑釁哪有不接招的道理，他們肯定會回敬一場亂鬥，但現在完全沒了那種氣魄。

「這個給你們，就當作是歉禮吧。」

利瑟爾從腰包取出什麼東西遞了出去，就像在挽留對方逐漸收回的那隻手。

男子一臉茫然，來回望著利瑟爾沉穩的表情和他伸出來的手，幾乎是下意識將手掌朝向上方。有什麼東西輕輕放到他手中，他這才回過神來，仔細一看又僵住了。

殺人傀儡的緞帶。他們幾天前開始接下的委託，需要的正是這項素材，今天距離指定數量剛好差一條。

「喏，請原諒他吧。」

「呃……嗯。」

看見利瑟爾的微笑，站在男子身後的隊友們也忍不住點頭。

畢竟擱在男子手掌上的緞帶有接近十條那麼多。這是殺人傀儡偶爾會戴在頭髮上現身的緞帶，並不是每次打倒牠必定能取得的素材。如此罕見的東西，又不是只給一條，而是接近十條。

「真的沒關係嗎……？」

「是張貼在公會的委託對吧？那個任務我記得是有追加報酬的。」

每次到公會去，利瑟爾都會將委託瀏覽一遍。根據自己印象中的委託內容，以及他們走出迷宮時的對話，他才作此猜測，看那群冒險者的反應，應該沒有錯吧。

這反而應該感激才對吧？冒險者們面無表情地盯著那堆緞帶。利瑟爾見狀，明白交涉成立了，於是對他們笑了笑，便與劫爾他們會合。

「……我不是你隊友，你不用幫我說話沒關係。」

伊雷文仍然蹲在原地，露骨地鬧著彆扭，此刻帶著一臉複雜的表情抬頭看向利瑟爾。不曉得是在懊悔不該給利瑟爾造成困擾，還是不願看見利瑟爾為了自己請求別人諒解。態度雖然目中無人，但他周遭的氛圍多了幾分頹喪，利瑟爾見狀露出抱歉的微笑。

「是我不好。難得你送我的東西，分給別人太失禮了。」

「……」

「一起吃吧，嗯？」

他拆開包裝，遞到伊雷文嘴邊。巧克力湊到纖薄的嘴唇前方，他張開嘴，利瑟爾輕輕將它放入他口中。手指碰到唇瓣，巧克力才終於被他吃下。

伊雷文的目光追著那指尖逐漸遠離，他蹲在原地把臉埋進臂彎，默默含著巧克力。

「撐過五分鐘了呢。」

「這樣還有閒工夫在乎你的事，表示下次還可以再撐一下吧。」

他側耳傾聽頭頂上傳來的閒談，那張臉依然埋在臂彎，卻流露幾分笑意。

他說還有下次，算是認同了自己的實力嗎？下一秒，頭上忽然感受到些微重量，他瞠大了眼睛。

「啊，馬車來了哦。」

那溫暖的手心，立刻又悠悠地離開了。他惋惜地抬起臉，看見利瑟爾露出溫和的微笑，面向馬車駛來的方向。

看見那柄打得他頭上腫一個包的大劍晃過視野一角，伊雷文發現那人是在關心他。剛才，是那隻動作溫柔的手摸了他的頭一下，他望著那隻不像冒險者的手，移不開視線，仍然緩緩站起身來。

「來，我們走囉。」

「好——」

他一隻手若無其事地撥亂頭髮，跟在利瑟爾他們後面上了馬車。這時段回去的冒險者寥寥無幾，利瑟爾和劫爾都坐在車廂內的座椅上。

看見那群冒險者不太好意思地一起坐上馬車，伊雷文邊嘲笑他們，邊硬是坐到利瑟爾旁邊。

「太擠啦。」

「又沒關係！話說回來，你怎麼會有那麼多緞帶啊？」

「我本來想說，下次可以把它用在某人的禮物上試試看。」

「啊……」

劫爾聽了似乎了然於心，看得伊雷文露出狡黠的笑容，「什麼意思、什麼意思」地追問了起來。

25

「調查之後發現，確實有一個隊伍符合你所說的條件。」

「不愧是史塔德，辦事真有效率。」

繳交白石巨人的核心之後，利瑟爾再次與史塔德交談。

核心的數量果然太多了，他們挑了品質最好的十顆左右繳交，因為超乎想像的數量完全超出了委託人的預算。

利瑟爾接過了委託報酬的一百五十枚銀幣。接取委託前拜託史塔德調查的事情這麼快就有了結果，利瑟爾向他道了謝，伸手撫摸他的頭髮，回應史塔德默默望著他的眼神。

「在這裡說可以嗎？」史塔德問。

「只要不會造成你的困擾。」

一邊讓利瑟爾摸著頭，史塔德眼神環視了周遭一圈。

他輕輕拉了拉撫摸頭髮那隻手的衣袖。利瑟爾露出微笑，上半身前傾，姿勢像是探過身去看史塔德手邊的委託文件。那張漠無表情的臉孔湊到近處，小聲說了些什麼。

那壓低的音量僅傳到利瑟爾一個人耳中，利瑟爾加深了笑意，表示他知道了。

「這樣手續就完成了。」

「謝謝你。」

接著，史塔德一如往常返還了公會卡，利瑟爾也跟他閒聊了幾句，便回到在後方等待的劫爾他們身邊。

「久等了。」

「嗯。」

「你們早上跟剛剛都聊得特別久耶？」

「只是有點事情要拜託他。來，這是你的。」

看見他遞出的銀幣，伊雷文訝異地眨了眨眼睛。

那堆熠熠生輝的銀幣，數量恰好是這次委託報酬的三分之一，意思不言而喻。「這樣好像我硬搶走你們的報酬欸……」伊雷文一臉不滿地拒絕了，但利瑟爾不以為意，仍然將銀幣塞到他手上。

盜賊還怕搶走人家什麼？劫爾毫不掩飾臉上無奈的表情，卻沒有反對。

「咦……可是我本來沒有這個意思欸。」

「你是貢獻最多的人呀，一定要好好算給你。」

「一刀大哥不在意嗎！」

「這是隊長的決定啊。」

看見利瑟爾堅持不讓步，伊雷文於是放棄抵抗，把銀幣收好。

他往後也打算擅自跟著他們行動，以後一定也會發生同樣的事情吧。但是在他看來，以利瑟爾和劫爾的個性，不想做的事情他們絕不會做。如果覺得困擾，他們會直言不諱。

既然如此，自己也沒必要特別在意。伊雷文斷然接受了這件事，他本來就不是特別體貼的人，個性也不太介意這種小事。

「對了，那個巧克力很好吃呢，是哪裡買的？」

「你真有眼光欸！那是在中心街西門那邊……」

三人正準備離開公會。

利瑟爾正要踏出敞開的大門，卻有幾個冒險者同時從反方向走來。幸虧伊雷文伸手擋在利瑟爾眼前，劫爾拉住他的手臂，雙方才沒有撞上。

迎面走來的冒險者們也踉蹌幾步，停了下來。

「你走路看哪……啊！」

原來是艾恩，身邊沒看見他的隊友。

他出聲威嚇的架式看起來駕輕就熟，與利瑟爾熟知的老實樣大相逕庭。想到他在自己和劫爾以外的人面前是這副模樣，令人忍不住微笑。

由於懶得增加不必要的麻煩，劫爾提議隱瞞他們與艾恩一行人攻略迷宮有關的事，因此至今為止，雙方幾乎沒什麼來往。

「不……呃……」

艾恩正要開口罵人，便發現「這下慘了」，現在正顏面抽搐，僵在原地。利瑟爾見狀苦笑，是不是幫他解圍比較好？他才正要開口，卻有人搶先一步採取了行動。

「還敢問看哪喔？雜魚哪有正眼看的價值，安分點給我靠邊走啦。」

「啊?!」

伊雷文立刻出言挑釁，艾恩也反射性地迎戰。

某種意義上，這是冒險者正確的態度。雙方都是經歷過實戰的人，互瞪的眼神相當兇狠，氣氛一觸即發。一般總是認為冒險者以粗暴的人居多，看來這個印象也不見得是錯的。

利瑟爾佩服地這麼想道。這傢伙又在想什麼蠢事了，劫爾無奈地低頭看著他。

「好了，不可以擋住出入口哦。」

二人之間彌漫著即將亮刀的險惡氛圍。這可不行，利瑟爾面露苦笑，出言勸阻。

「艾恩，我想你帶著整個隊伍也打不過他哦。」

「咦，呃……是。」

「上次見面是你讓我同乘馬車的時候吧，那時真是謝謝你了。」

艾恩頭上一瞬間飛過好多問號，不過他立刻聽懂了利瑟爾的意思，言下之意就是要他假裝成這麼回事吧。

另外，利瑟爾主張自己是受到艾恩幫忙，而非有恩於他，也能避免旁人將他們的關係與迷宮通關一事連結在一起。注意到這件事的人想必都已經心裡有數，不過這種人也不會到處亂說話。

「你也是。」

利瑟爾也勸了伊雷文一聲。知道對方是利瑟爾認識的人，伊雷文也斂起了險惡的氛圍，但仍然一副相當不滿的樣子。

利瑟爾他們從大門前面讓開，走到公會外頭。周遭的冒險者紛紛瞄向這裡，不過利瑟爾毫不介意旁人的視線，逕自面向艾恩。也許是久未見面的關係，艾恩帶著有點緊張的神色，微微低頭行了個禮。

「利瑟爾大哥，好久不見。那個……剛才不好意思啦。」

這是為了一見面就口出惡言的事道歉吧。拜訪利瑟爾的那段時間，艾恩多少也習得了一點禮儀。不過目前為止，他表示禮貌的對象也只有利瑟爾他們而已。

「我聽人家說，大哥好像被什麼奇怪的傢伙纏上了……」

「囉嗦死了。」

艾恩話中帶刺，邊說邊看向伊雷文，伊雷文則鄙視地咋舌一聲。那態度仍然火藥味十足，利瑟爾又勸了一聲，他便不高興地閉上嘴巴，別過臉去了。

「今天其他人沒跟你一起嗎？」

「他們宿醉，全部都陣亡了。」

「看來你酒力很好呢。」

「哎呀，也沒有那麼好啦！」

利瑟爾就這樣跟艾恩交談了幾句，送他離開了。他說有事要到公會，看那身輕裝打扮，大概是來領取委託報酬之類的吧。根據委託內容不同，有些時候也無法在達成當天就領到報酬。

「不可以挑釁得太過火哦。」

目送艾恩消失在公會大門內，利瑟爾微微一笑，轉向伊雷文。

「對我們示好的表現已經很足夠了。」

「你冷靜說出這件事讓人很不好意思欸。」

雖然是開玩笑的語調，但他打死不肯對上利瑟爾的目光，看來利瑟爾也沒說錯。

伊雷文加入隊伍的自我表現，從難以注意到的小地方，到若無其事的舉動都有，可說是花招百出，這次肯定也有這方面的企圖。

但是利瑟爾也明白，伊雷文的一舉一動並非全都是為了自我表現。這次他是真的看艾恩不順眼，為了利瑟爾挺身而出也是事實。

「所以呢，你是看他哪裡不順眼呀？」

「還不是！因為你……！」

伊雷文猛然轉向這邊，說到一半又打住了。

利瑟爾偏了偏頭，催他繼續說下去，只見伊雷文啪一聲單手遮住了臉。他別開視線，結果嗤笑一聲的劫爾反而映入眼簾，他無處可逃。

「……我要回去了。」

「路上小心。」

伊雷文賭氣地拋下這麼一句話，後退幾步轉身離開了，那惹眼的背影立刻拐進巷子裡消失無蹤。

「你還真喜歡逗年輕人玩。」

「你才是，表情看起來非常愉快哦？」

那天晚上，利瑟爾原本在旅店埋頭看書，這時忽然闔起書本，站起身來。

他披上外套，稍微整裝一下便走出房間。昏暗的走廊僅有月光照明，他剛剛還挨著燈光看書的眼睛遲遲無法習慣。

利瑟爾緩緩走下階梯，來到玄關。這時，女主人正好忙完了收拾、備料工作，打著呵欠從餐廳走出來，想必是正要就寢吧。

「哎呀，利瑟爾先生。你現在要出門？」

看見利瑟爾的身影，她滿臉訝異地問道。籠罩在夜晚的空氣當中，她的聲音也稍微壓抑了一些。

「嗯，我出去喝一杯。」

「你明明不能喝酒，還要喝一杯呀？」

女主人哈哈笑道，望向利瑟爾背後。看見那兒沒有劫爾的身影，她的眼神多了些擔憂。要等到什麼時候，女主人才會當自己是冒險者呢？利瑟爾不禁露出苦笑。

「不好意思，耽擱妳了。晚安。」

女主人雖然一臉難以接受的表情，還是放棄似地嘆了口氣，送他出門了。

利瑟爾走在人煙比白天更加稀少的街道上。

到了這個時間，下工後喝酒的酒客也已經回家了。路上的行人要不是必須工作到深夜的人，不然就是冒險者，或是在酒席間錯失撤退時機的醉漢。

利瑟爾一邊享受這寧靜的氛圍，一邊走向目的地。一路上仰頭望月、數著星點，最後他來到一間熟悉的酒館。

「……歡迎。」

「你好。」

老闆沉默寡言，這聲招呼打得也稱不上親切，不過面對老闆的目光，利瑟爾依然露出微笑。

酒館裡有一張桌子坐了人，吧檯則空蕩蕩的。利瑟爾挑了吧檯的座位，坐上每次獨自前來時習慣的位子。

老闆瞥了利瑟爾一眼，繼續默默擦拭玻璃杯。他真的不適合做服務業。

「老樣子？」

「麻煩你了。」

最近，利瑟爾會把飲品交給老闆決定。老闆知道他滴酒不沾，關於這一點可以放心。

忽然，從老闆背後傳來輕敲門板的叩叩聲。擺滿酒瓶的架子佔據了整面牆壁，架子的其中一格開了個窗口，看得見牆壁的另一側，唯有這扇窗口與廚房相通。

老闆端起架子上備好的餐點，送到唯一坐了人的那張桌子。有什麼人站在窗口另一端，由於挖空的那一格位置偏低，只看得見對方的手指頭。

「不好意思，今天什麼也沒點。」

利瑟爾面帶微笑，朝著空無一人的吧檯內側這麼說。架子的另一端原本什麼也看不見了，這下有一隻手伸到窗口輕輕地揮了揮。

看得利瑟爾嘴角也多了幾分笑意，這時老闆也回來了。望著老闆手邊幫自己調製飲品的動作，他稍微探出身子。

「能不能談點私事？」

「……」

「不，我是想跟老闆你談。」

眼見老闆瞥向以前使用過的小包廂，利瑟爾回以一句否定。看他手邊動作停止了一瞬間，又再度開始調製飲品，不曉得是表示答應呢，還是回絕？

利瑟爾判斷那是答應的意思，於是將交叉的雙臂擱到桌子上，耳語般輕啟唇瓣。

「有商業公會的店員，和冒險者一起進過那個包廂吧？」

他從胸口取出數枚銀幣，一次一枚，緩緩疊到桌上。那動作悄然無聲，從餐桌席位什麼也看不見。老闆目不轉睛地看著銀幣越疊越高，終於嘆了口氣。

利瑟爾停下手邊的動作，粲然一笑。

「麻煩你了。」

酒館老闆不是那種隨便張揚祕密的人，但是一旦付出的金額高過了對方的封口費，老闆也沒必要講什麼道義。情報交易就是這麼回事。

「……這種客人有好幾組。」

「頻率大約每個月一次，手邊帶著行李。」

「應該有類似的人物來過。」

「上一次來是？」

「大概一個月前。」

儘管對話內容如此，酒館老闆其實不曾自稱為情報販子，那個小房間原本也只是讓客人盡情喧鬧的派對包廂而已。

後來，這個方便小包廂的消息不知道從哪裡傳開了，開始有客人在臨走前留下幾枚錢幣當作封口費。不過利用包廂的人物也形形色色，大多都是商人之間單純的商務談判，也有客人會把剛剛被甩、哭哭啼啼的朋友塞進這間包廂裡。

「看來這次還沒過來囉，算起來應該差不多了才對……他們平常都幾點來？」

「……客人變少的時段。正好——」

老闆話說到一半，酒館的門扉打開，掩蓋了他的說話聲。

他仍舊帶著沉默寡言的表情，只看向門口說了句「歡迎」，便把調製完成的飲品遞給利瑟爾，一邊瞄了他一眼。

只見利瑟爾將頰邊的頭髮撥到耳後，勻稱的手指端起玻璃杯，緩緩喝了一口。即使目標來到店裡，他的舉動仍然與平常完全無異。

「那邊的威士忌，兩人份。」

走進店裡的是個冒險者打扮的男子。

他直直走向櫃臺，擺上幾枚銀幣，不等老闆回話便朝著小包廂走去。老闆目送他走進包廂，將那幾枚銀幣放進架子上的大瓶子裡，看來不想把這些錢和店裡的營業額放在一起。

「這個真好喝。」

「……這樣啊。」

利瑟爾抬起低垂的臉龐，露出微笑，老闆也邊拿毛巾擦手邊點了點頭。

在冒險者之間，利瑟爾的相貌早已為人所熟知，也許是室內光線昏暗的關係，這次沒有被對方察覺，不過也可能是對方刻意不朝四周張望的緣故。

「雖然原本就猜測可能是今天或明天，這時機還真巧。」

聽見利瑟爾的低語，老闆什麼也沒說。

只不過是確認了這位印象不同於常人的客人，確實如他所想的一樣而已。身為酒館老闆，他什麼樣的人物都見過，看人的眼光獨到，卻難以掌握眼前這位看似穩重的男子有什麼意圖。

到了最後，他的想法也只有一個：這位常客雖然不能喝酒，但是付錢爽快，友善有禮，氣質又高雅，希望他別碰上危險就好。僅此而已。

「……別亂來啊。」

「好的。」

老闆平時幾乎不會主動搭話，看見他關切的目光，利瑟爾的眼瞳中也高興地添了些笑意。

利瑟爾守候的另一個人，在他喝完一杯飲品之前就來了。

這次是個怎麼看都不像冒險者的男人。他身材瘦長，穿著作工精緻的服飾，環視了店裡一圈，接著目光偶然停留在利瑟爾身上。

「真是個美好的夜晚。」

不愧是能夠勝任高級店鋪的派遣店員。看見利瑟爾自然而然對上他的視線，想必認定他屬於自己平時接待的客群吧，男人露出體面的微笑這麼說道。

利瑟爾不發一語，瞇起眼睛微笑以對，便別開了視線。男人判斷沒有問題，於是踏響皮鞋的鞋跟走近櫃臺。

「我和人約在這裡碰面。」

「已經到了。」

他以沒做任何虧心事的語氣，道出平凡無奇的語句，不知情的人還以為他真的只是在這裡和人碰面，為了靜靜品酒才借用包廂而已。

服務業做到專精也稱得上演員了，利瑟爾在心裡佩服道，望向男人逐漸走遠的背影。笑容無可挑剔，不過還差得遠呢，他喝光了玻璃杯中的飲料。

「他們平常都待多久？」

「……最多大概三十分鐘吧，不會太久。」

不能喝酒的人，要在酒館打發時間實在不太容易，利瑟爾露出苦笑。

不過，假如狀況許可，他希望今天就解決這件事。也不是非今天不可，但賈吉最近鍥而不捨地造訪商業公會，他明天一定也會過去吧。

三番兩次提出這方面的主張，收到的回應也會越來越過分，聽伊雷文說，現在公會已經一副嫌他麻煩的態度了。

「要是帶個人一起過來就好了。能再請你準備一杯嗎？」

利瑟爾的指尖滑過空玻璃杯的表面，酒館老闆聞言朝他點了個頭。

利瑟爾有一搭沒一搭地和老闆閒聊，大約過了二十分鐘左右，店面深處的門打開了。

二人一起從門後現身，是因為離開時也分頭行動，等於承認做了什麼虧心事吧。

那兩個人聊著不著邊際的話題，向老闆付了酒錢。這時候，老闆刻意站在那兩個男人不容易注意到利瑟爾的位置。畢竟一方是形跡可疑的人物，一邊是印象良好的常客，任誰都想偏袒後者。

「謝謝款待，零錢不用找了。」

確認那兩個男人完全消失在門扉另一側，利瑟爾也悠然站起身來。看見他放在桌上的幾枚硬幣，老闆一臉不滿，卻只說了句「下次退給你」。

他知道利瑟爾打算去追那兩個人吧，因此沒有硬是挽留他退還找零。

路上杳無人煙，一眼就能望見他要找的人。兩個男人在酒館門口分別，利瑟爾朝著冒險者離開的方向邁開步伐。

利瑟爾沒有跟蹤經驗，只是保持一段距離跟在那人身後而已。不過在王都，為冒險者開設的旅店大多開在同一帶，對方容易認為他只是剛好要前往同一個方向。

這位男性冒險者也不例外，大概是要回到他下榻的旅店吧，方向和利瑟爾的旅店幾乎一致。回去的時候不必繞太多路，太好了，他邊想邊走在夜路上。這時，男人忽然拐到巷子裡去了。

「（也許是引誘我進去吧？）」

男人拐彎的方向沒有類似的旅店才對，但利瑟爾沒有停下腳步。

「（怎麼會被發現呢？）」

利瑟爾在內心偏了偏頭。半吊子的跟蹤技巧果然派不上用場，他暗自反省，卻完全忘了自己即使從遠處看來，也完全不像是冒險者。本人還自豪地覺得自己越來越有冒險者的樣子了，因此無從察覺這一點。

「（看來今天還是算了吧。）」

利瑟爾正打算就這樣走過男人拐彎的那條巷子。

這時，他卻忽然停下腳步，抬起頭彷彿在仰望夜空，不偏不倚正好佇立在巷口。

「嘖，被跟蹤了嗎……」

男人從巷子暗處現身，利瑟爾轉身與他相對。

那男人拔劍看向這裡，一看見月光下那張廉潔的臉龐，便露出驚愕的神色。不曉得是在哪裡聽過利瑟爾的傳聞呢，還是在公會實際見過他？

利瑟爾對這人沒有印象，不過早已習慣陌生人單方面認識自己了。他一如往常露出沉穩的笑容，男人見狀警戒地舉劍。

「跟蹤我表示你發現了？」

「難道你做了什麼不能被發現的事？」

「敢開玩笑，老子可不保證你的性命安全啊。不當一刀的跟屁蟲就幹不了這一行的傢伙，還敢一副瞧不起人的態度？」

看來在陌生人眼中，利瑟爾仍然擺脫不了依賴劫爾的印象。

聽了有點受到打擊。利瑟爾這麼想著，露出缺乏危機感的苦笑。男人確信形勢對自己有利，見狀只覺得他不諳世事，於是揚起嘲諷的冷笑。

「不能殺死哦。」

男人判斷利瑟爾這句話是在求他饒命。

「這求饒太隨便啦……嗚啊！」

男人正要舉劍攻來，下一秒整張臉已經被砸到地面。沉悶的撞擊聲響徹整條小巷，但附近沒有住家。正因如此，男人才將利瑟爾引到這裡，此刻這點卻反而對他不利。

「那樣敲沒問題嗎？」

「這點程度而已，沒問題啦。」

伊雷文笑著說道。剛才他從屋頂上一躍而下，趁勢抓著男人的後腦杓砸向地面，此時他另一隻手正握著腰際的劍柄，隨時準備拔劍。

「謝謝你，得救了。」

「聽到報告說你一個人跟在奇怪的男人後面，嚇了我一跳耶。」

「啊，還有人在監視我呀？」

「還有，我想你應該是沒發現啦……」

看見利瑟爾露出不合時宜的溫煦笑容，伊雷文吊起嘴角露齒一笑。下一秒，身後伸來一隻手掌，掩住利瑟爾的嘴。

他剛開始嚇了一跳，不過隨即放鬆下來。動作乍看粗暴，那觸碰他的手掌卻十分溫柔，這感覺他有印象。接著，從背後傳來一聲熟悉的嘆息聲，那隻掩住嘴巴的手掌鬆了開來。

「你也稍微驚慌一下吧。」

「因為發現是劫爾了嘛。」

「你一開始沒發現吧？」

「被你認真跟蹤，不可能發現吧？」

「我沒消去氣息。」

「我有發現喲！」

別把我跟你們這兩個高規格的人相提並論呀，利瑟爾笑著回過頭去。只見劫爾眼神裡滿是無奈，正低頭望著這裡，不曉得他是什麼時候出現的。

剛才伊雷文刻意現身，還在屋頂上朝他揮手，所以利瑟爾才有辦法注意到。他完全沒發現劫爾也在。

「你是什麼時候出現的？」

「從你爛透的跟蹤技術展示到一半的時候。」

「沒有你說的那麼糟吧？」

「糟透了。」

二人的對話聽得伊雷文哈哈大笑。也許是受不了這段悠哉過頭的對話吧，被伊雷文按在地上的男人發出了微弱的哀號。那壓制力道簡直能砸爛他的臉，男人甚至無法正常說話。

這時，利瑟爾才終於看向倒在地上的男人。那男人的劍掉在地上，他拚命在周圍摸索，目睹劫爾踩碎了那把劍才停止抵抗。

「所以咧，這傢伙是誰啊？」

「不是有個店員偷走店裡的商品嗎？這個人跟他是同夥。我想是因為偷來的商品隨便賣掉會露出馬腳，所以才交給他賣到冒險者公會吧。」

「啊，所以我在黑市才找不到喔。」

「他只偷迷宮品，也是因為冒險者拿去出售不會遭人懷疑吧。」

需要上級店員人手的都是高級店舖，賈吉的店可說是例外。

看那個店員熟門熟路的樣子，不難想像他已經是慣竊，既然如此，迷宮品也是每次得手後交給冒險者轉賣到公會吧。冒險者只要說是在迷宮找到的，就不會引人懷疑。

高級店舖經手的迷宮品只會出現在迷宮深層，但是有實力的冒險者不必涉險，也能自己潛入迷宮取得價值相當的東西。因此利瑟爾請史塔德調查的，是「多次出售與階級不符的迷宮品」的冒險者。

「沒想到符合這個條件的人還不少。」

「迷宮偶爾會壞掉啊。」劫爾說。

「哎呀，這就要看運氣啦。」伊雷文說。

但是，一旦將範圍限定為容易擺在店裡販售的迷宮品，又是多次、定期出售，符合條件的就只有眼前這男人的隊伍而已。

雖然沒有違反任何規定，但是刺探其他隊伍的行為不太受人歡迎，白天史塔德告訴他調查結果的時候顧慮周遭的目光，一方面也是因為這個原因。

「我有件事想拜託你。」

利瑟爾悠然走近匍匐在地的男人，俯視著他微微一笑。逆著月光，那笑容看來甚至帶著幾分慈悲。
「能不能請你明天一大早，到商業公會說出至今為止發生的事情？」
「……」
面對利瑟爾的詢問，男人不發一語。
這也不意外。一旦坦承罪行，這男人的隊伍無疑會遭受嚴厲處分。也許是暫時吊銷公會卡，也許是永久逐出公會，對於冒險者而言，這都是致命的傷害。
「我看你是——」
「不可以喲。」
眼見男人堅守沉默，伊雷文正準備拔劍，利瑟爾卻出聲制止。
得讓他們本人自己前往商業公會才行。萬一讓他們負傷過去，難免啟人疑竇。
「怎麼辦呢，我不太擅長拷問。」
「拷問這種事跟你不搭調。」
「要是調教的話倒是可以想像啦！好想看你命令哪個人跪在面前舔你的腳——」
「我要幫你教育指導囉。」
聽見利瑟爾這句話，原本帶著戲謔笑容的伊雷文立刻閉嘴。
利瑟爾對於話術確實頗有自信，他能誘導對話、取得想要的情報，也能誘使對方失言。
但是，面對這種連開口都不願意的人，話術也毫無用武之地，有效的手段就只有一種了。該怎麼做才好？正當利瑟爾如此尋思的時候，伊雷文舉起手揮了揮。

「你不介意的話，讓我來吧？」

「咦？」

「趕得及明天早上就行了吧？別擔心，看得見的地方不會留下傷口的！」

看見伊雷文露出討喜的燦爛笑容，一股惡寒竄上男人的背脊。

他求助似地望向全場看起來最有良心的高潔男子，但那人已經沒看著這裡了，正在跟身邊那個一身黑的男人確認這麼做沒有問題。那就好，只見那人點了點頭。

「那就麻煩你好了。」

「包在我身上！」

二人的對話宛如託人買個東西一樣輕鬆，在這個場合顯得突兀至極。

眼前男人的性命受到這種對話左右，劫爾雖然覺得他可悲，卻一點也不同情。誰叫他對利瑟爾的人出手，這點程度還算便宜他了。

死命抬頭看著這裡的男人不顧一切地掙扎起來，好像要表達什麼似地大叫出聲，即使吃進砂土也不在乎。這時——

「那麼，再給你最後一次機會。」

落在他耳邊的嗓音如此沉穩，男人死命抓緊這最後一線生機。只要撐過現在這一關，就能立刻逃往國外，往後再也不接近王都。誰還敢再靠近王都啊！

「明天，你願意到商業公會坦承自己的罪行嗎？」

「願意！我願意！所以快放開我……！」

利瑟爾忽然垂下視線，彷彿對這男人失去了興趣，眼神不帶任何感情。

劫爾和伊雷文察覺了這動作的意思，在幽暗的夜色中雙雙睥睨著腳邊的男子。有口無心的謊言怎麼可能瞞過眼前這人呢，面對二人甚至帶著殺氣的目光，男人喉頭一震。

「太可惜了。」利瑟爾說。

隨後，男人抬起臉，立刻又被砸向地面。

「輕輕的就好哦，輕輕的。得讓他自己主動、老實地說出罪狀，否則就沒有意義了。」

「我知道喲！」

「他的隊伍成員也是共犯，請你問出他們人在哪裡。」

「遵命！」

「絕對不能讓他屈打成招、被迫認罪哦，只要辦到這一點，接下來就沒關係了，絕對不要讓他懷恨在心。」

「知道了啦！」

利瑟爾再三叮嚀，聽得伊雷文賭氣似地大吼出聲。

也許煩人，但是對於伊雷文再怎麼叮嚀都嫌不夠，利瑟爾是這麼想的。看他現在的態度，正是一副放著不管就會為所欲為的樣子。

利瑟爾的猜測八九不離十，在伊雷文的認定當中，只要不是利瑟爾明說不許做的事，做什麼都沒關係。讓人老實招認的方法、不懷恨在心的方法他多得是，也有些想做的實驗。自帶毒性的獸人可不是虛有其名。

「那就麻煩你了。」

「好哦。」

看見利瑟爾露出微笑，他也揚起嗜虐的笑容，接著放開壓制男人的手，緩緩地站起身來。

「給我搬走。啊……第二據點不會漏音，搬到那邊去。」

匍匐在地的男人還來不及逃跑，幾道人影便從屋頂上躍下。

這就是伊雷文口中「可以完全消去氣息的傢伙」吧。利瑟爾當然沒有發現他們的存在，不過劫爾似乎早就注意到了，沒有什麼反應。

利瑟爾的注意力早已不在被抓住的男人身上，反而興味盎然地看著那些手下。這裡頭有人負責監視自己吧，模樣他已經記住了，以後不曉得能不能注意到他們？他邊想邊看著他們抬起那男人。

「那就先這樣啦，到明天早上就萬事解決了！」

伊雷文瞇起眼睛一笑，揮著手離開了。目送他離去之後，利瑟爾忽然看向劫爾。

「雖然現在問有點晚了，讓他無償幫忙沒關係嗎？」

「沒差吧，你就當作他擅自跟來的賠禮，隨他去吧。」

原來如此，利瑟爾點了點頭，二人邁步走向旅店。

半途中，劫爾問他怎麼知道目標使用的是那間酒館，但利瑟爾只是一笑帶過。畢竟早上他稍微不著痕跡地透露了一下，結果劫爾和伊雷文聽得一下子都面無表情。

「話說回來，你別一個人去啊。」

「真是的，我是以你會過來為前提呀。」

「明明沒注意到，還真敢說。」

劫爾打趣地嗤笑一聲，利瑟爾聽了也粲然一笑。

26

賈吉的商店有午休時間，當然是為了保留時間吃午餐。

來到這間道具店的顧客以冒險者居多，到了太陽升到天頂的時間，就幾乎沒有客人上門了。話雖如此，也有冒險者以外的客人前來光顧，只要有人上門，即使在午休當中他也會上前接待。

但是到了最近，這間道具店在午休時間真的關上門來，不再營業。

「唉……」

賈吉吐出一聲微弱的嘆息，鎖上店門，掛上「有事外出」的牌子。今天他又要前往商業公會了，對方根本聽不進他說的話，心情鬱悶也是理所當然。

光是感受到公會嫌他麻煩、覺得困擾，這種氣氛就足以讓他畏縮，但這不是忍氣吞聲就能解決的問題，他也不可能就這樣接受。

「（而且，那些被偷走的東西，說不定利瑟爾大哥哪天會想要呀……！）」

他鼓起幹勁為自己打氣，效果絕佳。

「好……！」

但是，才剛邁開步伐不久，這股幹勁也被他拋到九霄雲外。

雖然不是碰上了什麼壞事，但也不知道是不是好事。隨著他逐漸走近商業公會，旁人的目光和傳入耳中的對話使得他腦中一片混亂。

「我看商業公會也墮落了啦……欸，發現受害的就是他吧。」

「對啊，聽說最近在跟公會投訴，還好他發現這件事。」

「沒想到上級店員竟然做出這種事……而且還聽說公會想隱瞞這件事呢。」

咦，怎麼聽起來好像解決了？

儘管懷著滿滿的疑惑，賈吉仍然按照原本的計畫前往商業公會。不曉得出了什麼事，今天出入公會的人特別多，他勉強穿過大門，只見公會內部吵得簡直要掀翻屋頂。

商人們氣勢洶洶地逼問，職員忙於應對，四處奔走、鞠躬道歉，怒吼聲四起，令人忍不住想打道回府。賈吉雖然不知所措，仍然悄悄走近最近聽他申訴的那位職員，對方不曾給他什麼好臉色看就是了。

「那個……」

「是！請稍等……」

正在查找文件的職員一抬起頭，臉色隨即一陣鐵青。只見職員喀啦一聲踢開椅子站起身來，朝他鞠了個九十度的躬，明顯是深表歉意的態度。

「咦?!」

反應與至今為止冷淡的待遇大相逕庭，賈吉不知所措地環視周遭。看見眾人的目光都匯集在自己身上，早知道不要看旁邊就好了，他想，但已經太遲了。

「都是因為我們的疏失，給您帶來這麼大的困擾，真的非常抱歉！貴店遭竊的商品已經尋獲，這邊立刻退還給您，稍後會由公會長正式向您道歉……！」

「不、不用這麼麻煩……」

賈吉只要取回遭竊的商品，往後別再發生類似事件就好。

但周遭的人群卻七嘴八舌地說，「叫那個偷東西的店員出來！」「那個店員也來過我的店，你們要怎麼賠我！」賈吉這才發現，出事的那個店員的名字早已傳了開來。

照理來說，公會不可能刻意散播這種消息才對，怎麼會這樣呢？賈吉正納悶，職員便匆匆將他帶到其他房間去了，想必是判斷賈吉身為這起事件的中心人物，對話內容不好讓眾人聽見吧。

「請坐，麻煩您稍候一下，公會長馬上就到了。」

「好的……」

「這邊是遭竊的商品，先退還給您，麻煩您確認看看。」

到了另一個房間，賈吉雖然困惑，仍然聽職員的話坐上沙發，收下對方拿過來的商品。打開包裝過剩的東西一看，確實是自己店裡遭竊的迷宮品。

他鬆了一口氣，朝著站在一旁的職員點了點頭，那位職員便深深鞠了一躬，退出門外。

「讓您久等了，不好意思。」

「不、不會！」

職員前腳剛離開，便有個人接著走了進來，那是王都的商業公會長。賈吉畢恭畢敬地起身相迎，看見公會長有禮地請他坐下，才再度坐回沙發上。接著，公會長以沉痛的表情向他致歉。

「那個……方不方便請問一下，這次是怎麼找回商品的……？」

「當然。」

公會長深深頷首，將今天早上發生的事娓娓道來。

竟然有幾個冒險者，在營業時間跑到公會來，大聲坦承他們與公會的派遣店員聯手，屢次出售他偷來的贓物。公會內一時間鴉雀無聲，但冒險者們一說出店員的名字和得手贓物，全場便譁然掀起一陣騷動。

「我們立刻通知冒險者公會，那邊派來的職員聽取說明之後，不由分說就把那些冒險者拖走了。」

總覺得聽起來很像史塔德，賈吉心想。

公會長一臉心力交瘁的表情，自嘲地笑了。想起剛才的騷動，這也是當然吧。

「我們絕對沒有隱匿情報的意思……但沒想到消息以異常的速度傳開了，所以才演變成現在這番騷動。」

「那個……出事的那位店員呢？」

「他注意到事態不對，本來打算潛逃，結果因為形跡可疑，被憲兵抓起來了。關於他的處分，會由本公會與憲兵那邊討論決定，確定之後會再與您聯絡。」

「沒、沒關係的！我只要拿回商品就好了……！」

賈吉拚命搖頭否定，公會長見狀，終於露出幾不可見的微笑。雖說貴為公會長，說穿了他也不過是分部的領導人而已，想必相當辛苦吧。

他目送賈吉離開房間，從窗戶望著他離開公會的背影，直到再也看不見為止。室內只剩下一個人，他喃喃自語。

「這件事萬一傳進他祖父耳中，不知道會怎麼樣啊……」

光是自己丟飯碗還完全不足以賠罪，商業公會本身說不定還會遭受重大打擊。

雖然這也是自作自受。公會長小聲嘆了口氣，挺直背脊走出房間，準備投身於這片慘狀的善後工作。

「原來發生了這種事，你最近沒什麼精神，我很擔心哦。」

「不、不好意思……！」

想必是因為事情已經解決了吧，關於最近的事件，賈吉終於判斷可以告訴利瑟爾了，於是難為情地說給他聽。

身為店主，他似乎為了商品遭竊一事感到慚愧，但這不是他的責任。賈吉最近垂頭喪氣的表情終於又明朗起來，利瑟爾誇獎似地輕撫他的臉頰。

感受到劫爾從一旁投來無奈的視線，但利瑟爾一點也不在意。

「然後……那個……？」

「啊，你說我喔？」

賈吉感受著那手掌撫摸臉頰的感觸，一邊露出軟綿綿的笑容，目光一邊轉向素未謀面的客人。鮮艷的紅髮在那人身後甩動，賈吉沒來由地怕他，態度也自然顯得有些畏縮。

那人揚起親切討喜的笑容，牽動頰邊的鱗片，一副人畜無害的樣子開了口。

「我是伊雷文，為了加入這兩個人的隊伍正在全力表現中，你好！」

「咦?!」

「咦是什麼意思啦。」

「可、可是……」

伊雷文毫不掩飾他的不滿，賈吉見狀一步步越退越遠。利瑟爾的手被他抓著，自然也被帶到作業檯內側。

確定離得夠遠了，賈吉戰戰兢兢地拱起修長的背脊，彎下腰來，雙唇湊到利瑟爾耳邊。是想說什麼悄悄話嗎？利瑟爾也側耳傾聽。

「賈吉？」

「利瑟爾大哥，你真的……呃，真的要讓那個人加入隊伍……？」

賈吉雖然拘謹，但是待人客氣，他會這麼說還真令人意外。

利瑟爾面露苦笑，真不愧是賈吉，他在內心讚賞。賈吉擁有優秀的鑑定眼光，看來看人的眼光也不容小覷。這次的事件，也是因為店員並非賈吉自己提出的人選，才會發生這種事吧。

當然，賈吉大概想也沒想過他是盜賊，不過既然從伊雷文身上感受到恐懼，想必他已經隱約察覺這人的本質了。

「你覺得不好嗎？」

「也不是不好……」

賈吉不禁支吾其詞。

自己感受到的事情，利瑟爾不可能沒注意到。既然他明知如此，還允許伊雷文待在身邊，那賈吉也沒有必要多說什麼。那麼，為什麼自己還這樣勸阻利瑟爾呢？果然正如利瑟爾所言，是因為他不樂見如此吧。

劫爾可以，伊雷文他卻不能接受的理由，大概是因為劫爾把利瑟爾擺在比任何事物都還要優先的位置。

就連他之前那麼常抽的菸捲，在利瑟爾身邊也絕對不會抽。有一次，賈吉戰戰兢兢地問他原因，劫爾只是理所當然地回了一句：「不適合他吧，那味道。」在不抽菸的賈吉面前，劫爾一向照抽不誤，只因為對方是利瑟爾，他就不抽了。

假如換個高高在上的說法，正是因為這樣，賈吉才會允許劫爾待在利瑟爾身邊。

「可是，要加入利瑟爾大哥的隊伍，應該要……更……」

也許是找不到適合的說法吧，賈吉依然把臉湊在他旁邊，不知所措地仰頭窺探他的臉色，看得利瑟爾露出苦笑。大概明白他在想什麼，利瑟爾摸了摸他低下來的頭。

「別擔心，他還沒有加入隊伍。」

「這、這樣啊……？那就好。」

接著，利瑟爾看向伊雷文。眼見他似乎有點愉快地打量著這邊，利瑟爾衝著他粲然一笑。

「不過，如果賈吉無論如何都不同意，我會拒絕他的。」

「啊?!喂，等等……你叫賈吉是吧？你就這麼不想讓我加入隊伍喔？為什麼啦？」

被這一看就知道合不來的人物咄咄逼問，賈吉泫然欲泣地看向利瑟爾求助。但利瑟爾不曉得什麼時候回到劫爾身邊去了，正和他討論什麼事情，沒有看著這裡。求助失敗。

「欸，為什麼啦？」

儘管語氣聽起來如此拚命，那人嘴邊卻仍然勾著笑意。就是因為這種地方啊！但賈吉沒有勇氣說出口，完全怕得不知所措。這時，他一片混亂的腦海當中，浮現了一位與混亂無緣的友人。

「你、你去問史塔德！」

伊雷文就這麼離開了道具店。

「所以說，假如……咦，還真的走了？」

「白癡吧。」

利瑟爾中斷對話，目送行動力異常旺盛的伊雷文離開。

伊雷文的個性相當精明，卻常常乘著一時的興頭行動，恐怕是故意為之，他也視之為一種樂趣吧。

看見泫然欲泣的賈吉緩緩放鬆了緊繃的肩膀，利瑟爾笑了開來，忽然想起什麼似地開口。

「馬凱德沒有商業公會吧？」

「啊，是的，因為那邊自己就是個自治體了……」

名為商業國卻沒有設置商業公會，只是因為已經有領主負責管理商家的緣故。當然，商業國並不是與公會毫無關聯，二者之間建立了良好的關係。

商人必須滿足某些條件，才能登記加入商業公會。商業國則不限任何條件，無論什麼樣的商店都能開設，不受公會規章限制，不過另一方面，也無法享有公會便利的服務。

二者各有優點，選擇哪一邊見仁見智。

「因薩伊爺爺有沒有登記加入公會呢？」

「啊，有的，因為我們家是貿易業，加入公會在很多國家都可以享有優待，所以是必須的……」

「那他一定知道了呢。」

利瑟爾露出和緩的微笑。賈吉雖然不明白他的意思，還是偏著頭跟著露出笑容。下一秒，那笑容就僵住了。

「看到你無精打采那天，我想請你吃點什麼，所以寄了封信給因薩伊爺爺，問他你喜歡什麼東西。」

我寄的是速達。利瑟爾補充，等於額外補上一刀。

速達是郵務公會的智慧結晶。寄送到特定國家的信件，本來必須累積一定數量才會整批一起投遞，速達就是以金錢的力量省去等候時間的服務。

郵務公會的職員會揹著堅固耐用的郵包，趕著快馬去送信，投遞速度相當快。

「嗚……爺爺說不定會覺得我這個店主太沒出息了。」

如果是商業國，大概只要兩、三天就能趕到，說不定信件已經送到因薩伊手上了。

商業公會的醜聞已經以不可思議的速度傳了開來，賈吉又在這個時間點心情消沉，因薩伊輕易就能把這兩件事連結在一起。

「是我多此一舉了呢。」

「不會的！利瑟爾大哥為我擔心……那個……我、我很高興……喲。」

賈吉紅著臉頰，靦腆地面露喜色。現在不是說這個的時候吧，劫爾望向一旁，嘆了口氣。任誰都看得出來因薩伊把金孫寵上天去了，聽說派遣店員手腳不乾淨，公會又用那種瞧不起人的方式處理，他不可能一點不滿都沒有。

弄個不好，因薩伊說不定會退出公會，物流不再透過商業公會，改由自己的管道進行貿易。因薩伊可以說是一手掌握了這一帶的運輸流通，一旦公會與他為敵，也有些商會會選擇退出公會吧。

萬一事情鬧到這個地步，最糟的狀況甚至可能導致商業公會瓦解。

「（這傢伙的鑑定眼光有時候會故障啊。）」

利瑟爾一手打造出這個可能性，賈吉卻發自內心覺得他是個溫柔的人，這傢伙到底是怎麼回事？他寫給因薩伊的那封信恐怕也一樣，內容絕不只是問賈吉愛吃什麼而已。

假如注意到這點還刻意撒嬌，這人就很可怕了，不過賈吉沒這麼精明。應該吧。

「我本來就打算請你吃點東西，難得事情解決了，要不要一起去吃點什麼慶祝呀？」

「可以嗎……！我、我想去！啊……但是請客還是……！」

賈吉露出軟綿綿的笑容。看見他那副模樣，劫爾點了個頭，果然只是鑑定眼光故障了而已吧。

利瑟爾和劫爾在賈吉的店門口分別。

二人本來就只是為了鑑定剛取得的迷宮品才一起過來而已。當然，剛才伊雷文也一起跟進迷宮了，不過說來令人意外，他從來不會涉入利瑟爾的私人時間。正因如此，他才會立刻跑去找史塔德吧。

「（這時間有點尷尬呢。）」

還不到黃昏時分，天空仍然湛藍。雖然天色稍微濃郁了些，這時間回到旅店等著吃晚餐還太早了。這麼早回來是他們順利完成委託的證據，不過還是令人閒得發慌。

不如回旅店讀書吧？利瑟爾才剛擬定他的絕讚繭居計畫，一間咖啡店映入眼簾。用個稍晚的午茶也不錯。

「歡迎……光臨……？」

「可以坐陽臺的位子嗎？」

迎接他的店員雖然一開始動作有點僵硬，最後仍然面帶笑容，帶領他到位子上。

利瑟爾偏好陽臺的座位。詢問之後，他點了店員推薦的紅茶，聽著街上愜意的喧囂、望著來往的人群，最後還是拿出書本讀了起來。

他將落到頰邊的頭髮撥到耳後，垂下目光看著紙頁上排列的文字。陽光下讀書的身影一如往常引人注目，但利瑟爾毫不介意，視線自顧自追逐著書頁上的文字。

他正要把送來的紅茶端到嘴邊，忽然注意到一件事。

「啊。」

他在人群中找到了似曾相識的身影。利瑟爾揮了揮手，對方一瞬間表情抽搐了一下，仍然繼續往前走。

利瑟爾見狀，停下優雅揮動的手，轉而招了招手要他過來。只見那人停下腳步，手指著自己示意。儘管感受到對方希望他否定的意思，利瑟爾還是悠然地點了點頭。

「請坐。」

「……不，感覺會被首領殺掉。」

那人認命地走進咖啡店，利瑟爾請他坐到對面的位子，卻被拒絕了。

他就這樣坐到利瑟爾示意的位子隔壁，雖然不同桌，不過就坐在利瑟爾的斜對面。看他選了個難以判別二人是否認識的位置，店員略顯困惑，利瑟爾則幫他跟店員點了飲料，按照對方給他的印象擅自點了氣泡水。

「錢我來付。」

「不用了，是我擅自幫你點的。」

「不，真的拜託讓我付。」

那男子一臉嚴肅地搖頭。假如讓率領自己這夥人的男人知道他讓利瑟爾請客，不知道會發生什麼事，光想就怕。

那人確確實實向端來飲料的店員付了錢。這樣還不如讓他自己點杯喜歡的飲料比較好吧？利瑟爾看了心想，不過看來氣泡水他完全可以接受。那人沒有使用杯裡插著的麥管，直接就著玻璃杯喝著杯中的飲料。

「你就是今天負責監視我的人？」

「嗯，算是吧。」

瀏海遮住了他的眼睛，完全看不見瀏海底下的相貌，服裝也和昨晚完全不同。但是不會錯，這就是昨晚利瑟爾看見的人物之一，是伊雷文率領的盜賊團其中一員。

不枉費自己昨晚特地記下他們的長相，利瑟爾微微一笑，闔上書本。若不是見過面，他一定沒有辦法發現吧，這監視就是如此不著痕跡。利瑟爾真羨慕，昨晚他的跟蹤技術才被劫爾嫌棄得體無完膚。

「昨天晚上謝謝你，有睡飽嗎？」

「擔心的是這一點喔。沒問題的。」

利瑟爾完全沒把那個冒險者的事放在心上，連盜賊都嚇一跳，男人心想。這個人氣質高雅、相貌柔和，論心腸卻不可能成為聖人君子。

「不對，不說這個了，叫我來是有什麼事想問嗎？」

「我第一次發現負責監視的人，實在太高興了，忍不住就把你叫過來了。」

誠如這句話所說，利瑟爾帶著高興的神色說道。真的假的啊，男人看向利瑟爾。

「還有……」

這時，那人瞇細的雙眼、帶著笑意的唇瓣，一瞬間鎖住了他的目光。某種感覺改變了全場的氛圍，他簡直忘了這裡是個再尋常不過的陽臺。

接下來無論被問到什麼都不許說謊，否則就是不可饒恕的大罪。這空間使人不由得這麼相信，卻在利瑟爾粲然一笑之後，立刻煙消雲散。假如是故意的，這還真惡質，男人心想。這麼一來，面對利瑟爾就無法蒙混過關了。

「難得有這個機會，我想請你談談你們首領的事情。」

「……什麼事情？」

「什麼都好。最近的舉動也好，或是稍微變乖了一點，之類的。」

怎麼可能，男人面部抽搐。看樣子後者希望渺茫，利瑟爾有趣地笑了出來。

根據利瑟爾的瞭解，伊雷文最近應該沒有染指盜賊活動才對。即使如此還是稱不上乖孩子，不知道是他做了什麼壞事，還是本質上已經為時已晚。

順帶一提，男人表面上擺出一副冷靜臉孔，內心的冷汗卻已經流成瀑布。假如這次談話會決定伊雷文能否加入隊伍，根據回答內容，他的項上人頭真的會不保。

「別擔心，只要把他實際的模樣告訴我就好。」

利瑟爾彷彿看穿一切似地這麼說，催他開口。男子晃了晃玻璃杯，慎選措辭，接著放棄似地開了口。

「啊……從幾天前開始，他對你們的態度就變了。不過我想，這你應該知道了。」

指的是伊雷文自掘墳墓，被利瑟爾警告那天的事吧。看來其他盜賊並不知道那天發生了什麼事，不過這也是當然的。眼皮都腫成那樣了，竟然還有辦法瞞天過海，利瑟爾不由得佩服他。

男人看著他的反應，一邊觀望利瑟爾的臉色一邊說下去。

「從那之後，他對你的監視就比較像是護衛吧。」

「護衛？」

「啊……沒有啦，只是他說過，不希望看到什麼事情困擾你。」

實際上伊雷文的措辭還要更駭人聽聞一點，不過他只節錄了自己判斷方便透露的部分。利瑟爾那雙眼瞳朝他望過來，男人一邊感謝遮蔽視線的瀏海，一邊不著痕跡地別開目光。

「關於昨天的事情呢？我在想，就這樣把這件事交給他是不是太隨便了。」

「不，他反而滿高興的樣子。」

男人邊說邊傾了傾玻璃杯，氣泡在喉間躍動，頭腦也隨之更加清楚。

「他最近常常在思考該怎麼加入隊伍之類的，昨天單純是受到你信賴，所以覺得開心吧。」

「聽起來你和他認識滿久了。」

「嗯，算是吧，從首領加入盜賊的時候就認識了。」

乍看之下，伊雷文好像坦率表露出所有情緒，實際上往往全是偽裝。能辨別這種人心情如何，表示跟他相處過一段時間了吧。

「（看來他是把用過就丟的嘍囉，和另外一群精銳分開使喚？）」

利瑟爾開始思考最近伊雷文的表現和眼前這位青年說的話。本來還認為得再等一段時間，不過時機差不多了。他一邊品嘗紅茶，一邊悠然尋思。

「再問你一個問題。」

「是？」

也許是為了在這個瞬間被伊雷文目擊的時候給自己留條後路，男人原本裝成一副不認識的樣子，聽見利瑟爾開口才再度看向他。

「假如除了你們這些精銳以外，底層為數眾多的手下都被我殺死，你會怎麼想？」

你會恨我嗎？利瑟爾微笑說道。這話題從那張臉龐說出來顯得太聳動了吧，男人這麼想道，僅此而已。除此之外，他腦海裡沒有浮現任何詞句，就連情緒波動都沒有。

「嗯，那些再怎麼說都是用過就丟的嘍囉而已。」

儘管乍看之下言行符合常識，這男子仍然是徹頭徹尾的盜賊。他說得雲淡風輕，像隨口聊到天氣，這一點利瑟爾也清楚感受到了。

「倒不如說，能被你殺掉的話，區區的嘍囉該引以為榮吧。」

在這麼短的時間內，自己受到的影響可還真顯著，男人瀏海底下的眼睛窺探著利瑟爾的神色。

看見利瑟爾朝自己悠然微笑，他似乎隱約明白了首領對這人如此執著的原因。滿足他的期待時，那眼神褒獎似地轉向自己，那一瞬間帶來的滿足感還真是不得了。

「我來動手吧？」

「不，這倒是不必。」

男子勉強驅策自己差點停止運轉的思路，朝著利瑟爾這麼問道。利瑟爾卻搖了搖頭，接著忽然向陽臺邊來往的人群開口。

「不好意思，打擾一下。」

「是，叫我嗎？」

利瑟爾叫住的那個人，身上穿著憲兵制服。

那位憲兵有點困惑地走近，盜賊卻絲毫不見動搖，仍然喝著氣泡水。對他來說，這分明是天敵般的存在，膽量還真是過人。利瑟爾微微一笑，轉而面對憲兵。

「今天常常看見你們呢。」

「啊，請放心，的確出動了不少人手，不過沒有危險。」

原因恐怕是早上商業公會發生的事件吧。也許是公會請求憲兵協助的關係，憲兵正在四處確認受害的店舖，人數多到不必特地去找，只要坐在陽臺等著就能攔到路過的憲兵了。

「請問憲兵長是不是也出來協助確認了？」

「？……這個嘛，請問指的是哪位？」

為什麼這麼問？憲兵不解地問道，利瑟爾尋思似地輕觸唇畔。

「嗯，我不知道他的名字……是個非常認真的人，不過做事不得要領，看起來不善處世，而且正義感很強。」

男盜賊差點噴笑出來，憋笑憋到嗆到，憲兵則僵在原地。

之所以傻住，是因為他準確聯想到了特定人物。從這種形容判斷出對方指的是誰真的好嗎？憲兵的視線游移了一陣，做好覺悟之後回以肯定的答覆。利瑟爾聽了，朝他微微一笑。

「他就在附近嗎？」

「是的，在前面那邊的商店進行確認業務。」

「那麼，可以麻煩你請他過來嗎？」

憲兵愣住了。

假如是普通的狀況，這時只要回以一句「我們結束業務之後再過來」就好。但是眼前這位尊貴不凡的人物，雖然嘴上提問，卻沒有想過會遭到拒絕。

他的相貌姿態、言行舉止看起來都是如假包換的貴族，但最近也常常聽到「酷似貴族的冒險者」的傳聞。如果他就是那個冒險者……不，不管他是什麼身分，反正叫憲兵長過來不就好了嗎？實在沒辦法拒絕這個人。不對、不對，身為一個憲兵，這時候應該……

「現在馬上叫他過來嗎？」
憲兵左思右想，戰戰兢兢地開口問道，利瑟爾見狀不可思議地偏了偏頭。
「不行嗎？」
「不，也不能說是不行……」
「只要跟他說是認識雷伊子爵的那個冒險者，他應該就知道了。」
「馬上就去!!」
聽見利瑟爾搬出「子爵」這個遙不可及的存在，憲兵立刻衝去找人。
他早就沒有心思懷疑這個人是不是真的認識子爵了，不如說完全沒有這方面的猜疑。好像聽到他說什麼冒險者，一定是聽錯了吧。憲兵這麼說服自己，跑著步離開了，利瑟爾則喝著紅茶目送他跑遠。
「哎呀，竟然真的認識子爵，還真厲害啊。」
男盜賊這麼說，從語氣聽不出他究竟是不是真的感到佩服。
「你負責盯梢的時候，我也跟子爵交談過吧？」
「那時候距離很遠，所以聽不到對話──」
男人說到一半，又打住了。
照理來說，利瑟爾不會知道那時候負責監視的人正是自己，畢竟就連平常有人監視，他也完全沒有發現。但感覺也不像是刻意套話，完全看不出利瑟爾有什麼試探對方反應的跡象。
徹底被玩弄於股掌之間，這感覺反而神清氣爽。

「啊，來了來了。」

望著人群的利瑟爾忽然抬起頭來。

「不好意思，在忙碌的時候打擾你。」

「竟然把我叫過來，您只是個冒險者……！不，你是冒險者……不對，您是……！」

「每次都讓你這麼混亂也不好意思。」

憲兵長一路跑過來，稍微喘著氣，一副拚了命想說什麼的樣子。利瑟爾朝他露出溫煦的微笑，遞出紅茶，問他喘口氣後要不要喝一點。不過憲兵長馬上伸手制止他，說現在正在值勤，真不愧是正經八百的人。

既然都在他忙到一半的時候請他過來了，就盡速把要事辦完吧。利瑟爾這麼想道，抬頭看向發著牢騷卻站得直挺挺的憲兵長。

「我有事情想請教子爵，想請你幫忙約個時間。能不能告訴子爵，我希望盡快跟他見個面？」

「這……不，我這種地位的人沒什麼機會謁見……」

「你會進行這次業務的報告吧？」

他雖然是憲兵長，但是從整體看來，這地位絕對算不上高層，不可能當面向雷伊稟告。即使如實轉告憲兵總長，也不曉得對方會不會搭理。

「我會轉告總長，這樣可以吧。」

「謝謝你。」

不過憲兵長確信，雷伊不僅不可能拒絕這個請求，反而還會欣然歡迎。既然如此，也就輪不到自己下判斷了。經過一番苦惱之後，他點頭答應。

儘管正經八百、不得要領又不善處世，但他也不是不懂得變通的人。

「答覆就帶到之前那間旅店可以嗎？」

「麻煩你了。出勤辛苦了。」

利瑟爾慰勞道。憲兵長雖然猶豫了一下，仍然向他回以一個敬禮，便離開了。

利瑟爾望著那精神抖擻的背影，確認他消失在視野當中，才回頭看向盜賊。

「就是這麼回事，請你轉告他明天早上來找我。」

「這個嘛，萬一我們家首領被你扭送法辦，那可就傷腦筋了。」

「那麼要不要赴約，就交由你們自己決定。」

他一定會赴約吧。盜賊這麼想道，放棄似地答應下來。利瑟爾給的選項沒有所謂的選擇權，畢竟對方會怎麼選擇，他早已經瞭若指掌。

「我差不多該離開了。」

利瑟爾啜飲一口冷掉的紅茶，站起身來。

反正也不是同行的友伴，男盜賊仍然坐在原位，漫不經心地看著他起身。他本以為利瑟爾要走了，卻看見他站到自己桌邊，難道還有什麼事嗎？男人才剛要飲盡杯中的氣泡水，動作卻忽然打住。

剛打算端到嘴邊的玻璃杯懸在半空，他看見那張氣質高潔的臉龐逐漸靠過來，身體像被釘住一樣動彈不得。

「你那句話大概是認真的吧。但是……」

玻璃杯依然端在男人手中，利瑟爾緩緩含住杯中那根完全沒用過的麥管。微微傾斜的臉龐、低垂的眼簾、張嘴含住麥管時稍微露出的牙齒，真的就近在男人的眉睫之間。

他聽見喉頭輕微的吞嚥聲，愣愣地看著那人略微張開雙唇、放開麥管，看著失去支撐的麥管在杯中輕晃。

「他不會殺你的，絕對不會。」

利瑟爾微微一笑，留下這句話就走掉了。盜賊一句話也說不出來，默默目送他離開。為什麼？因為他聽懂了利瑟爾話中的意思。慘了他在場，絕對在場。男盜賊已經做好丟掉小命的準備，他感受到背後傳來極為薄弱的氣息。

隨後一隻手臂搭到他肩上，鮮艷的紅髮從他身後現蹤，男盜賊轉過頭去看向那人，動作僵硬得像個故障的魔道具。

「感情變得真好哦。我有說過你可以跟他交談？」

「……不是啦，是他叫我過來。」

「你特地露臉？讓那個人看見？就因為昨晚見過面？」

男人做好了赴死的心理準備。

「喂，你別給我太囂張了。」

那人的嗓音低得像滑過地面的蛇，彷彿擁有實體似地勒上他的脖子。這感覺再度使得他渾身僵直，是與剛才不同意義上的僵直。

他能仰仗的就只有利瑟爾剛才那句話了。他真的不會殺掉我嗎，會吧？既然敢斷言不會，怎麼不幫我打個圓場再走啊？男盜賊在心裡吶喊，這時伊雷文的手臂忽然動了。

真沒想到自己會死在光天化日之下。伊雷文把正這麼感嘆的男人扔在一邊，逕自奪走玻璃杯，含起麥管，一口氣把剩下三分之一的飲料吸個精光。

「這是怎樣，他請你喝的？」

「不可能啦。」

空蕩蕩的玻璃杯，發出清脆的「叩」一聲砸到桌上。

男盜賊戰戰兢兢窺探著伊雷文的臉色。那雙煩躁的眼瞳轉向他，眼中沒有溫度，狹長的瞳孔細細瞇起，看得男人立刻搖頭，否則小命不保。

「回去不一個字一個字給我報告清楚就斃了你。」

「呃，那個……是。」

看來是不會被殺了，真沒想到。表示自己還有利用價值吧。

那就得像先前一樣，做出相當的成果才行。可以的話他還想活久一點，男子跟在伊雷文身後邁開步伐。

27

伊雷文哼著小調，走在太陽升起、漸趨熱鬧的街道上。他每跨出一步，繫在腦後的紅髮便像蛇一樣擺動。

那雙眼尾修長的眼睛更加愉快地瞇起，腳步輕盈。目的地終於映入眼簾，他加快步伐走近。

「早安！」

「你今天又來了哦？看你這副樣子，沒想到這麼有恆心哦。」

「今天是他叫我來的。看在我很有恆心的分上，給我一點東西喝吧！」

伊雷文每天早上都往這裡跑，自然和女主人混熟了。

不知什麼時候開始，他已經不會被攆出去了，伊雷文仗著這點，大刺刺跟女主人要東西喝。擺出一張親切討喜的臉，態度也很厚臉皮，女主人毫不掩飾她受不了的表情，走進餐廳去了。

她立刻端來一個玻璃杯，伊雷文毫不客氣地仰頭灌下飲料，把手肘擱在玄關的櫃臺上。女主人正在櫃臺裡翻找什麼東西。

「那個人還在睡嗎？」伊雷文開口問。

「沒聽他說今天要早起啦，不知道什麼時候會起床。他不是叫你過來嗎？」

「他又沒說幾點。」

伊雷文懶洋洋地趴到櫃臺上。女主人一邊嫌擋路似地把他推開，一邊開始為外出的房客辦理手續。伊雷文百無聊賴地看著他們開始閒聊。

他平常總是在恰到好處的時間不請自來，但今天是利瑟爾第一次叫他過來，就沒有必要盤算時機了。正因如此，他壓抑不下雀躍的心情，才會不小心太早抵達。

「（他看起來也不像早上會起不來的人啊。）」

還真意外。伊雷文把自己的事情置之度外，望向旅店的樓梯。乾脆去叫他起床好了？他邊想邊咬著一滴飲料也不剩的玻璃杯杯緣。

這時，旅店的大門忽然打開了。這個時間出門的人多，走進旅店的人倒是十分少見，他的目光因此一瞬間掃向了門口。看見那身映入眼簾的制服後，伊雷文露骨地皺起臉來。

「哎呀，是你啊。你又要來找利瑟爾先生麻煩了哦？」

「不，我上次也不是來找麻煩的……不過有事找他這點確實是一樣吧。」

走進旅店的是某位憲兵長。女主人對他有印象，因此露出略顯詫異的表情。憲兵長也知道上次是自己不對，有禮地向她賠罪。

「所以，請問那位先生現在……」

「利瑟爾先生嗎？他還在睡哦。」

聽見那名字，伊雷文挑起一邊眉毛，背靠在櫃臺上，審視這突然來訪的人物。

「我這次有口信要帶給他，是關於他本人先前委託的事情。」

「哎呀，那我幫你轉達吧。」

「不，我還是直接轉告他吧，這件事相當重要。」

畢竟是雷伊交代的口信，可不能輕易交給其他人轉達，尤其憲兵長的個性正經八百，就更不必說了。「那不然我去叫他起床吧。」聽見女主人這麼說，憲兵長才正準備點頭，下一秒，「砰」一聲充滿威壓的噪音突然響徹玄關。

女主人嚇得睜大眼睛，憲兵長一臉驚詫。二人看向聲音的方向，只見伊雷文正悠哉游哉地放下他剛踹到櫃臺上的靴底。

「哎你這人怎麼這樣，要是踢壞了怎麼辦呀！」

「對不起啦。」

聽見女主人憤慨地這麼說，伊雷文揮揮手向她道歉，目光卻緊盯著憲兵長不放。看見那人吊起嘴角露出嗜虐的笑，憲兵長的神態也多了幾分警戒。

「欸，你也聽到了吧，他還在睡。」

「……所以呢？」

「如果不想讓人轉達，你就乖乖等他起床啦。」

「是他說這件事要盡快辦理的。」

「所·以·啦，我才叫你乖乖等嘛，這樣等他起床才能馬上帶口信給他啊？聽懂了沒啊，腦袋真差欸，雜魚。」

他拋來的言語和視線滿是嘲諷，顯然習於挑釁。

憲兵長也不是平白從一介底層憲兵爬到現在的地位，一路上見過各種為惡多端的人。警報在他腦中一隅響起，告訴他伊雷文是個危險人物。

憲兵長領會過來，他至今為止見過的惡人，跟眼前這人完全不能相比。

「假如明知道我是憲兵，還刻意妨礙公務，那我也會採取相應的手段。」

「是喔，只會拿你的權力出來說嘴喔，遜斃了。廢話，我當然知道你是憲兵啊，老子最討厭憲兵了啦。」

憲兵長將手伸向腰間的佩劍，伊雷文則輕觸雙劍的劍柄。

平常不論遭人怎麼樣挑釁，憲兵長都不會拔劍，不過必要的時候，他也不會遲疑。看見伊雷文加深笑意、握緊了劍柄，他確信現在正是必要的時候，正準備拔出手中緊握的劍——

「我說劫爾啊！你能不能去叫利瑟爾先生起床啊！」

女主人中氣十足的聲音響徹玄關，聽得二人頓時脫力。

「欸，我說大姐啊，妳沒聽到我剛剛說什麼喔？」

「當然聽到啦，竟然要在我們家玄關械鬥，不是開玩笑的欸，這可不是賠償就可以解決的問題，你們知不知道！」

「這、這真是非常抱歉。」

伊雷文鬧彆扭似地別開視線，打了個呵欠，憲兵長則拚命低頭賠罪。二人連承受女主人怒罵的模樣都完全相反，從根本上就個性不合吧。

另一方面，劫爾本來對樓下傳來的殺氣視若無睹，但還是無法違背女主人的要求。說教聲仍然持續傳進房內，要是假裝沒聽見，女主人的叱責想必會延燒到自己身上吧。

劫爾走出門外，沿著走廊走向利瑟爾的房門。他聽著樓下女主人憤慨至極的聲音，擅自走進那個貪睡男子的房間。反正他還在睡，敲門也沒有意義。

「我進去了。」

走進房門，床頭櫃上的書堆、還有一本落在枕邊的書映入眼簾。基本上利瑟爾不會在書讀到一半的時候不小心睡著，枕邊那本應該是小地方懶得收拾才留在那裡吧。

「喂，你叫來的傢伙都到了。」

劫爾喊了一聲，利瑟爾依然毫無反應。又看書看到黎明了嗎，他嘆了口氣，伸手拿起枕邊那本書，啪啦啪啦興味索然地翻過去。

他無意對別人的興趣說三道四，但還是覺得既然起不來，晚上就該老實睡覺。

「喂。」

他闔上那本書，堆到床頭櫃上，低頭看向裹在毛毯裡的利瑟爾。

本來只要他出聲一喊，不論睡得多熟，利瑟爾都會睜開眼睛。不知從什麼時候開始，他再也叫不醒他了。要是出於信任，這倒是一段佳話，但實際上只是覺得這人稍微置之不理也無妨，簡單說就是輕慢而已。

必須起床的時候利瑟爾會起來，所以平常劫爾也任他去睡，但今天可不是這麼回事。昨天他也聽說樓下那二人是為了什麼事過來的了。

「（算了，習慣之後也沒什麼好客氣的吧。）」

劫爾將手伸向那團緩緩起伏的毛毯。

那隻手滑過露在毛毯外的髮絲，指尖探進頭髮、撫過頭皮，利瑟爾的眼瞼微微顫了一下。劫爾另一隻手撐到床上，手指從他髮際滑到頸項。望著那人發癢似地縮起肩膀的模樣，那隻手掌撫上他後頸，又描摹似地從後頸滑向他肩膀。

「起來啦。」

「你這不是……強制執行嗎……」

然後，利瑟爾的上半身就這麼被垂直地抬了起來，這感覺實在是太詭異了，令人不舒服。

「誰叫你不起床。」

「但是應該要更……怎麼說……讓我按部就班……慢慢起來……」

利瑟爾把全身的體重都靠在劫爾手臂上以示抗議，但當然沒用，劫爾面不改色地支撐住他的身體。這安定感真驚人。

他那漸漸開始運轉的頭腦，開始反芻剛才半夢半醒間聽見劫爾說的話。叫來的傢伙，一定就是伊雷文和憲兵長了吧。

「總覺得……那兩個人好像不太合得來……」

「我想也是。剛才底下都是殺氣，他們差點開始廝殺了。」

「一大早的真有精神……得好好跟女主人道歉才行。」

利瑟爾呼出一口氣，從劫爾的手臂上直起身體。他下了床、簡單整理儀容，帶著洗過臉後仍然殘留幾分睡意的腦袋走下樓去。

女主人的訓話還沒結束，伊雷文一副已經聽膩的樣子，憲兵長則針對每一句話正經八百地表達反省之意。

「可以看出他們的個性呢。」
「加起來除以二剛好。」劫爾說。
伊雷文注意到他們，原本百無聊賴的表情立刻變成了笑臉。
「早安！我是不是太早來了？」
「是我讓你費心了，這次想要指定時間也有點困難。」
「完全沒關係喲！」
看到利瑟爾登場，女主人大概確信不會再演變成流血事件了吧。利瑟爾向她賠罪之後，女主人豪爽地笑了笑，便消失在餐廳門扉的另一頭。
至於憲兵長，他看見伊雷文本來像惡貓玩弄老鼠一樣譏諷自己，現在卻擺出溫馴至極的討好模樣，臉上的表情苦澀不堪。不過，看見利瑟爾朝這邊苦笑了一下，那表情又恢復了一貫的正經八百。
「結果如何呢，子爵願意和我見面嗎？」
「是的，約定的時間是『今天十四點鐘響時』。」
「子爵的應對速度還真快。」
利瑟爾佩服道，憲兵長則心情複雜地閉上嘴巴。
這不是快不快的問題，雷伊根本拋下了今天下午的聚會來跟利瑟爾見面。要是等他的行程表空下來，那得再等幾天的時間，這是雷伊等不及那幾天的結果。
順帶一提，看見憲兵長的表情，利瑟爾大概猜到這是怎麼回事了。不過既然對方覺得無妨，他也沒有必要客氣。

「那麼，我就在那個時間前往拜訪。」
「時間到了會有人前來迎接。」
「謝謝。」
憲兵長確實傳達了口信，便向他稍微敬個禮，走出旅店。離開之際，利瑟爾看見他牽制似地瞥了伊雷文一眼，一定沒有看錯吧。不愧是憲兵，直覺相當敏銳，利瑟爾就這麼目送他的背影離開。
「好孩子是很好使喚啦，但一點都不想留這種人在身邊。」伊雷文說。
「我還覺得我是個好孩子呢。」
「哈哈，就算真的是這樣，你也不一樣啦。」
伊雷文輕描淡寫地敷衍過去，利瑟爾對此感到疑惑，劫爾則無奈地低頭看著這一幕。
「所以咧，你找我有事吧？」
「是沒錯，但現在時間空下來了。」
聽見利瑟爾這麼說，伊雷文確定了自己被找來的原因，愉快地笑了。他知道那個憲兵的頂頭上司是誰，也知道那個人跟利瑟爾相識。
他會帶自己過去吧。利瑟爾究竟會跟那個貴族展開什麼樣的對話呢？他的好奇心蠢蠢欲動，不過立刻就會知道答案了，伊雷文露出燦爛的笑容。
「我也可以一起在這邊等嗎？」
「可以是可以，但我還想再睡一下。你不是也說早上起不來嗎，再睡一下如何？」
「咦，那一起睡——」

「劫爾已經不睡了，空下來的床鋪正好借你用。」

利瑟爾其實還滿想睡的吧，他悠然露出一個微笑，便走上樓梯尋求床鋪去了。

要是面臨同樣的狀況，史塔德會硬是跟他鑽進同一張床，賈吉則會一副坐立難安心神不寧的樣子，等劫爾看得煩了就會直接把他扔到利瑟爾床上。但是伊雷文沒有辦法，追上去就好像表示自己真的想一起睡一樣，他討厭這樣。明明真的想一起睡，伊雷文卻這麼想，某種意義上比其他人都正常。

「……一刀大哥，床借我睡。」

「請便？」

「拒絕我啦！」

要是遭到拒絕就有正當理由了說。劫爾嗤笑一聲，他明知如此還這麼回答，確實是故意的。

伊雷文早已習慣把人玩弄於股掌之間，這下卻沒發現自己被人耍得團團轉，就這麼鑽進劫爾房間，賭氣蒙頭大睡。

已經到了再過一會兒十四點的鐘聲就會響徹全城的時間，利瑟爾一行人搭上到旅店迎接他們的馬車，前往雷伊的宅邸。

也許是顧及這次需要駛到旅店門前，這並不是貴族御用的那種豪華馬車。不過車廂內部和馬車夫的座位完全隔離，構造上也不會讓內部的聲音洩漏到外頭，這些地方倒是帶有貴族馬車的特點。

四人座的馬車裡，利瑟爾坐在劫爾旁邊，伊雷文則坐在二人對面，正望著窗外的景色。

「趁著現在，我有事情要問你。」

利瑟爾忽然開口。車廂裡響起的那道嗓音如此沉穩，卻凜然得不可思議。伊雷文臉上依然帶著笑容，刺探什麼似地瞇細眼睛。

「現在，你還是想加入我的隊伍嗎？」

伊雷文倏地皺起眉頭，利瑟爾只是靜靜微笑。

車廂裡十分安靜，只聽得見馬蹄聲，還有馬車喀啦喀啦輕微搖晃的聲音。劫爾只瞥了利瑟爾一眼，什麼也沒說，便將目光轉回窗外。

「當然啊。」

「那是為什麼？」

「為什麼？當然是因為……」

伊雷文說到一半，又支吾其詞。他勉強維持住帶著諷意的笑容，對此下意識地安下心來。

一開始他只是覺得有趣，為了接近他才要求加入隊伍。接下來是出於衝動，現在回想起來，是出於他那服從於利瑟爾的本能。從哭腫眼睛的隔天開始，他的思緒便繞著利瑟爾打轉。

漸漸地，他只是單純受到吸引，越陷越深，他甘願追求這一切，到了本能無法解釋的地步。然後，到了現在。

「只是想……一起……」

無所謂目的，不是出於本能，也不是單純為了追求快樂。

『我什麼都不要，也別無所求，只覺得滿足他的願望是唯一至高的喜悅。』

忽然，伊雷文回想起賈吉反對他加入隊伍的時候，他跑去質問史塔德的事。他為數眾多的問題當中，史塔德只回答了一個，那就是「你為什麼為了利瑟爾行動」。

聽了史塔德的答案，他打趣地說，「這簡直是信徒嘛。」「麻煩不要把我跟那種追求回報的傢伙相提並論。」史塔德冷冷地回答，對話到此就完全結束了。

「……啊？」

現在，伊雷文注意到了。

假如是一個月前的自己，聽見史塔德這句話一定無法理解，只會一笑置之。然而那時候，他確實聽懂了史塔德的意思。伊雷文不想注意到這件事，但為時已晚。

這只是他有沒有自覺的問題而已了吧，賈吉掛念的恐怕也是這一點。

「一起？」

聽見那溫柔的嗓音催他說下去，沉浸在思緒裡的伊雷文驀地抬起臉來。那人紫水晶般的眼瞳，在照進車廂的陽光下變了顏色。看見那雙眼睛的瞬間，他認清了事實。不行了，他再也沒有餘裕藏起真正的心思。

那人臉上掛著至今他見過最柔和的微笑，捆縛了他的意識。僅僅如此，產生的喜悅就足以輕易凌駕他曾經如此熱愛的刺激。

「想一起……待在你身邊。」

伊雷文甚至不知道自己現在掛著什麼表情，他幾乎在下意識中站起身來。搖晃的馬車當中，他踩著安穩的腳步，緩緩走過二人之間數步之遙的距離。

朝著那雙望著自己的眼瞳，他心焦似地伸出手。

「讓我待在你身邊。」

那隻手以拇指輕輕撫過利瑟爾眼角。看見那人稍稍瞇起眼睛，卻仍然看著自己，伊雷文輕聲笑了。這是他第一次碰他，還好沒被拒絕，他鬆了一口氣。

「難得我還給了你離開的機會呢。」

「興——趣——惡——劣——」

聽見利瑟爾露出苦笑這麼說，伊雷文也跟著笑了，低頭凝神望著他。那臉龐看起來格外成熟，利瑟爾瞇起眼微微一笑。

「既然如此，有一些事情非做不可吧？」

「我沒有忘記喲。」

「我會幫你的，好好把這件事解決吧。」

「遵命！」

伊雷文一下子放開手，表情已經恢復成平常的模樣。

但是，利瑟爾正抬手準備將頭髮撥到耳後，就被伊雷文剛放開的手輕而易舉抓住了。他把臉湊到那隻手旁邊，在頰邊的鱗片上蹭了蹭，然後才真的離開他。

伊雷文心滿意足地坐到位子上，劫爾則無奈地望著他。獸人的肢體接觸特別熱情，這是眾所皆知的事實。

「現在有幾個人跟著我們？」
「兩個。」
「為什麼回答的是一刀大哥啊。」
你是怎麼知道的？儘管伊雷文投以狐疑的目光，劫爾仍然沒有答腔，又開始望向窗外。
他不會拒絕伊雷文加入隊伍，因為那是利瑟爾的願望，是利瑟爾決定的事情。反正已經確定這個人不會礙手礙腳，比試也多少可以期待一下。
「那麼，等一下我會請車夫停下馬車。到時候──」
雖然車廂內的聲音不會洩漏到外面，不過窗戶也敞開著。
利瑟爾壓低音量，說出他的提案，聽得伊雷文得意地吊起嘴角。下手真狠，劫爾無奈地嘆了口氣。

「你好呀，利瑟爾閣下。真沒想到會收到你的邀約！」
「不好意思，在子爵閣下這麼忙碌的時候過來打擾。」
「沒關係的！我只覺得難得，高興都來不及了，怎麼可能嫌煩呢！」
雷伊展開雙臂表達歡迎之意，利瑟爾露出抱歉的苦笑。
從憲兵長的態度看來，雷伊應該是推掉了什麼要事才對，但從他坦然的模樣卻完全感覺不出來。不過在雷伊看來，聚會這麼無趣，把利瑟爾擺在優先順位才是理所當然的事情。

「來，我帶你們進去吧。」

「謝謝。」

看他親自帶領利瑟爾到會客室的模樣，簡直是與地位對等、甚至上位者來往的舉止。伊雷文瞥了利瑟爾一眼，心想「這也是當然」。他點了點頭，接著注意到那張端正快活的臉龐正面向這裡打量著自己，於是露出一個討喜的燦爛笑容。

「話說回來，多了個新面孔呢。」

「他和這次的話題有關。假如子爵閣下覺得不妥，我讓他在外面等候吧？」

「只要是你的熟人，我當然熱烈歡迎呀。」

言下之意，要不是利瑟爾的熟人，他不會歡迎這號人物。

雷伊可不是不靠實力、平白站上憲兵頂點的。這個子爵家代代相傳的職責，絕不是仰仗世襲的血統就能做好。

雷伊早看穿了伊雷文那副見了貴族也毫不懼怕的模樣，感覺到他對利瑟爾懷抱敬意，對自己則不然，也察覺到他不是什麼好人。就連沙德都說雷伊「鼻子很靈」，他不可能沒發現。

現在，他把這種人迎進家裡，只有一個理由，只因為他是「利瑟爾的熟人」。

「這麼說來，畫作的排列方式和以前有點不一樣呢。」

「你發現啦？我取得了一幅大得很罕見的畫作，所以就以那幅畫為主軸……」

利瑟爾領會了這一切，依然不為所動地問道，雷伊也以一貫的愉快笑容回答。所謂的貴族還真是麻煩，劫爾呼出一口氣。

接著，一行人來到一個房間，利瑟爾和劫爾順著雷伊的手勢坐到沙發上。只有伊雷文覺得自己也許站著比較好，正準備繞到沙發椅後方，這時利瑟爾邀請似地拍了拍自己身邊的位置，他便欣然坐了下來。

「好了，雖然我很想慢慢享受和你之間的對話，不過……」

雷伊愉快地笑道，接著筆直凝視著利瑟爾。

「我們先從要事開始解決吧。」

「說得是，就這麼辦吧。」

「聽說你有事想問我？」

這次會聽到什麼有趣的事情呢？他金色的眼瞳燦然生輝，利瑟爾朝著那雙綴滿砂金的眼睛微微一笑。

「這次冒昧拜訪，是想斗膽請教子爵閣下，不曉得您對於佛剋燙盜賊團瞭解到什麼程度？」

「太拘謹啦！」

「如果有相關消息，希望能告訴我。」

他還是老樣子。聽見利瑟爾換了個口吻，雷伊心滿意足地點點頭。

利瑟爾有趣地笑了，他並不知道伊雷文在一旁心想：「這人連貴族都玩弄於股掌之間喔？」順帶一提，拘謹的措辭是他故意的。

「以個人的立場來說，我是很想告訴你啦……」

雷伊想必也猜到這次的拜訪與盜賊有關了，他沒有表現出什麼驚訝的神色，卻戲劇化地聳了聳肩膀。

「不過，我也不能輕易洩漏調查內容呀。」

「嗯……怎麼辦才好呢？」

雙方都以打趣的口吻說道。接著，利瑟爾從腰包裡拿出什麼東西。看見那東西，雷伊的眼睛又更加閃亮了。

那是個有點分量的盒子，上面點綴著緞帶。毫不妥協的包裝一如往常，充滿高級感，雷伊喜上眉梢地接過利瑟爾遞出的盒子，馬上開始確認內容物。

「看在這個分上，麻煩您了。」

「我對你的品味真是充滿敬意！太棒了！」

盒內墊滿了黑色絨布，躺在裡頭的是「水晶遺跡」精美的攻略書，正反射著熠熠生輝的光芒。那是每個迷宮僅有一冊、獨一無二的迷宮品，稀有度無庸置疑。

「這不是賄賂嗎。」劫爾說。

「是我的心意。」

「就憑那東西？」伊雷文問。

「只是微薄的伴手禮而已。」

利瑟爾露出溫煦的笑容，對於劫爾和伊雷文欲言又止的目光視若無睹。

雷伊舉起攻略書，立刻開始思考該將它擺飾在哪裡。收禮的人這麼高興真是太好了，利瑟爾微微一笑，又拿出一個玻璃匣。

「我們利用那本攻略書找到了隱藏房間，裡面有隻地底龍，今天把牠的逆鱗也附贈給您。」

「我真是發自內心愛著你!!」

雷伊興奮難耐的模樣看得伊雷文退避三舍，他稍微往利瑟爾那邊挪近了幾公分。

一把年紀的大叔亢奮成這樣，這情景實在是太嚇人了，要不是雷伊是個美男，簡直令人想立刻呼叫憲兵。但他偏偏就是憲兵的最高上司，這世界真是沒救了。

「受到這麼豐盛的款待，我就必須滿足你的願望了。不論什麼問題我都回答你！」

經過執事長幾番安撫，雷伊將迷宮品交給他，喝了送來的紅茶，稍微喘口氣，才終於冷靜下來這麼說道。

「好了，佛剋瀀盜賊團的情報是吧。情報本身我們是掌握了不少，但是他們高層的消息經過徹底隱密，這點是最麻煩的。」

「所謂的高層是？」

「可以說是初期成員吧。不是盜賊團成名的時候像蒼蠅一樣一窩蜂聚過來，打算分一杯羹的人，而是成立盜賊團的相關人員。」

「正可說是精銳盜賊呢。」

「沒有錯。以一個盜賊團而言，雖然他們已經成長為過於龐大的勢力了，不過老實說，會造成威脅的只有那群高層吧。除了那群人以外，只要沒有人帶頭就是一群烏合之眾罷了，這是我的看法。」

正中紅心，伊雷文心想。

明確知道伊雷文身分的，就只有雷伊口中的高層、利瑟爾口中的精銳盜賊而已。底層手下的人數時常增減不定，其中可能混入間諜，因此他在嘍囉面前總是披著斗篷，若只是發下指示這點程度的事情，他也常交給精銳們去辦。

「那麼，關於首領的情報呢？」

「只有一條線索，而且也只是暗中流傳的謠言。」

雷伊的視線沒有離開利瑟爾，自己該面對的人是誰，他非常清楚。

「首領是個紅髮的人物，僅此而已。」

利瑟爾微微一笑，忽然伸手撫摸伊雷文盤在沙發上的長髮，以指尖梳理數次，將那髮絲攏在手指之間，展示似地輕輕舉起。

「是這麼艷麗的紅色嗎？」

這時雷伊才終於看向伊雷文，聳了聳肩膀。

「不清楚，只聽說是紅色，沒有提到色調。」

考量到那是唯一流出的傳聞，那紅色鮮艷得足以成為辨識特徵的可能性相當高，但二人僅視之為一種可能，並沒有多談。紅髮雖然有色彩濃淡之分，不過也絕不是罕見的髮色。

「嗯……關於首領，你有什麼頭緒嗎？」

雷伊蹺起雙腿，交握的雙手擺在腿上，望向對方的眼神中蘊含著期待。

「該說是有頭緒呢，還是該說是找到了呢……」

「哦！真不愧是利瑟爾閣下！所以首領是誰呢？」

雷伊探出身子，興味盎然地問道。

他的眼睛可沒瞎。雷伊知道利瑟爾曾經遇襲，也知道那陣襲擊看來已經結束了。包括伊雷文在絕妙的時間點嘗試接觸利瑟爾，不曉得從什麼時候開始與他們同行的事，也逃不過雷伊的耳目。

既然如此，雷伊不可能以為伊雷文只是個平凡無奇的冒險者。因此利瑟爾這句話才令他雀躍不已，不曉得接下來他要說什麼？

「先前商業公會發生了一陣騷動吧？」

「是啊，是那個派遣店員的醜聞吧。」

「聽說出事的店員由憲兵抓起來了，現在不曉得怎麼樣了？」

利瑟爾忽然換了個話題，雷伊雖然摸不著頭緒，但仍然回想起剛接獲不久的報告內容。

昨天，憲兵才剛清查出受害店家們的名單，正與商業公會攜手致力收拾殘局。風波還沒有完全平息，不過既然順手牽羊的店員已經由憲兵拘捕，商人們似乎也接受了這個結果。

當然，商業公會的混亂還沒有落幕，公會職員暫時還回不了家吧。

「犯人現在拘捕在我們這裡，預計與商業公會討論過後再決定怎麼處分。不過在公會那邊塵埃落定之前，還得在這裡關一段時間吧。」

「既然是由憲兵看管，那就安全了。」

利瑟爾忽然這麼說道。什麼意思？雷伊正要開口詢問。

「子爵親自見過那位竊賊嗎？他的頭髮是相當明亮的紅褐色哦。」

話題突然回到正軌，雷伊聽了眨眨眼睛，手擺在下巴兀自沉吟。他的一舉一動仍然充滿戲感，不過一點也不惹人討厭，反而十分相稱，這正是他的魅力所在。

利瑟爾在一旁看著他的反應，緩緩補充說明。

「和他聯手的冒險者，其實是佛剋瀑盜賊團的成員。他們的處分全權委由冒險者公會決定，在嚴加追究之下，聽說他們已經坦白供出一切了。」

「嗯？我沒有接獲類似的報告呢。」

「那是馬車過來迎接我們不久前發生的事。」

雷伊唇邊帶著笑意，利瑟爾也朝他粲然一笑。

「是史塔德過來告訴我的，那孩子知道我曾經遭到他們襲擊。」

「你遭遇襲擊是什麼時候的事？」

「從馬凱德回來的途中，曾經遭遇一次襲擊，不過那夥人已經被我們剿滅了。」

這是在真相中混入謊言，還是將謊言變成真相？

事實上，公會遲早會提出相關報告，冒險者們也確實坦承自己是盜賊團的成員，並供出那位派遣店員就是首領了。儘管事實並非如此，他們自己也深信不疑。

為什麼？因為那天晚上，伊雷文就是這麼灌輸好的，運用強力的洗腦手法和毒藥。現在，精銳盜賊們想必正潛入冒險者公會，重新灌輸這些設定。

絕對零度是唯一有可能注意到這件事的人物，不過那一瞬間，他會偶然別開視線，他那時候一定忙著閱讀利瑟爾的親筆信吧。

說不定他現在已經注意到冒險者們突然開始招供，正向公會長報告他們自白的內容呢。

「原來、原來。」

利瑟爾正低垂著眼簾品嘗紅茶，雷伊朝他點了幾次頭。

「既然如此，那個派遣店員還是先拘留在憲兵這裡比較好！不過這麼一來，就不知道盜賊的餘黨會做出什麼事來了。我希望先下手為強，及早把失去指揮的盜賊團逮捕起來最好。」

「這時候需要的就是他了。」

利瑟爾仍端著紅茶的手比向伊雷文，伊雷文見狀也端正了坐姿。

雖然姿勢端正了些，他依然沒有一點面對貴族的顧慮。裝一下緊張的樣子不就好了嗎？雖然劫爾這麼想，但即使是假裝的，伊雷文也不願意對貴族擺出一副必恭必敬的樣子。

「他是佛剋邊盜賊團的成員，是子爵所謂『初期成員』的其中一人。」

「你好。現在我眼中只有這個人，所以盜賊團就只是礙事而已啦。」

「他也知道所有據點的位置。」利瑟爾補充。

雷伊瞥了伊雷文一眼。老實說，要是盜賊團裡全是像他這樣的人，雷伊並不想出手。身為貴族、身為憲兵統帥的直覺，都是這麼告訴他的。

但是……他在心裡低語，像祭典前夕雀躍的孩子般露出笑容。

「既然如此，那就將他們一網打盡吧。」

既然利瑟爾說辦得到，那就不會錯；也可能是他已經打點好了一切，準備讓他們成功拘捕盜賊。這是至今為止，整個國家都辦不到的事情，但這項事實對利瑟爾不具任何意義。

「因此，我希望能跟子爵打個商量。」

「我知道，從輕發落，對吧？」

這次剿滅盜賊團的行動，伊雷文將會扮演不可或缺的要角，利瑟爾是希望雷伊考量這項功績，不予問罪吧。

萬一在此拒絕，導致這次的談判破局，那損失可就大了。另外，假如點頭之後又反悔，不難想像那惡果將會毫不留情地毒蝕自己。

「嗯，這次的伴手禮特別豐富，原來是這個原因嗎，你認為我有可能拒絕你的請求？」

「謝謝。」

即使想了這麼多，雷伊也不會拒絕利瑟爾的要求。

看見利瑟爾露出柔和的笑容，雷伊確信伊雷文已經算是他的自己人了。既然如此，他更不能過問，否則那等於是與利瑟爾為敵的舉動。

雷伊確信，這才是對國家最不利的行為，比起兇暴的盜賊、比起其他任何危害都更加駭人。

「那麼，我就洗耳恭聽了。」

就這樣，雷伊從伊雷文口中得知了佛剋濩盜賊團的所有情報，特別是明天他們集合的據點位置。每個據點都距離王都不遠，方便得有如經過刻意安排。

但雷伊毫不存疑，他不可能拒絕利瑟爾好意給予的東西，最重要的是，這是對國家最有益的做法。

「我是否滿足了你的期待呀？」

得趕在明天之前完成的事務繁多，接下來雷伊想必會為了事前準備四處奔走。此刻，他陪同利瑟爾來到玄關，朝他這麼問道，話中帶著幾分戲謔。

「雖然我不知道子爵指的是什麼事……」

利瑟爾困擾似地笑了，接著悠然瞇起雙眼，微微一笑。

「不過，這個嘛……借子爵的話來形容，我簡直想說『我發自內心愛著您』了。」

「這真是無上的光榮！」

雷伊笑出聲來，他帶著那燦然生輝的笑容，目送利瑟爾一行人走出宅邸。

這次拜訪正是祕密會談，但是此刻道別的情景平靜得誰也不會起疑。再加上他們原本就不容易給人這方面的印象，誰也沒注意到檯面下的動靜。

三人搭上馬車之際，正好有輛馬車經過，一位貴族千金從窗簾的縫隙間看著外頭，不過她只是看見雷伊揮著手的模樣，飛紅了臉頰而已。利瑟爾也坐在車廂內揮手回應，馬車就這麼啟程了。

「自己人受害的時候你還真不留情面。」劫爾說。

「就是因果報應，不可以做壞事的意思囉。」

坐在身邊的劫爾無奈地嘆了口氣，看得利瑟爾忍俊不禁。

「店員那邊沒動任何手腳吧。」

「是呀。我是覺得沒什麼問題才對……」

周遭已經打點得如此周全，犯案的派遣店員即使再怎麼否認，都沒有太大意義。任誰都會覺得，那只是他為了撇清罪嫌而撒下的謊言吧。

「不然我去處理一下吧？」伊雷文說。

「不必了，交給子爵吧。」

「也是，他看起來滿能幹的嘛！」

雷伊也一定會毫不遲疑地將店員視為盜賊團的首領處置，畢竟這麼一來，所有問題就解決了。造成龐大損害的盜賊團就此毀滅，幾乎沒有任何混亂波及周遭，原本坐在那個位子上的某人，也確定不會再犯。

「但我不想害你欠別人人情。」

「子爵不會覺得我欠他的，拘捕盜賊的功績作為回報已經相當足夠了吧。」

就這樣，伊雷文加入隊伍的阻礙全都消失了。

盜賊團被剿滅，首領遭到處刑，剩下的只有身為C階級冒險者的伊雷文，還有追隨他的、本領高強的那些暗處居民而已。冒險者本來就是粗暴魯莽的族群，即使和暗處的不法分子有所交集，也不會有人在意。

「歡迎你加入隊伍，伊雷文。」

「……請……多指教……隊長！」

即使明天就要失去老巢、即使精銳盜賊們為此四處奔走得上氣不接下氣，對於伊雷文來說，這些全都無所謂了。

他沉浸於利瑟爾第一次稱呼自己名字的餘韻當中，掩著臉仰望馬車的天花板，激動地踹著車廂地板。

距離劫爾嫌吵，狠狠踩住他的腳，痛得伊雷文渾身顫抖，還要再過幾秒。

28

昨天才剛來鬧事，今天又來了。史塔德漠無表情的眼神中蘊著駭人的寒意，盯著眼前這個亢奮的白癡。

沒錯，對史塔德來說，他就只是個白癡。說真的，動用他腦中所有的語彙咒罵他都還嫌不夠，總之他把那些髒話全加在一起攪碎、奮力壓縮過後、注入所有惡意，凝結成這兩個用來稱呼他的字，白癡。

史塔德對於旁人一向漠不關心，這嫌惡之深可說相當少見。

「賀！本大爺成功加入隊伍！」

「你不趁現在重新考慮一下嗎？」

伊雷文出言挑釁，史塔德刻意將他隔離於視野之外，這麼向利瑟爾申訴道。利瑟爾苦笑著加以勸慰，他態度淡然，卻流露出一股險惡的氛圍，即使利瑟爾撫摸他的頭髮，也沒有收斂的跡象。

史塔德反而捉住他的手腕，催促似地往自己頭上壓去，是想表達不這麼做他的心情就不會好轉吧。看見他可愛的動作，利瑟爾微微一笑，空著的那隻手朝他遞出自己的公會卡。

「還要重新考慮的話，我就不會邀請他加入了。伊雷文，你也拿出卡片吧。」

「不愧是我的隊長！」

聽見伊雷文這句話，史塔德的目光今天首度轉向他。
「啊？」
那是一聲低沉、冰冷的嗓音。一瞬間，公會內部的氣溫驟降。
史塔德身周放出猛烈的寒氣，簡直聽得見水氣喀啦喀啦結冰的聲音，他輕輕放開利瑟爾的手。看見史塔德緩緩站起身來，伊雷文嘲諷地吊起嘴角。
「誰是誰的什麼？再給我說一遍看看。」
「我說，這個人，是本．大．爺的隊長啊，怎樣？」
彷彿響起擊碎冰塊的哐啷一聲，應該是錯覺吧。
史塔德瞬間放出的殺氣，強烈得足以令人將這種錯覺誤認為現實。就像與之呼應一樣，另一股爬過全身、令人渾身發毛的殺氣擴展開來，周遭的冒險者立刻遠離二人，面部抽搐。
「這不知分寸的野狗還真不要臉。」
「獠牙都被拔光的家犬沒什麼好怕的啦！」
史塔德手中握住冰刃，伊雷文拔出腰間的雙劍。
雙方武器朝向彼此，下一瞬間，寒氣非比尋常的冰刃在史塔德手中碎裂，閃著鈍重光輝的二把劍刃也被彈開，刺到一旁的地上。二人同時瞪向插手的男子。
「鬧過頭了。」
劫爾無奈地開口。誰也攔阻不了的紛爭，唯有這男人能夠阻止。
他那柄劍已經收回鞘中，那一擊快得連速度超乎常人的兩位當事人都反應不過來。接著，利瑟爾這才發覺爭執已經落幕，也跟著從旁開口。

「吵架沒有關係，但不可以給周遭帶來困擾哦。」

這次到公會來只是為了編組隊伍，因此一行人避開清晨時段，等到人潮開始減少的時候才過來。

但公會裡頭不可能一個人也沒有，一定會有職員在場。剛剛坐在史塔德旁邊的職員都立刻逃之夭夭，還有不少人僵在原地動彈不得，某職員竟然有辦法採取行動，心臟真大顆。

「不過，我第一次感覺到殺氣了。」

「願望終於實現啦。」劫爾說。

「真開心。」

這殺氣實在太濃厚了，在其他冒險者看來簡直是心靈創傷，利瑟爾卻只是單純覺得感動，因此完全錯失了阻止他們的時機。

他只是望向劫爾，劫爾便領會了他的意思，出手阻止這場糾紛。得好好跟他道謝才行，利瑟爾邊想，邊看向鬧著彆扭別開視線的伊雷文，以及直勾勾望向這裡的史塔德。

「我不會叫你們對彼此多好，不過還是請你們找出和平相處的方法吧。」

「好啦。」

「好的。」

這二人只有嘴上的回答這麼乖巧老實，不過利瑟爾還是說了句「好孩子」，露出微笑。公會裡恢復了原本的氣氛，四下再度傳來熱鬧的喧囂聲。

「你別這樣故意挑釁他。」
「是說大哥啊，我的劍三兩下就會被你弄壞了，你小心一點嘛。」
「老子不記得什麼時候變成你哥了。」
獸人容易服從強者。對於利瑟爾以外的人，伊雷文就連配合一下都不願意，不過劫爾說的話他還算是會聽。雖然大部分都只是聽聽而已。
「你也是呀，平常明明很冷靜的，這次怎麼這麼難得？」
看見伊雷文毫不反省的態度，利瑟爾只覺得「反正那是他的個性嘛」便一笑置之，轉而向史塔德開口。史塔德正抬起頭來凝神望著自己，看來他在反省了，利瑟爾點點頭。
話雖如此，針對自己準備打殘伊雷文這點，史塔德一點反省的意思也沒有。他反省的是說不定給利瑟爾帶來了麻煩這點。
「對不起，造成你的困擾了。」
「誰都有合不來的人呀，我不會覺得困擾的。」
那雙眼睛窺探著他的神色，利瑟爾伸出手，碰上他的臉頰。
史塔德投來的眼神澄澈透明，彷彿不帶任何感情，但對於利瑟爾而言，讀出他的情緒是輕而易舉。他溫柔撫摸他的臉頰，那雙宛如玻璃珠的蒼色眼瞳微微閃動。
「我也想要去那邊。」
「囉嗦。」
伊雷文嚷著「不公平、不公平」，正準備從中攪局，下一秒劫爾一記鐵爪整個抓住他的臉，馬上擺平。

「不過，你只是不喜歡伊雷文這個人而已吧？」
「是的。」
「有其他人加入隊伍，你不會不高興？」
「守護你的人越多越好。」
史塔德目擊了伊雷文完全服從於利瑟爾的瞬間。
正因如此，他確信這個人不會再對利瑟爾造成危害。但他還是不禁覺得這人臉皮真厚，幾天前才想取人家性命呢，竟然有臉加入隊伍，他想。
「對於你的決定，我沒有異議。開始進行組隊登記吧。」
「謝謝你。」
史塔德正漠然享受著臉頰被撫摸的感受，利瑟爾低頭看著那副模樣，點了一下頭。只要明白對方的能力有多優秀，雙方某種程度上就會認同彼此了吧。利瑟爾我行我素地這麼想道，重新遞出了自己的公會卡。

在冒險者當中，魔法師的數量為什麼如此稀少？
單純是因為魔法需要花費不少時間，才能練習到足以派上用場的水準。即使是菜鳥冒險者全力揮劍就能擺平的魔物，只用魔法打倒牠還是不容易。
一方面單純是因為火力不足，另一方面則是手續繁雜費事的問題。必須動用相當程度的魔力，才能施展出足以葬送魔物的攻擊，而且從提取魔力到發動魔法為止也有一段時間差。

法師在發動魔法之前處於毫無防備的狀態，必須與值得信任的隊友互相配合也是原因之一。現在在冒險者公會中活躍的魔法師，都是毫不介意逆勢而行、毅力過人的高手，憑著一股幹勁爬上今天的地位。

「隊長，你也算是法師嗎？」

「不知道耶。」

利瑟爾雖然運用魔力作戰，但能不能稱為法師就難說了。

「也有許多人難得擁有不少魔力，卻選擇拿劍作戰呢。」

「嗯。使用魔道具的時候總會派上用場，也不算糟蹋了那些魔力吧。」劫爾說。

「說到底，魔力量多的人不會特別想跑來當冒險者嘛。」

伊雷文邊說邊拿著一支大湯匙，大口吃著堆得像小山一樣高的蛋包飯。

三人正覺得差不多該吃午餐的時候，伊雷文提議了這家以蛋料理為招牌的餐廳。碰上用餐時段，店裡幾乎座無虛席，其中最受眾人注目的就是利瑟爾他們那一桌。

「伊雷文，你會用嗎？」

「魔法喔？我也只是加減用一下而已。」

「哦，目前一次也沒有看你用過呢。」

「拿劍砍比較快啊，我也只會耍一些小花招啦。」

獸人當中以魔力量少的人居多，雖然不至於妨礙到日常生活，但能不能在戰鬥中活用又是另一回事了。看著伊雷文清空了一大盤蛋包飯，正在加點下一份，利瑟爾理解了他的意思。

「小花招？」

「喔，真的沒什麼大不了的啦。」

伊雷文的指尖叩叩敲著桌面，探頭看向腳邊。

「影子再更黑一點比較適合……」

他開始發出無意義的沉吟聲，這是為了集中注意力發動魔法吧。

「啊，是無詠唱的發動方式呢。」

「那真的有意義？」

「不會發出聲音。」

詠唱與否，真的只是有沒有念出口的差別而已。步驟一樣，也不會加快發動時間。

只不過，對於時常藏身於暗夜活動的伊雷文來說，不發出聲音這點可說是一項重要的優勢。

「嗯……啊，成功了。」

他抬起原本看著桌子底下的臉，指了指自己腳邊。

利瑟爾和劫爾一起探頭看去，只見伊雷文膝蓋以下的部分消失了，就好像融入陰影當中一樣。仔細端詳還是能隱約看見他的腳，原因應該就像他本人說的，影子再濃一點比較適合，而這裡太明亮了吧。

「在夜晚使用會完全消失嗎？」利瑟爾問。

「嗯……大概都不會被發現啦。像奇襲啊，或是把設好的陷阱藏起來的時候都很好用。」

「我看過類似的光屬性魔法，不過像你這種還是第一次看見。」

三個大男人盯著桌子底下看的光景相當詭異，是什麼東西掉下去了嗎？店員拿著預備用的湯匙刀叉，不知所措地在一旁打轉。

「不是真的消失啦？」劫爾說。

「好痛！怎麼可能嘛！」

伊雷文被劫爾踹了一腳，痛得叫出聲來，幾乎消失不見的雙腳隨即恢復原狀。三人抬起頭來繼續用餐，好像剛才什麼事也沒發生似的，店員忍不住多看了他們一眼。

「隊長，普通的魔法你也會用對不對？」

「當然呀。」

伊雷文又叫店員追加了餐點，伸出舌頭舔掉沾在唇邊的醬汁。

「一定很厲害吧？像那種……轟隆轟隆的！」

「還可以吧。」劫爾說。

「普普通通而已。」

「用你們的標準看來也『還可以』喔，聽了超期待的啦。」

說是這麼說，但是……利瑟爾瞥向劫爾。

利瑟爾在母國使用的魔術，和這裡的魔法只有名稱上的差別而已。雖然做出了這項結論，但他在這裡沒有見過其他人運用魔法作戰的場面，所以不清楚實際上的判斷標準。

「劫爾對魔法沒什麼興趣呢。」

「反正我也不用。」

除了魔法師以外的人，差不多都是這樣吧。

「威力雖然普通，運用倒是挺靈巧的。」

「你說隊長？」

「嗯。」

劫爾推開自己面前空了的盤子，將利瑟爾再也吃不下的歐姆蛋拉到面前，幾口就吃個精光。

「欸，什麼意思啊？」

「不是有那種射出火箭的魔法嗎？」

「喔，嗯嗯。長得就是字面上那樣嘛，魔力越強箭就越大支的那個。」

「他沒把火箭變大，做了好幾支尺寸普通的箭。」

「咦……」

那啥真搞不懂，伊雷文朝他看過來。不論如何，反正利瑟爾先回了他一個微笑，這種事也不是只有利瑟爾一個人辦得到。

「只是用習慣了而已。」

「而且還有追蹤功能。」劫爾補充。

「哇靠……」

「但追蹤是手動的呀。」

「手動比較厲害吧……你魔力好像滿多的喔？」

「跟我身邊的人比起來還算是偏少的呢。」

為什麼利瑟爾身為貴族，卻學會了使用魔銃和魔術的方法？資質多少也是個因素，但更重要的原因，正是為了他效忠的國王。

國王微服出巡，邀請他同行的時候，萬一出了什麼事，他可不能成為受人保護的累贅。利瑟爾從來沒有想過要拒絕陛下的邀約，因此努力習得了這些護身技巧。

「（只不過，還是陛下的實力比較高強。）」

這就沒辦法了。回想起過去那位愛徒在戰場上所向披靡的身影，利瑟爾嘴角多了幾分笑意。

「果然不是一般……你剛剛……」

「差不多該走了，還有該去的地方吧。」

「好的。」

「啊，等等……！」

看見那個笑容，伊雷文停下了所有動作，但他還來不及開口，劫爾已經從位子上站起身來。利瑟爾和伊雷文也跟著起身離開，一行人身後的桌子上堆滿了蛋包飯的空盤。

伊雷文邊走邊打量著利瑟爾的臉色，只見那人朝他微微一笑，他閉上了嘴。利瑟爾面對自己的笑容絕無一絲虛假，這他是知道的。但是……

「怎麼了嗎？」利瑟爾問。

「沒事！」

好吧，算了。伊雷文瞇起眼睛，愉快地笑了。

吃完午餐，一行人邊散步幫助消化，邊走向一間道具店。

「這邊不就是那個誰啊，賈吉的店嗎？」

「答對了。我想說不知道有沒有適合你的武器，順便來沾點好運。」

「好運？」

「劫爾的劍也是在這邊被強迫推銷的。」

「你剛說啥，強迫推銷？」

利瑟爾那句衝擊發言把伊雷文耍得團團轉，不過當事人依然露出溫煦的微笑，伸手準備開門。伊雷文面無表情地看向劫爾，只見他放棄似地搖搖頭。

「呃，如果有不錯的武器我是很想要啦……但不去武器店喔？」

「沒問題的，想要的東西這裡大致上都有。」

道具店店主自然無從得知自己背負了這種謎樣的期待，此刻正勤奮地整理店內。賈吉注意到有客人來了，一發現那是利瑟爾，整張臉都亮了起來。

「歡、歡迎光……臨……」

他活力充沛的招呼聲，一看見伊雷文就脫力了。

利瑟爾稍微思考了一下，接著緩緩按著伊雷文的背，將他推過去。身材高䠷的賈吉僵在原地，伊雷文和他面對面，興味盎然地吊起唇角說了聲「嗨」。

「賈吉，你沒說不同意，所以我就讓他加入隊伍了。」

「欸，你還不想讓我加入隊伍喔？不過你現在就算說不要，我也不會離開了啦。」

「咦……啊……！」

賈吉一下子臉色發青，伊雷文則一副樂在其中的樣子。

看來這兩個人可以處得不錯，利瑟爾點點頭。劫爾則以「這傢伙有時真不留情」的眼神望著他，而且看他多少有點看好戲的樣子，心眼還真壞。

「欸，說話啊。」

「可是，那個……」

「不過是跟新人打個招呼，拿出魄力啊。」

看見賈吉求助似地望向這裡，劫爾無奈地說了一句。

利瑟爾一旦決定採取旁觀態勢，基本上就不會出手干涉了，現在正帶著和煦的微笑看著二人的互動。話雖如此，劫爾那句建言說不定會帶來火上澆油的效果，也很難說他就完全沒抱著看好戲的心態。

不出所料，賈吉想像著自己拿出魄力跟伊雷文對峙的模樣，覺得這根本不可能，正一臉快哭出來的表情。

「利……」

「啥？」

但是，賈吉下定決心似地瞥了利瑟爾一眼，挺直了彎駝的背脊。即使從高處往下看，恐怖的人還是很恐怖，但他還是努力鼓起勇氣。

「利瑟爾大哥決定的事情，我……不會反對。」

「那就多多指教啦！」

「咦……啊……呃，嗯。」

「你好像很怕我欸，是怎樣啊？你知道喔？」

「知道什麼……?!」

賈吉又開始畏縮了起來，看得伊雷文哈哈大笑。很好，兩人感情變好了，利瑟爾看著這一幕，心滿意足地點頭。他心目中「感情好」的標準，有時候實在粗略過頭了。

不過跟史塔德那時候相比，眼前這二人確實建立起了相當平穩的關係吧。在旁人眼中看來，這也許像是恐嚇威脅現場，不過伊雷文鮮少對利瑟爾身邊的人採取高壓態度，所以沒有問題。

「賈吉，關於我們今天過來的用意……」

「是、是的！」

「是想幫他挑選新的雙劍。」

賈吉恍然大悟似地點點頭。

伊雷文身上的裝備不怎麼樣，幾乎跟普通的布沒兩樣，沒有什麼堪稱防具的性能。只有那對雙劍還算不錯，但是在賈吉眼中，也完全稱不上最高級的武器。

「請問……要換的只有劍而已嗎？」

「我們等一下就會去訂做裝備了。」

「啊，是喔。」伊雷文說。

「劫爾說過，冒險者就是應該盡可能做好充足的準備。」

賈吉聽了深深點頭。沒想到你還真的有好好教他喔，伊雷文看向劫爾。至於劫爾本人，他表面上佯裝沒注意到，心裡則尋思自己什麼時候說過這種話。反正也沒說錯，應該沒差吧。

「而且隊伍當中裝備等級有落差，好像也不太好。」

「那也是大哥說的？」

「不是，是在公會見過的冒險者告訴我的。」

雖然看不太出來，不過利瑟爾其實會好好跟其他冒險者交流。這是其他冒險者告訴他「你這身裝備不錯嘛」的時候提到的話題，他們還說利瑟爾雖然是個新手，穿著最上級裝備卻一點也不會不自然。

而且，衣著打扮能顯示出一個人的地位。整頓好身上的裝備，就更不容易有人懷疑他之前本來是盜賊了。

「那就只需要劍而已囉。那個……請問要找什麼樣的……？」

「嗯，我也不太清楚……要挑劍的話，還是問劫爾吧？」

「本人用得順手就好了吧。」

「說得對！」

伊雷文唰地撥開晃動的馬尾，撫過腰間的佩劍。

「既然都要換了，我也不想妥協。首先是——」

接著，伊雷文開始列舉他多到驚人的要求。

重視銳利度，劍刃薄一點，但不要會缺刃的，彎度大概這樣、握柄大概這麼重，外型太醜的不要，太花俏也不要，可是要有裝飾。

「感覺還是訂做比較快呢。」

「話是這麼說，但想挑最上級的武器還是得找迷宮品。」
「是這樣呀？」
劍士對佩劍毫不妥協是當然的道理，其中迷宮品擁有超越人類認知的性能，一定是人人夢寐以求的珍品吧。
比方說，劫爾的劍上附有不壞、抗劣化、對魔力等加護。加護之間的好壞差距懸殊，這把劍可說是網羅了所有優秀加護於一身。
正因如此，它的價格也特別高昂，被強迫推銷的時候，劫爾幾乎失去了所有財產。這件事他就沒跟利瑟爾說了。
「要遇上理想的劍好像很不容易。」
「運氣夠好就會開到吧。」
「劫爾，你沒開到呢。」
「囉嗦。」
冒險者永遠都被迷宮的寶箱耍得團團轉。
「然後呢，如果整把都經過消光就完美了。」
這時，伊雷文的嘴巴終於停了下來。
「要求真多。」劫爾說。
「追求最好的工具才夠專業嘛。所以咧，有嗎？」
「嗯……」
雖然嘴上這麼問，伊雷文認為一定沒有完全符合條件的雙劍，能滿足其中幾項要求就很好了。

賈吉尋思似地別開視線。他會舉出幾把候補的武器呢？伊雷文滿心期待地等在一旁。

「啊，有一把，不對，是一組。」

「只有一組喔？」

伊雷文期待落空似地皺起眉頭。

「我倒是覺得能滿足你那些條件就很厲害了。」

「隊長，你碰到劍真的是外行耶。這種時候啊，就是先多舉幾個條件，即使沒辦法全部符合……」

「咦，那個，我說的那組……全部的條件都符合哦……」

「隊長的熟人就是這樣啦！萬歲——！」

伊雷文原本莫名其妙的表情，一下子換成了喜上眉梢的笑臉，趕緊催著賈吉去拿那對雙劍。

「怎麼會有啊。」

「畢竟是賈吉的店嘛。」

劫爾遲來的吐槽就這麼被利瑟爾乾脆地打發掉了。

即使不是冒險者相關的商品，這間店裡永遠都有他們想找的東西。劫爾也不是沒有納悶過這是為什麼，不過利瑟爾一點也不介意，只覺得「反正有我們需要的東西很值得高興呀」。儘管個性深思熟慮，他在某些奇怪的地方倒是相當不拘小節。

「那個，就是這組……」

賈吉回到他們面前，遞出一組雙劍。

「哇，我還是第一次看到迷宮品的雙劍欸。左手是輔助用的，比較短……啊，這個——」

「握柄偏短，很適合你啊。」

伊雷文滿心歡喜地湊過去往盒子裡看，劫爾也低頭看著那對雙劍，好像理解了什麼。

順帶一提，利瑟爾看不出個所以然，只知道有兩把劍擺在那裡，就這樣。不過從伊雷文的反應，看得出他對這組雙劍相當滿意。

「就挑這組嗎？」

「好！」

「那麼賈吉，麻煩你……」

這時，利瑟爾才忽然想起什麼似地看向伊雷文。

「你的預算呢？」

「綽綽有餘！」

聽見利瑟爾不帶多少擔憂的提問，伊雷文回以一個燦爛的笑容。假如佛剋燙盜賊團造成的損害額全都成了他的財產，這也是當然的。率領一個龐大到足以讓國家視為威脅的盜賊團，這首領可不是虛有其名。

按照利瑟爾的指示，他留了精銳盜賊活口，分給他們相當程度的資金。但即使扣除那些金額，伊雷文手邊仍然保有取之不盡、用之不竭的金山銀山。

「也該做個皮套了欸。」

「反正接下來就要去訂製裝備了，就在那邊訂做吧。」利瑟爾說。
「說是這樣說啦，但我完全沒有留素材欸。」
「不然讓劫爾分給你吧？」
「嗯。」
面對利瑟爾出人意表的提案，伊雷文一瞬間僵在原地，不過立刻哈哈大笑著說：「這未免太奢侈啦！」即使是這種不經意的對話都充滿刺激，那笑聲彷彿道出他愉快得不得了的心情。

29

「怎麼樣啊！」

伊雷文張開雙臂，彷彿聽得見他背後響起「登登──」的效果音。

花了一個禮拜，委託匠人製作的裝備終於完成了。他動用金錢的力量催促對方趕工，這速度已經算快的了，畢竟使用的全是難以加工的稀有素材。

早晨的餐廳裡也坐著其他房客，不過他本人正是想炫耀給別人看，所以一點也不介意來自別桌的注目禮。利瑟爾和劫爾也邊用早餐，邊打量伊雷文。

「嗯，變得很有冒險者樣子了呢。」

「這句話從隊長口中說……不，沒事。是說我之前也一直都是冒險者啊！」

伊雷文噘起嘴唇，卻無從否認。

利瑟爾和劫爾身上沒有穿戴金屬裝備，乍看之下也是一襲輕裝，不過實際上的防禦力遠比表面上看起來高上許多。但是伊雷文則不然，他原本的裝備就只有輕裝的防禦力，光看衣服的話跟路邊的小混混沒什麼差別。

現在就不一樣了。雖然跟另外二人比起來，他仍然穿得比較輕便，不過一看就知道只是為了避免妨礙行動才選擇這種裝備。

「很帥哦，那個毛茸茸的地方。」

「帥的是這裡喔?!」

「花俏。」

「只有裡側布料和配件稍微花一點而已啊，比全身黑好太……哇靠。」

伊雷文抓住飛來的叉子，臉頰抽搐。

劫爾也不想再穿得一身黑了。但假如問他要換什麼顏色，他也沒有特別的想法，對於設計也沒興趣，最後只會全部交給匠人決定，又做出外觀相差無幾的裝備吧。最近他越來越想放棄了。

不過這點被人拿來說嘴他還是不爽，所以照樣扔出叉子。

「他外表本來就引人注目，衣服不夠花俏穿起來反而不適合吧。」

「不愧是隊長，你最懂了！」

「倒不如說，我本來還以為會再更花俏一點呢。」

「用了太鮮艷的顏色，晚上就不方便藏身啦。」

伊雷文隨口說道。這麼說來，他是盜賊呢，利瑟爾這才想起來。

他對利瑟爾總是百般友善，所以很容易忘記這點，不過想起他過去的經歷也不太意外。乍看之下也許覺得他稍微安分了一點，但沒有跟隊友一起行動的時候，伊雷文的素行依舊相當惡劣。

「難得換了新裝備，好想去找個難纏的強敵試試喔。」

「那麼，今天就這麼辦好了。先到公會看一下委託，找個適合的迷宮吧。」

「可以嗎！啊，我也要一口！」

坐到利瑟爾隔壁的伊雷文眨眨眼睛，好像覺得有點意外的樣子。平常委託都是由利瑟爾決定，他沒想到自己的意見會這麼簡單就受到接納。

利瑟爾叉起餐後水果，放進他張開的嘴巴裡，面露苦笑。

「只是劫爾不會說出自己的意見，所以都由我擅自決定而已。」

「是喔？那如果我說想要接哪個委託之類的，你會陪我一起接喔？」

「我們是隊友呀，這不是當然的嗎。」

利瑟爾露出理所當然的微笑，伊雷文不著痕跡地別開臉。

伊雷文總是小心地藏起真正的心思，刻意表現出虛假的情緒，但是在利瑟爾面前卻難以隱藏。很大一部分是因為不論粉飾什麼都會被他看穿，既然如此，他還比較不願意被他發現「這人正在掩飾什麼」，往往因此而束手無策。

「你也該習慣啦。」劫爾說。

「太難了啦。」

利瑟爾有趣地笑了。他吃完最後一口早餐，站起身來，跟廚房裡的女主人打了聲招呼，又走回桌邊。

「劫爾，你準備好出門了嗎？」

「嗯。」

「那我們馬上——」

「你房門沒鎖，就這樣擺著沒問題？」

「我都忘了……」利瑟爾走出餐廳，踩著階梯上樓去了。

在原本生活的環境，他沒有鎖上房門的習慣，所以總是一不小心就會忘記。萬一碰上緊急狀況，鎖著房門護衛就進不來了。

「畢竟那副樣子嘛。」

伊雷文的目光追著利瑟爾消失在門後的身影，忽然喃喃說道。

劫爾望向那邊，剛才伊雷文眼底還泛著的好感，在此刻投來的目光裡已蕩然無存。那眼神可說是對他的牽制，因為劫爾正站在他引以為目標的位置吧。

「大哥，你知道喔？」

「什麼？」

「那個人只是普通的冒險者？別開玩笑了。」

伊雷文將手肘擱在椅背上，受不了似地說道。

想知道利瑟爾的真實身分，去問他本人不就好了？劫爾剛這麼想，便發現不對。他現在想問的，是劫爾知不知道這件事。

「嗯。」

劫爾本來就沒打算隱瞞他，反正這種事看也知道。他點了頭，伊雷文只說聲「是喔」，便輕易接受了。

這時，樓梯間傳來下樓的腳步聲。那是誰的腳步，二人不可能聽錯，於是不約而同站起身來，走向餐廳門口。

「不知道他哪天願不願意告訴我咧？」

「有需要就會說吧，說不定只是忘了講。」

「如果是隊長的話有可能喔！」

女主人的一聲「路上小心」從身後傳來，伊雷文愉快地笑著追過劫爾，打開門扉。

「欸欸欸你看，這裝備多棒啊！價格不是普通貴，性能也不是普通好耶！」

「那個人參與了裝備的設計？」

「是沒有啦。」

「完全表現出你這個人有多白癡我覺得不錯啊，麻煩別靠近我。」

「出來單挑啦喂！」

二人聊得很開心真是太好了，利瑟爾以眼角餘光確認了他們拌嘴的模樣，又繼續望向委託告示板。

只要看誰不順眼，伊雷文總會不管三七二十一先跑去挑釁，史塔德對別人的挑釁則是毫無耐受力，這二人從根本上就合不來。不過，利瑟爾已經告誡過他們「收斂在口頭吵架的範圍內」，所以沒有像上次那樣鬧出大事。

「劫爾，你覺得哪個委託比較好？」

「隨你高興。」

旁邊的二人其實正以利瑟爾肉眼追不上的速度對彼此出手，不過只有劫爾一個人注意到。反正也沒有給誰惹上麻煩，劫爾就置之不理了。

「B階級以下實在沒什麼適合的……嗯……」

利瑟爾苦惱地沉吟道，將所有委託瀏覽過一遍。

劫爾是B階級，伊雷文是C，利瑟爾是D，因此他們的隊伍階級是三人的平均，也就是C階級。這點和伊雷文加入之前一樣沒變，可以接取到高一階級，也就是B階以下的委託。

「還是我們找個適合的迷宮自己去好了？」

「完成委託再去打頭目也行吧。」

「啊，原來如此。」

伊雷文說他想跟強敵交手。

一般B階級以下的委託會出現的魔物，他輕而易舉就能打倒了。既然如此，利瑟爾原本考慮不接委託，直接到適合的迷宮去，不過劫爾的提案也有道理。

畢竟接取委託才有益於提升階級，還可以拿到報酬。一旁的冒險者都搞不懂不接委託潛入迷宮到底有什麼意義，聽得他們頭上冒出一堆問號。

「伊雷文覺得如何呢？」

利瑟爾忽然回過頭去。後頭那二人上一秒還拿著筆之類的武器進行無聲攻防，這下子立刻裝出一副什麼事也沒發生的樣子，又恢復成口頭爭執。

「我也沒特別想去哪裡欸。」

伊雷文裝作沒看見劫爾無奈的表情，踏著輕快的腳步走了過來。

「有沒有連大哥都會陷入苦戰的強敵啊？」

「你不是想試裝備性能？衝進整群元素精靈中間去試啊。」

「那我皮膚露出來的地方會很慘欸。」

三人從擁擠的委託告示板前面，移動到公會大廳一角設置的桌子旁邊。得先決定要去哪裡才行。

「而且物理攻擊無效的魔物太麻煩了啦。」

「咦，之前劫爾用砍的就打倒了呀？」

「隊長，你不要再把大哥當成判斷標準了啦。」

接著三個人坐到椅子上，一邊交換彼此知道的迷宮情報一邊討論。

話雖如此，比較瞭解迷宮的只有劫爾和伊雷文二人。利瑟爾在一旁看著他們討論頭目如何、最深層如何，心裡不由得感到疑惑。

「（要是跑到魔物太強的地方，我反而會變成累贅吧？）」

這不是自卑、也不是謙虛，只是單純的事實。

表面上看起來，利瑟爾能辦到的事情很多，但是他個人的實力並沒有那麼高強。弱小的敵人他能輕易打倒，但要是正面迎擊比自己強大的對手，他就完全無計可施了。和劫爾一起迎擊迷宮頭目的時候，他總是退到後面專注於掩護工作。

「（就算沒有我在，劫爾一個人也一樣可以打贏呀。）」

劫爾說，只要有利瑟爾在場總是很「輕鬆」，最近伊雷文也說過類似的話。這兩個人跟委婉、客氣無緣，既然他們都這麼說，那應該就是事實沒錯。利瑟爾雖然不介意，但還是不免納悶。

「喂，聽說加入你的隊伍就能拿到那套超強裝備，真的假的啊？」

這時，有一道陌生的聲音向他搭話。

「不用加入隊伍，我也可以幫你介紹店家呀。」

「啊？」

「咦，你是說伊雷文的裝備吧？」

「呃，不好意思打擾了……」

那人搭話的時候利瑟爾正在沉思，因此他平靜地這麼回道。陌生男子聽了似乎察覺了什麼，識趣地離開了。

「在我加入以後，雜魚越來越囂張了欸。」

「最近這種人不少呢。」

自從伊雷文加入他們之後，這種事情常常發生。伊雷文不同於劫爾，他沒有什麼名氣，卻成功加入了隊伍，導致不少冒險者看了也躍躍欲試。

「成為一刀的隊友，我想確實是滿吸引人的……」

「你的誘因比較大吧。」劫爾說。

「咦？」

「啊……剛剛那傢伙也一樣喔。」

伊雷文笑著說道。從利瑟爾剛剛的回應看來，他果然沒有搞清楚狀況。假如以為吸引大家加入的誘因只有一刀，那可是大錯特錯，雖然看在劫爾和伊雷文眼中，那種想法不太令人樂見。

「有個單純的原因，就是隊長看起來滿有錢的啦。加入隊伍就可以大肆揮霍之類的？」

「大家都有自己的錢包，怎麼可能拿別人的錢大肆揮霍呢。」

利瑟爾一副不可思議的樣子。算了沒差吧，劫爾和伊雷文沒再多說什麼。

一般而言，擁有固定隊伍的冒險者會統一管理隊伍資金，也常發生其中一個人花掉太多錢，引發大亂鬥的情形。

但是利瑟爾分配報酬的方式，是某種意義上非常普通的三等分。

獨行冒險者彼此合作的時候確實是按照人數分配報酬，不過還必須考量到誰為了這次委託做出多少貢獻，參與者總是在無比險惡的氣氛中討價還價，不可能真的平均分配。

利瑟爾完全不知道這些事情，而劫爾和伊雷文雖然知道，也覺得平均分配沒什麼問題。利瑟爾沒有機會知道真相，往後也會繼續和平地把報酬分成三等分吧。

「話說回來，你們決定要去哪裡了嗎？」

「嗯，『精靈庭園』吧。」劫爾回答。

「那邊不是有很多元素精靈系的魔物出沒嗎……咦，你真的要衝進整群……」

「怎麼可能啦！是大哥說那邊的頭目只會用魔法攻擊，正好可以拿來試試看啦！」

他這身裝備毫不吝惜地用了大量祕銀和龍鱗，據說幾乎可以將所有魔法攻擊無效化。想要測試這方面的性能，到「精靈庭園」再適合不過了，不過……利瑟爾看向劫爾。

「裝備真的會把魔法攻擊無效化嗎？」

「誰知道。」

利瑟爾沒有被魔法攻擊擊中過，劫爾也一樣。他是不曾懷疑過裝備性能的真偽，不過真的沒問題嗎？看著伊雷文興奮期待的模樣，利瑟爾不禁這麼想。

「精靈庭園」位於搭乘馬車兩小時左右的位置。
「伊雷文是第一次到這邊來吧？」
「對呀！」
「有劫爾在真方便呢。」
「除了頭目以外我也不太記得了。」
那扇門孤立在草原中央，宛如出現在童話中的那種城堡大門。
每個迷宮的門扉設計都不一樣，據說經驗豐富的冒險者只要看大門的外型，就能猜到這是什麼樣的迷宮。利瑟爾也試著猜了一下，這一定是相當夢幻的迷宮吧。
剛才他們按照劫爾的提議，順道接了委託，趁著進入迷宮之前，三人先確認了委託內容。

【相信魔物的無限可能】
階級：B～C
委託人：魔物研究家
報酬：三十～五十枚銀幣（隨取得量而異）
委託內容：請採集水元素精靈的水。
目前已確認本次須採集的水含有大量魔力，但是元素精靈一經打倒，水便會喪失魔力，因此以維持活體狀態採集最為理想。
（※公會備註）

本委託並無前例，是否可能達成亦為不明，因此未達成本委託不會視為失敗。

「你為什麼會選這種東西……」

「如果成功了不是很厲害嗎？」

「隊長，這是要怎樣採集啊？」

「我帶了瓶子來。」

是個平凡無奇的瓶子。換言之，對策就跟沒有一樣。

一般來說，面對魔物必須嚴加戒備，怎麼會想拿瓶子去對付牠？這傢伙頭腦靈光卻是個蠢貨，劫爾常這麼說，現在伊雷文也稍微懂了他這句話是什麼意思。

當然，利瑟爾也是確信他們與元素精靈交手是勝券在握，所以才會接下這個委託的。儘管如此，只拿個瓶子還是很扯。

「那我們走吧。」

利瑟爾華麗地無視了劫爾他們的視線，一隻手拿著瓶子，走進迷宮的大門。

迷宮內部正如其名，是真有精靈居住也不奇怪的夢幻光景。

內部帶有不可思議的亮度，讓人分不清是白天還是夜晚。花草繁茂，樹木一棵棵孤然佇立其中，迴廊隨處可見，景色看起來確實就像哪座城堡的庭園一樣。風景整體泛著青色，更是平添夢幻氣氛。

四周有光點輕輕飄浮在半空中，伸手一碰，它閃爍幾次便消失了。

「沒有道路這點也相當棘手呢。」

「知道方向的話倒是輕鬆很多。」劫爾說。

不同於洞窟型的迷宮，這庭園沒什麼障礙物，放眼望去一片遼闊，容易迷失方向。

反過來說，只要掌握了通往下一階層的入口位置，就可以筆直往那個方向前進。假如不知道正確的前進方向，就非得在廣闊的空間中逐一搜索不可了。

「有水元素精靈出沒的是？」

「……中層以後吧？」

「大哥，你這記憶聽起來不太可靠欸。」

「怎麼可能全記得。」

正因為劫爾以疾風怒濤之勢征服了為數眾多的迷宮，所以才會這麼說吧。

途中出現的魔物他三兩下就收拾乾淨了，所以不會留下什麼印象；沒有花費多少時間攻略，所以記不得。

「這裡一共有四十層對吧，那就從二十層左右開始找囉？」

「希望會碰到寶箱，超有趣的。」

「我每次都很認真耶。」

「你開寶箱的時候老是一臉嚴肅嘛。」劫爾說。

三人踩上發出朦朧光暈的魔法陣，傳送到目的地。

環視周遭，一片夢幻的庭園風景鋪展開來。利瑟爾一行人現身於一座白瓷打造的涼亭當中，四周沒有路標，於是他們先沿著涼亭邊延伸出去的迴廊邁開腳步。

走了一會兒，迴廊像是凋朽似地中斷了。他們沙沙地踩上草原，看著周圍飄搖的光點前進。

「哦！」

「嗯？」

最先出聲的是伊雷文。往他手指的方向一看，一團尺寸顯然比周遭光點還大的光球正往這邊靠近。

「大哥記得沒錯嘛！」

「不過沒看到水元素精靈呢。」

「這層的某個地方會有吧。」劫爾說。

接近他們的是火元素精靈。

元素精靈系的魔物，是由魔力匯聚在核心周邊而形成。根據屬性不同，高濃度的魔力會像火焰、水波一樣搖蕩，除非破壞核心，否則牠會持續活動。

眼前出現的元素精靈有成年人雙手環抱那麼大，帶有火屬性。就連最重要的核心都能以肉眼看見，不過牠沒有實體，所以唯有運用相剋屬性才能打倒。

「萬一同時出現各種屬性的元素精靈，感覺應付起來會很麻煩呢。」

不過牠們移動速度不快，對利瑟爾而言是絕佳的標靶。將水屬性的魔力化為子彈擊發，幾隻元素精靈便有如火焰熄滅一樣消失了。

「隊長，你真是牠們的剋星欸。」

「魔法師以外的人都怎麼打倒牠們呀？」

「是用附有屬性的劍喔！流入魔力就可以發揮內藏屬性的那種！」

伊雷文一副心情很好的樣子，靈巧地轉著手上那對全新的劍。

「不過這組雙劍沒差，因為有對魔力加護嘛。」

「劫爾的劍上也有同樣的加護吧？」

「嗯。」

「你就算沒有加護也可以打倒吧？」

「喂。」

普通的劍斬向元素精靈的核心，只是像抽刀斷水一樣沒有實質效果。不過附有對魔力加護的劍能夠給予有效打擊，與元素精靈交戰也完全沒有問題。

「買到不錯的新武器呢。」

「那間道具店看起來那麼普通，竟然會有這組雙劍。」伊雷文說。

比起前往下一階層，還不如停留在這個階層找比較快，於是一行人一邊四處遊蕩，一邊揮劍、開槍擊殺了幾隻襲來的魔物，終於找到了這次的目標，水元素精靈。

牠身周的水光像火焰一樣搖曳，散落的不是火花而是水滴。委託人想要收集的，正是那乍看之下只是水的部分吧。

「雖然這時候思考有點晚了，該怎麼辦呢？」

「隊長瓶子！瓶子拿出來！」

元素精靈時不時猛撲過來、打出水球攻擊，都被他們輕鬆躲過了，萬一打中胸口一定痛得讓人昏過去吧。順帶一提，利瑟爾的閃躲方式總是千鈞一髮，常常由另外二人拉他的手、或擋在他身前袒護。

「啊，果然不行欸。」

伊雷文巧妙閃過攻擊，拿著瓶子打橫揮過元素精靈的本體之後，舉高瓶子輕輕晃了晃。剛才瓶子確實挖到了牠的水，裡面卻什麼東西也沒有。

「果然還是會變回魔力呢。」

「你不是有想法？」劫爾問。

「正在想。」

畢竟這還是利瑟爾第一次見到水元素精靈，在這之前無從擬定對策。

那為什麼還要接這委託？利瑟爾華麗地無視了劫爾的目光，默默思考。順帶一提，一行人試著打倒了一隻水元素精靈，但散落到地上的水就像委託單上寫的一樣，已經變成普通的水了。

「嗯……表示屬性是由核心定義的嗎？但既然核心沒有實體，不可能擁有將魔力變成水的術式才對。原理本身應該是接近水屬性魔法沒錯，但魔力構築是怎麼……」

「大哥，後面。」

「嗯。」

一條水晶蛇蜿蜒爬過地面，從利瑟爾身後發動襲擊，這時被劫爾一腳踩碎。

伊雷文先前總是出聲提醒利瑟爾小心，不過最近發現還是直接叫劫爾，或是自己動手比較快。當然，假如利瑟爾沒有沉浸在思考當中，他還是會提醒他本人就是了。

利瑟爾不曾看輕迷宮的危險，如果沒有他們二人在，他一定也不會埋頭沉思。正因如此，劫爾和伊雷文也願意為了保護他而行動。

「嗯？假如魔力會在跟核心分離的瞬間散逸，是不是不必想得太複雜……迷宮沒有道理可循，但應該找得到原因才對。如果其他魔力只是追隨著最初形成的屬性……」

「喂，旁邊。」

「啊，不好意思。」

劫爾把他的頭朝自己攬近，利瑟爾所站的位置也跟著往旁邊移了一些，一團水塊立刻通過他不久前站立的位置。

伊雷文踏著輕盈的腳步，拿著瓶子在水元素精靈附近徘徊。他也試過將本體擊出的水球裝進瓶子裡，這次雖然沒有化為魔力消散，卻還是變成了普通的水。

「不能把核心直接裝進去喔？」

「那樣實在太危險了……」

「啊，不過……原來如此。」

利瑟爾說到一半，忽然沉思了幾秒。

他從空間魔法當中取出什麼東西，在掌心握了一會兒。嗯，利瑟爾點了個頭，招手要伊雷文過來，然後將手中的東西放進伊雷文拿著的瓶子裡。

「來，不能裝核心，不過可以裝這個。」

「啥？這不是魔石嗎？」

圓潤的石頭「鏗」一聲在瓶底彈跳了一下，伊雷文看了喀啦喀啦地搖起瓶子來。

魔石擁有貯存魔力的特性。它不會像石巨人的核心那樣吸收所有接觸到的魔力，只會貯藏主動灌注進去的魔力。

「可以麻煩你用那個瓶子再採集一次看看嗎？」

「好是好啦。」

伊雷文雖然心裡納悶，還是點了點頭，一邊閃躲元素精靈的襲擊，一邊將瓶子揮了過去。這一次，盛滿瓶子的水竟沒有化為魔力，仍在透明的玻璃瓶中搖蕩。

「哇，太厲害啦，為什麼啊？」

「我試著在魔石裡面注入了水屬性，充當假的核心。」

伊雷文手上的短劍咻地一閃，打倒水元素精靈之後，開始透著光線端詳著瓶子。仔細一看，瓶中液體泛著淡淡的青色，有細微的氣泡上浮。

「因為這東西跟核心分離之後就會分解？」

「對，雖然不知道為什麼。」

「這不會變成魔物？」劫爾說。

「現在看起來是不會。」

畢竟這只是假的核心，利瑟爾覺得不太可能。雖說這裡是迷宮，發生什麼事都是未知數，不過目前沒有出現類似的徵兆，大概沒什麼問題。

利瑟爾自己也沒想到事情會這麼順利。果然凡事還是要有實驗精神，他微微一笑，從劫爾那裡收到一聲嘆息。

「離開迷宮它不會消失？」劫爾說。

「消失了再說吧，到時候就老實回報任務失敗囉。」

還真乾脆，伊雷文忍不住讚嘆出聲。

就這樣，三人順利完成了委託，啟程前往原本的目的地，也就是迷宮最底層。

那巨大的軀體全身包覆著青色火焰，手臂打橫就是一揮。

牠身材短胖，卻掀起暴風般的攻勢，伊雷文一個後仰閃過攻擊，火焰的餘波旋即轟地席捲而來。

「哇哈，太厲害啦！」

伊雷文揚起一笑，揮舞雙劍。

這火焰巨人名為「精靈之王」，牠守在迷宮最底層，是這裡最強大的頭目。眼前那巨大的火焰團塊上，延伸出伸縮自在的手腳，身軀雄偉得必須仰頭才能看見全貌。

「剛才那種閃避方式，要是你像之前那樣露出肚子會燒起來吧。」利瑟爾說。

「穿成之前那樣我就不會這樣閃了喲！是說這真的沒有傷害欸！」

看見伊雷文亢奮到極點的模樣，利瑟爾微微一笑，槍口朝向遙遠的高處，對準巨人軀體的頂點。

牠頭部的位置開著三個空洞，明顯位於雙眼和嘴巴的位置，形狀也相似，在火焰中幽幽搖曳。不知道那些空洞是否真的擁有五官的功能，不過沒有不瞄準它的理由，利瑟爾筆直射穿了空洞。

那道看似嘴巴的裂縫中發出一聲悶吼，聽起來宛如火焰熊熊燃燒的聲音，巨大的手臂按著那隻被貫穿的眼睛。

「劫爾。」

巨人剩下的一隻眼睛看向利瑟爾，他迅速後退，轉而由劫爾逼近牠龐大的身軀。

大劍由上往下一揮，垂直切斷了巨人的腿。不愧是頭目級的強度，火焰之間的縫隙立刻又密合了，但牠碩大的身軀稍微失去了平衡。霎時間，火焰的渣滓從巨人腳邊轟地擴散開來，劫爾咋舌一聲，看向已經朝這裡飛奔過來的伊雷文。

「大哥太棒啦！」

「沒戴手套可不會允許你這樣亂來。」

伊雷文蹬地一躍，踩上劫爾伸出的手掌，接著感受到猛力一推，他的身體便被拋上空中。

他搖搖頭甩開被風吹到臉上的瀏海，來到拋物線的頂點，身體漂浮在半空的感覺引他發笑。伊雷文倒轉身體，加強落下的勁道，火焰中的空洞近在咫尺，正朝向這裡。他狹長的瞳孔緊盯著那些窟窿，吊起嘴角。

「雜魚。」

那一瞬間，他使出渾身的力氣揮舞雙劍。巨人高舉手臂襲來，劍刃只從表面劃過，卻銳利得將那隻粗壯的臂膀從根部切斷。

這一次，巨人完全失去平衡，朝地面倒去。開始下墜的伊雷文也看著這一幕，在半空中調整姿勢。

「呃……」

那一瞬間，原本按著眼睛的那隻巨大手掌朝伊雷文揮了過來。

這下閃不掉了，他嘴角抽搐，一隻手臂連忙護住臉部，將劍刃朝向敵方。就在這時，一連串爆裂音響起，構成手掌的火焰隨之破碎散逸。

感受到散開的火焰拂過自己的身體，伊雷文甩了甩長髮，忍不住笑了出來。隊長能做到這種地步還以為自己礙手礙腳，真是錯得太離譜了。

「謝啦隊長！」

「嗯，不客氣。」

伊雷文從相當高的地方著地，卻沒發出一點聲響，他向利瑟爾揮了揮手，旋即奔向轟隆一聲倒落地面的巨大軀體。

精靈之王的核心位於頭部，除非像這樣讓牠倒下來，否則根本搆不著。巨人倒地的瞬間捲起風壓，伊雷文逆著風跑過去，朝著坐鎮於火焰當中的核心揮下雙劍。

「怎麼……這麼硬！」

鏗地響起鈍重的聲音，核心表面劃上了十字型的傷痕。

「核心應該只是普通的核心吧？」

「只有表面特別硬。」劫爾回答。

「那就是所謂的防禦殼囉？」

伊雷文瞥見利瑟爾悠然走了過來，又確認劫爾站到他身側，才反手持劍，全力刺向十字的中心點。

彷彿厚重的玻璃破掉似的，核心的外殼碎裂開來。

「啊，伊雷文，牠好像快起來了，動作快點。」

「不是啊，這怎麼快得起來啦！」

他斬向暴露在外的核心，但只傳來高密度液體一般的手感，就連攻擊有沒有生效都難以判斷。

「是說大哥為什麼杵在原地啦！」

「你一個人就夠了吧，大概。」

「不是吧，我看這攻擊完全沒效吧?!」

巨大的頭顱作勢抬起。

那一瞬間，伊雷文也接連揮下了幾刀，眼見核心準備遠離，他自暴自棄似地使出渾身的力氣，狠狠將短劍刺了進去。緊接著，只見核心發出強烈的光芒。

「這麼說來，這傢伙最後自爆了……」

「啊?!等等……隊……！」

下一瞬間，猛烈的暴風伴隨一陣巨響，以核心為中心席捲全場。

爆炸強烈得足以掀開地面，狂風捲起塵土，周遭染成一片灰白。假如站在近處，不曉得會被吹飛到哪裡去，整個空間被肆虐得一片狼藉。

「咳、咳……！」

直到塵埃終於開始落定的時候，稍微遠離爆炸中心的地方，響起一陣劇烈的咳嗽聲。

他使勁揮著手，想揮開每次吸氣時侵入口中的沙塵，但沒有太大的效用。

「咳、咳咳……太扯啦，你怎麼會忘記啊？」

「都說我不可能全記得了。」

眼睛也飽受侵襲，伊雷文的眼眶裡甚至泛起了淚水，用看見非人生物的眼神望著若無其事站在那裡的劫爾。

「你為什麼沒事啊？」

「哪裡沒事。」

沙塵對劫爾並不是完全沒有影響。他眉頭皺得死緊，只是因為那張臉平時看起來就兇神惡煞，所以旁人感受不到太大差別而已。

「難得的新衣服欸……」伊雷文撥掉落在肩上的塵土，嘴裡一邊碎念。

「咳……」

「啊，灰塵還有點嗆鼻喔。」

「嗯。」

利瑟爾從他懷中抬起臉來，伊雷文邊說邊掩住他的口鼻。

爆炸的瞬間，他抱著利瑟爾退到這裡，看來沒有受傷。伊雷文仔細審視他的臉色，利瑟爾回以一個微笑，像在說沒事。伊雷文見狀，也緩緩放開支撐在他背後的手。

「哇痛！」

「啊，不好意思。」

他正看著利瑟爾抽開身子，忽然感覺後腦杓被扯了一下。仔細一看，利瑟爾一隻手上正牢牢握著伊雷文鮮艷的紅髮。

「忘記我還握著它了。」

「你怎麼會握著這個啊？」

「被你護住的瞬間偶然看見的，想說萬一被燒到就糟了。」

「以你的速度來說，手腳還真快。」劫爾說。

「對吧？」

利瑟爾理所當然地認為爆炸氣流中也挾帶著火焰，情急之下，便伸手捉住了伊雷文的頭髮。不過那幾乎是下意識的行動，他甚至忘了那束馬尾還握在自己手中。

聽見劫爾微妙的誇獎，利瑟爾開心地笑了。他微微鬆開手，柔順的髮絲從手中流過，他撫著那束長髮放開了手。

「這紅色很美，我很喜歡。」

見他露出微笑，伊雷文一瞬間睜大眼睛。

「謝謝你挺身保護我。」

「……不客氣。」

像在反芻剛才那幾句話似的，伊雷文藏起真心，衝著他粲然一笑。這一切想必都會被利瑟爾看透吧，但這種感情連他自己都無法完全理解，也不想表露出來。

「話說回來……」

利瑟爾見狀，只瞇起眼對他微微一笑，接著便重新環顧周遭。

爆炸的風壓確實掀起了地面，不可思議的是，只有利瑟爾他們周圍平安無事。剛才他確實感受到暴風吹襲，現在卻安然無恙。

「我們沒有遭到直擊嗎？」

「沒有，大哥在我正後方把它劈開了。」

朝劫爾的方向一看，原來如此。以他站立的位置為基點，平安無恙的地面向後擴展開來。

「如果只有我一個人，就算退到這邊還是會被吹飛啦。」

「我想起第一次打這頭目的時候被吹飛的事了。」

「即使擁有劫爾的實力，第一次跟牠交手都沒辦法完全閃過呢。」

「所以大哥，你到底為什麼有辦法忘記啊？」

那劍影一閃，就連爆炸的氣流都能夠一分為二，簡直不是人力所能及的水準。伊雷文傻眼地看向劫爾。

有那麼短短的一瞬間，劫爾也回望了他一眼，隨即別開視線。但伊雷文領略了那眼神中的意思，衝著他露出得意的笑。

那是稱讚他保護得不錯吧。正因為他護住了利瑟爾，劫爾才能揮劍。

「這好歹也是頭目欸，竟然沒有戰利品喔？」

「書上說會有炎屬性的最上級魔石……啊，就是那個吧？」

聽見伊雷文半開玩笑地這麼說，利瑟爾指向一段距離外的地面。雖然多少覆蓋著塵土，地上散落的確實是形狀圓潤的魔石。

「爆炸會把它吹得滿地都是。上次我懶得撿，就直接回去了。」

「太浪費了吧！」

就這樣，三人一邊閒聊，一邊開始在房間裡四處徘徊，撿拾散落一地的魔石。

幸好，委託需要繳交的水元素精靈樣本，在他們離開迷宮之後也沒有消滅。

利瑟爾一行人順利將它繳交到公會，領取了委託報酬。順帶一提，利瑟爾在瓶子上用緞帶綁著一張小卡，上頭寫著「期待你的無限可能」。

「這已經是你的興趣了吧。」劫爾說。

「這樣收到的時候不是很開心嗎？」

劫爾和伊雷文實在不太能理解。在利瑟爾和賈吉開開心心地裝飾著瓶子的時候，他們倆就帶著搞不懂的表情在一旁觀望。

「那我就先走囉。」伊雷文說。

「辛苦了。」

夕陽即將西沉，在蘸染了夜色的天空下，伊雷文揮揮手，和利瑟爾他們道別。看著那人朝他揮手回應，他稍微目送那背影遠去，便踏上歸途，準備返回據點。

忽然，他伸手輕觸自己身上毫無破損的全新裝備。從前他有得是錢，卻從來沒有多費心思湊齊裝備，為什麼一下子就點頭同意了利瑟爾的話？

現在，他注意到了。

「（穿成之前那樣，一樣能戰鬥、能獲勝、能殺戮、能凌虐，但是不能守護。）」

那是意識上的變化，甚至改變了他的本質。

因為這套裝備，他才能袒護他、守住他，免於爆炸的狂風吹襲，免於炙熱的火焰攻擊。自己一向追求刺激、從千鈞一髮的戰鬥中獵取快感，現在卻找到了更強烈的快樂。

「（連我自己都覺得不可能……）」

雖然矛盾，但這種變化若是出現在遇見他之前，他只會感到嫌惡而已。現在他不只不厭惡，反而還感受到滿溢而出的歡喜，真不知道究竟受那人吸引到什麼地步。

他從來不曾挺身保護過誰。那時候，在他身邊的要是利瑟爾以外的什麼人，伊雷文甚至會拿他來當肉盾吧。

「求之不得。」

利瑟爾向他道謝的時候，他才發現自己根本沒有「保護他」以外的選項。怎麼可能？他愣住了，但看見那人朝自己微笑，他心中滿溢的確實是高昂的情緒。

往後大概也有機會守護他吧。他不打算讓利瑟爾身陷險境，但假如時機來臨，下一次，他也會毫不遲疑地付諸行動。

「（作為獎賞，要讓他為我做些什麼呢？）」

伊雷文踏著輕盈的步伐，握住自己在身後甩動的紅髮。

那手掌滑過長長的馬尾，握住某個部分，宛如握住自己服從的主人的手，必恭必敬地抬起。髮絲纏繞在指縫間，他靜靜抵上唇瓣。毫無疑問，那是屬於他自己的東西。

伊雷文卻心滿意足地加深了笑容。他倏地放開手，那紅色長髮馬上又回到他身後，一如往常地像蛇一般擺動。

「是說大哥也一樣，先確認過我把他保護好了才拔劍嘛。」

伊雷文哼著歌，消失在幽暗的小巷深處。

閒談

嗨，我是佛剋燙的盜賊。順帶一提，這是我名為回想的人生走馬燈。

今天我才跟貴族小哥（雖然他不是貴族）說話，跟首領報告了這件事，然後吃了首領遷怒的猛力踢擊，現在正失去了意識，還以為我內臟要破裂了咧。

那個人看起來明明沒那麼多肌肉，為什麼還那麼強啊？

就像我跟貴族小哥說的一樣，我從首領成為盜賊的時候開始就認識他了。

做盜賊這行的資歷是我比較豐富，我連毛都還沒長齊就在當盜賊了，根本是前輩中的前輩，但這種事一點關係也沒。

當時我們盜賊團集體襲擊在森林中亂晃的小鬼，反而被他殺得半死不活，我就是那時候捧他當首領的其中一個元祖級盜賊。那時候的首領明明還很年輕，看起來卻一點也不像正經的普通人，當時我還以為這人絕對是同行。

不過他作為盜賊首領無可挑剔，只要跟著他就還可以活下去，所以沒差啦。

這是關於我眼中的貴族小哥一行人的故事。說故事的是盜賊A，最迷人的特徵是瀏海長到遮住眼睛，請多指教。

你問我為什麼把瀏海留得這麼長？因為我不喜歡對上別人的眼睛。

那就先從一刀開始講起。

那個人是怎樣？是人嗎？我們家首領也很誇張啦，但這真不是開玩笑的。

首領還在襲擊貴族小哥的時候，雖然他用的是雜兵，但真的是一個接一個被那個人殺掉欸。我從來沒見過帶柄的小刀整支射穿人類的頭蓋骨，洞還直接從臉部開到後腦勺，嚇死人。

不論氣息消除得再怎麼乾淨，跑去監視他都會被發現，嚇死人。我還以為沒有人可以一對一單挑打贏首領咧，嚇死人。

不過嘛，論外貌的話，我看他不只是一級品，簡直是特級品啊。

看起來是很兇惡啦，但是五官端正、很有男人味，有身高、腿又長，身材好到沒話說，這大概就是男人也心生嚮往的男人吧。我是沒什麼感覺啦，只覺得被那雙長腿踹到真的會內臟破裂。

有時候會看到他靠在牆邊抽菸，不在旅店裡抽嗎？這種時候總是會吸引女孩子的目光，雖然他看起來很兇。

還有，他對貴族小哥很有禮貌，不知道本人有沒有意識到。要等貴族小哥坐下來他才會坐下，還會幫他開門。看起來滿像是下意識的舉動啦，下意識的紳士行為之類的。

該說是紳士行為嗎，還是從者行為？這也不是不能理解。

還有，完全查不到他的情報。公會裡登記的，就只是距離這裡很遠很遠的一個平凡小村落而已。

接下來是貴族小哥。

那個人我真的完全摸不透，說他不是貴族根本是詐欺。

才剛以為一切都是他的算計，又覺得他好像只是順其自然。才剛以為他清正廉潔，卻懂得好好利用我們。以為他頭腦聰明，卻在意想不到的地方缺乏常識，完全摸不透。

不過，他大概是真的沒注意到我們在監視他。該說這個人不會注意到別人的視線嗎，感覺他對視線不太在乎，就算有人盯著他看也不介意。

聽首領的說法，他有一次差點被這個人殺掉，但這人怎麼看都不像有辦法打鬥的樣子，碰到扒手之類的也不會注意到。其實有一次，在我監視的時候他差點被扒，那時候是我出手阻止了。

他氣質完全不像女的，舉止卻非常高雅，很容易吸引旁人的目光對吧。嗯，高不高雅我是不太懂啦，不過確實覺得他是住在不同世界的人。

跟他聊過的感覺，與其說是跟原本的印象差不多，還不如說他會做出一些很意想不到的事情。也是託他的福，我現在才會像這樣失去意識。

還有，他平常完全不會露出肌膚，所以跟我們家那個露肚臍的首領走在一起，看起來還滿突兀的。這種地方也很有貴族味道，不知道他有沒有辦法一個人換衣服哦。

總之，貴族小哥就是這樣的人啦。表面上沒什麼女人去勾搭他，算是把他當成觀賞用的人物吧。他像上次那樣坐在陽臺上看書的時候，總會有人用那種欣賞繪畫的眼神看他。

然後，這人也完全沒情報，情報比一刀還少。

接下來是公會職員。

他是王都冒險者公會的職員，冒險者之間幫他取了個「絕對零度」的名號。本來以為這只是個態度冷漠的文科職員，結果他的實力完全是未知數，監視的人全部被他發現了。畢竟同行之間最懂門道嘛，我們派人去調查了一下，結果有好幾個人被他抹殺了，嚇死人。大概是那個職員本人下的手。

看他的手法，我想是暗殺者那類的人物吧。所有人都被割斷了喉嚨，而且完全找不到證據。現在他好像只專注當個職員了，不過總覺得我們好像搖醒了沉睡的獅子。

他跟貴族小哥親近得很露骨，還會撒嬌，一看就知道。反正很露骨。

他臉部表情根本完全不會動，開口要不是業務聯絡就是鄙視人的話，不過這人的臉也是長得很端正欸。這個人才真的是觀賞用，完全不會想跟他講話。

不論好的意義上還是壞的意義上，他對男女都一視同仁，這個人大概可以面不改色的往女人臉上揍過去吧。幸好他完全沒在跟女人交往。

不過，好像有一些奇女子很想被這張臉鄙視。他跟貴族小哥在一起的時候，聽說就有個勇者跑去跟他搭話，收到他那個名副其實「絕對零度」的視線之後還邊鞠躬邊說謝謝咧，嚇死人喔。

最後是道具店的店主。

這個人真的是普通人。監視他他也不會注意到，情報也三兩下就到手了，大概連首領把他的情報拿去進貢都沒發現。畢竟這方面的事情，貴族小哥好像也不太想讓他知道嘛。

毫無疑問，他完全沒有戰鬥能力，這個人不普通的就只有身高而已。他有夠高，絕對超過兩公尺，正常來說已經是有壓迫感的身高了。只是他一副軟弱的駝背樣，臉上又帶著困擾的表情，所以感覺不太出來。

他跟貴族小哥說話的時候會稍微彎下腰，那應該不是體貼，只是奴性，大概覺得「從上往下俯視別人實在太沒分寸了」之類的吧。

只不過，這個人在我們之間非常受歡迎。

首領派人監視的，第一個當然是貴族小哥，接下來就是跟貴族小哥特別親近的人，我剛才介紹的那幾個全都有人監視。

一刀不用說，馬上就被發現了。雖然他會暫時忽視我們一下，但只要嫌煩了，他就會朝這邊放出威壓感超強的殺氣。那個絕對零度的職員也是立刻發現，馬上朝這邊放出冰冷的殺氣，弄個不好冰刀就直接壓在我們喉嚨上了。

相較之下，監視店主非常和平，簡直和平過頭了，沒有生命危險真是太棒了。

有一次，我們有個人為了偵查情報，沒有要買東西還刻意走進店裡去，結果不知不覺就發現自己站在店門外了。不曉得店主做了什麼，不過他就連拒絕的方式也非常和平。

然後大家最不想負責監視的竟然是貴族小哥，也就是我的工作。

「不准其他人對他出手，只有我可以出手」，因為首領這種臭小鬼理論的關係，這個工作比較像是監視兼護衛。為什麼指名要我來？嗯，也不是不能理解啦，畢竟除了我以外的人都有點那個嘛。

一刀跟公會職員雖然嘴上那樣說，但基本上還是會裝作沒看見我們。好像是貴族小哥交代的，應該是說如果我們沒做出什麼事情，就放置不管之類的吧。

多虧他開了金口，我們現在還活得好好的。謝謝啊，貴族小哥，但監視你是最累的苦差事。

貴族小哥本人沒什麼問題，而且還非常理想。

他不會注意到我們，不會朝這邊放出殺氣，基本上都窩在房間讀書，超級輕鬆。但是某兩個人放著盯梢自己的耳目不管，卻會來干涉貴族小哥的監視。

一刀的牽制實在是受不了，那個人兇惡到就連正牌盜賊都會怕，有夠恐怖。

至於職員，根本就完全感覺不到氣息，直接站在我背後，發現的時候那種驚嚇真是不得了。

貴族小哥注意到的時候，倒是會阻止他們啦，是不想麻煩他們兩個的意思。但那兩個人行動的時候不會讓貴族小哥注意到，所以結果就只是我一個人在辛苦而已。

『請坐。』

所以貴族小哥叫住我的時候，看到旁邊一個人也沒有，我真是發自內心鬆了一口氣。萬一有哪個人在，我有三分之二的機率會被視線殺死。

不過那明明是拷問隔天，他卻沒問那個冒險者的狀況，也沒問我詳情。這方面可以看出他不是個單純的「好人」，我是覺得這樣滿輕鬆的，還不錯啦。
順帶一提，我們對那個冒險者做了什麼咧？
那真是狠毒到了極點啊。好久沒看到首領這麼有幹勁了，那個人最擅長精準剜開別人的傷口了。
把他老婆抓到眼前讓她扮豬、把他小孩帶來當射飛鏢的靶子之類的，嗯，總之首領提了各種方案，簡直讓人納悶那都是怎麼想出來的。那個冒險者也是到了這種年紀還單身，所以這方面的提案都被否決了。
不過，嗯，我們還是把他隊友帶來×××，還把×××給×××了。對了還有，×××之後他就×××了，我們也是到半途不小心太嗨了。
最後再用回復藥，把外表恢復原狀，用首領的毒把他整個腦融掉，再打點一下，然後丟到商業公會去。乍看之下完全是正常人，這是最重要的一點。
『或是稍微變乖了一點，之類的。』
怎麼可能啦。

「痛啊……」
「醒得太晚啦。好了，那個人還說了什麼？」
「啊……他說『請你轉告他明天早上來找我』，叫首領去找他。」
首領一聽，手上正在保養的短劍馬上掉到地上。這把劍在他手上總是靈巧地轉來轉去，從來沒看他失手過。

我內臟被踢成這樣站不起來，於是坐在地板上抬頭一看，看見首領臉上掛著壓抑了各種情緒的那種抽筋笑容。講到貴族小哥的事，首領那種游刃有餘的態度就不曉得到哪去了。

之前，出於好奇心，我把那個想扒貴族小哥的傢伙抓去獻給首領，結果真是不得了啊。看他那副樣子大概是氣炸了。雖然我是有猜到事情會這樣，才把他抓過去的啦。

「那個人主動叫我過去，這是第一次吧？」

「他好像要把你帶去那個憲兵頭頭那裡，就是那個貴族。可能是要把你抓去送辦喔？」

「那就到時候再說啦。」

啊，他看起來心情很好。要是平常的話，他應該會說「你他媽才給老子過來」然後把對方弄個稀爛才對。

剛才跟他報告貴族小哥說要把嘍囉全滅掉的事，他看起來也一副愉快樣，首領說不定知道些什麼。明明注意到對方的意圖，還故意配合，感覺太老實了有點噁心。

「是說這麼重要的事，你怎麼不給我先講。」

不過，我也才剛明白那種心情就是了。

話說回來，明明是首領自己叫我一字一句從最開頭開始報告的，真不講理啊。

我正在櫃臺打瞌睡，剛過中午的時候真是閒著沒事。

忍不住都要做起夢來了，就讓我開始一段名為做夢的回想吧。

大家好，我是那個時不時出場的公會職員，請叫我職員Ａ。

我多半坐在史塔德隔壁的位子，被他從椅子上弄下去、用物理手段強制閉嘴的職員就是我。興趣是打瞌睡。

口號是「史塔德老大實在猛到沒話說」，每天都會說上一次。順帶一提，史塔德竟然會跟人那麼親，我到現在還覺得是在做夢。

呃，利瑟爾老兄他們的事情我不太清楚耶。

史塔德每次都搶走我跟利瑟爾老兄說話的機會啊，劫爾老兄又太恐怖了。最近常常看到的那個伊雷文老兄，基本上又不太到公會來。但他最近倒是會黏著利瑟爾老兄一起過來就是了。

不過，我倒是聽過他們在談什麼加入隊伍之類的。老實說，那三個人要組成隊伍喔，拜託饒了我吧。

為什麼？利瑟爾老兄和劫爾老兄組成隊伍的時候啊，所有人的視線不是都會集中到他們兩個身上嗎？受到利瑟爾老兄的影響，劫爾老兄不是又重新成為大家注目的焦點嗎？

我假日在外面走動的時候，就有個女生跑來跟我搭訕：「你是在公會上班的職員吧？」她長得完全是我的菜，結果下一句話卻是：「那個，請問那兩個人有交往對象嗎？」我聽了都哭了，誰知道啊。

她看起來好像是代表廣大女性跑來問，旁邊豎起耳朵聽我們對話的女生多到讓我切身體會到顏值差距。我都哭了。

那三個人現在也還是醒目到了極點。走在路上會有人回頭看，坐在外面會有人停下腳步來看，不分男女都向他們行注目禮，那已經是領導魅力滿溢而出的等級了，太猛啦。

他們總有種妖冶的魅力對吧，感覺跟我們這些市井小民不太像同個世界的人。不過反過來說，他們倒是沒有正統派的魅力，完全沒有那種爽朗的帥勁。

就連利瑟爾老兄也一樣，雖然五官沉穩端正，但一點也不爽朗。那個人的魅力是高貴的魅力，這一點我很堅持。

現在都這樣了，要是還讓他們組隊，我當時的慘劇就要重演了。在我受盡創傷之前，快給我一個療癒心靈的可愛女朋友吧。

而且他們的實力根本是戰力過剩。

劫爾老兄一個人就已經過剩了。利瑟爾老兄的實力我不太清楚，不過既然劫爾老兄把他帶在身邊，大概不難想像吧。伊雷文老兄也一樣，雖然掩藏在劫爾老兄的名氣之下，但他也是堂堂的獨行C。這個階級本身已經不正常了，他還能一個人輕鬆完成階級C的委託，真正的實力恐怕不只這個程度。

根據公會裡私下流傳的耳語，聽說有A階的人跑去找他碴，結果被打到遍體鱗傷。A階級的隊伍，可是隨便接到貴族的指名委託都不奇怪耶。

那些人到底要前往什麼境界？要跟國家打仗嗎？

機會難得，就來說說我珍藏的小插曲吧。

那時候我被當時的女朋友劈腿，哭到眼睛都腫起來了。沒錯，我眼皮腫得像金魚，而且為了討拍，我當然把眼睛哭得超腫再跑去坐公會櫃臺。雖然被史塔德踹了。

利瑟爾老兄當時和劫爾老兄、伊雷文老兄一起過來，看見我這副模樣，他好像有點驚訝。

『請別介意，他只是被女友甩了心情低落到煩人的地步而已。公私不分真煩。』

史塔德老大實在猛到沒話說，利瑟爾老兄都還沒問出口呢，他就先把我貶到一文不值了。

他好像不喜歡看到利瑟爾老兄關心他自己以外的職員。有一次我邊爆笑邊嘲弄他這點，結果肚子被揍了一拳，都血尿了，所以我不會再提這件事了。

『我又沒被甩！只是她劈腿而已！而且吵架的時候我還忍不住對她大吼大叫了！』

我們大吵一架，最後我勉強忍住了動手的衝動，男人對女人動手就是人渣。

我眼淚一直掉，史塔德用那種看見路邊小石頭的眼神看過來，我好挫折。明明面無表情，這種鄙視卻能精準傳達過來，到底是怎樣？

就在我即將被史塔德強制閉嘴之前，聽見了利瑟爾老兄溫柔的說話聲。

『對人怒吼，就跟動用暴力一樣哦，這兩件事給予對方的感受是相同的。』

『果然……！』

『你能夠反省，非常了不起喲。』

這是什麼感覺……好感動……好想被摸頭……啊，會被殺掉。

我差點陷入混沌的思緒當中，不過被站在利瑟爾老兄後面那兩個人拉了回來。利瑟爾老兄向他們徵求同意，聽見他那聲「對吧？」劫爾老兄一臉不解，伊雷文老兄則「欸」了一聲，明顯表露不滿。

『那是喜歡到會哭的女人欸？還不是她劈腿有錯在先，公理站在這一邊，不管做什麼都沒問題吧？』

『嗯，確實沒必要顧慮那種人。』

我也不是想要人家把我的立場正當化到這種地步啦。話是這麼說，不過這是劫爾老兄他們的真心話吧。也是啦，從男人的角度來說我也滿想同意的。

『倒不如說，你只是大吼大叫就沒事了，就表示你根本沒那麼喜歡她嘛？』

真的假的？

『如果是真心喜歡的女性，伊雷文會怎麼做呢？』

『啊，我嗎？我喔……啊，大概會用毒把她變成洋娃娃吧。只讓她做我說好的事，我沒下令的事就不許她做，全——部都讓我來照顧！太棒啦！』

嚇死人喔。

『劫爾呢？』

『啊……欺凌到她失去理智，忘了我以外的所有人。』

嚇死人喔。

『那麼，史塔德呢？』
『我也沒什麼特別的，應該是殺了對方或是自殺，要不然就是殺了對方再自殺，其中一種吧。』
嚇死人喔。
哪裡嚇人？最嚇人的就是這三個人都覺得彼此的意見沒什麼問題啦。這些人的認知怎麼了？壞掉了嗎？
『大家手段都好極端哦，應該好好尊重對方的意願才對呀。』
『可是那是劈腿欸！超狠心的背叛欸！』
利瑟爾老兄溫柔又有常識的意見對胃真好。
『那麼，你能夠忍受真心喜歡的人離開自己身邊嗎？』
『這個嘛……忍受不了吧。』
聽見史塔德的問題，利瑟爾老兄露出微笑，偏了偏頭。無敵優雅。
他一定會說，寧可退出這段關係，相信對方會找到幸福，只要對方幸福就好之類的，幫這個話題畫上完美的句點……我真想去把當時這麼深信不疑的自己叫醒。
『所以，只要完美扮演她的外遇對象，取而代之就可以了。不但可以得到她真誠的愛情，而且所有人都會幸福吧？我有自信瞞過對方的朋友、熟人、家人、親戚，完全不讓任何人起疑哦。』
『那只有你辦得到吧。』
物以類聚。

老實說，被女友劈腿的打擊都不曉得忘到哪去了，這些發言實在太衝擊啦。假如被真正喜歡的女生劈腿，一般人都有辦法做到那種地步的話，那我一定不是真的喜歡她吧。我就是辦不到啊，也不會想做那種事。咦，我應該是正常人吧？

這麼一想，心情突然就明朗了起來，這樣我也算是討到安慰了吧。雖然同時也覺得好像受到更大的衝擊就是了。

「呵……好想睡……」

我用力伸了個懶腰，背脊好像在吱嘎作響。

公會裡還是一樣，幾乎沒有冒險者在，沒有冒險者會在這種時間回來。不過也不是完全沒有就是了。

比方說，只消一個上午就完成委託的超強實力分子，就有可能在這時候回來。沒錯，例如現在走進來的利瑟爾老兄一行人。

看見利瑟爾老兄，我想起一件事。

想起那段嚇死人問答的時候，某位同事的舉動。那同事現在正坐在我隔壁盯著他們看，反正利瑟爾老兄他們還在委託告示板前面討論什麼事情，大概再過一段時間才會過來，就問他看看吧。

我一出聲叫他，掃過來的那種「不要打擾我」的眼神實在太絕對零度啦。

「欸，之前聊到『真正喜歡的人』的時候，你是不是看向利瑟爾老兄的方向啊？」

那個時候，史塔德的視線一瞬間轉向了利瑟爾老兄。不只史塔德，站在利瑟爾老兄旁邊的那兩個人好像也一樣。
那雙沒有感情的眼睛一如往常轉向我，那目光剛從利瑟爾老兄身上收回來，帶著一點溫度——好像吧，大概是我的錯覺。不管相處幾年，我還是完全看不出這傢伙的變化。
「因為對我來說真正重要的人目前就只有一位。」
「接下來會變多嗎？」
「沒有這方面的計畫。」
所以，那段問答並不是以利瑟爾老兄為設想對象。換句話說，除非結交了比利瑟爾老兄還更重要的戀人，又被劈腿，否則那些問題發言就不會成為現實。
誰也沒辦法阻止這三個人，他們沒有任何犯罪的計畫真是太好了。
話說回來，史塔德一直到剛剛都還在後面整理文件才對，利瑟爾老兄一走進來的瞬間，卻不知何時就坐在我旁邊，這怎麼回事？史塔德老大實在猛到沒話說。

街角的精工師如是說

我是王都的一介國民，在王都帕魯特達一角的工房裡擔任精工師。

精工師負責製作的有魔物素材的工藝品、魔道具裡頭不知道用來做什麼的零件等等，有時候也會製作冒險者裝備上使用的配件，各色各樣的東西都有。

說起冒險者，對裝備講究的人總是非常注重細節，也有不少人就連一顆鈕釦也指定要用魔物素材製作，所以精工師時不時會接到防具匠人的委託。

但想要的素材不太可能剛好在市面上流通，所以我經常委託冒險者們獵取素材。只不過——

「妳是對我們辦事有什麼不滿是不是啦，故意雞蛋裡挑骨頭！」

「不是，我沒有那個意思……」

冒險者就是這樣——我也覺得這種說法是一種偏見，可是……

「委託單上面寫得很清楚了，我確認過可以用在工藝上的素材就是兩枚銀幣，其他就以一枚銀幣收購……」

「妳那根本是壓低價格收購的藉口嘛！」

「條件也是不清不楚的啊！」

難道我說明清楚你們就能理解嗎！就是因為不行，所以我才無法委託公會給付報酬，還得自己提心吊膽地跟冒險者收貨付錢啊！

對方想必也很清楚這一點吧，他們是知道才故意這樣說的。最近都是這群人在接我的委託，被他們當成肥羊了，傷腦筋。

後來，奮鬥還是徒勞無功，我拗不過他們，最後只好交付全額，根本是個不及格的生意人。但我怎麼可能拗得過他們啊?!哪可能贏得過態度那麼高壓、又那麼兇惡的對手!!

「……話是這麼說啦……」

我一手拿著鑿子，垂下肩膀，忍不住嘆了一口氣。得快點想想辦法才行。

「妳就是委託人嗎？」

有位貴族大人駕到了。

我竟然為了解決冒險者的報酬問題，向冒險者提出委託，連我自己也搞不懂自己的無腦行徑。那時候……那時候我還覺得這是個妙計……沒想到事情會變成這樣……

「容、容我冒昧稟告，您是不是走錯地方了……」

「沒走錯、沒走錯！」

紅髮的獸人大哥用輕鬆的口吻這麼說。我腦袋一片混亂，無法理解他在講什麼。

「你喔。」

「就說不是我的錯了嘛。」

貴族大人跟另一個一身黑衣的人互相調侃似地說著話，黑衣的人看起來像是冒險者。咦，冒險者？

「這是妳提出的委託吧？」

貴族大人拿出一張紙，那確實是公會的委託單。啊！該不會是最近傳聞中的那個，長得很像貴族的冒險者……嗯，不可能吧。這人不只是像貴族而已，根本怎麼看都是個貴族。原來貴族也能當上冒險者呀，我現在才知道。

無論如何，既然這些人接了委託過來找我，那就表示——

「你們就是，對付冒險者的終極兵器……？」

「啊，果然不是我看錯了。」

貴族大人好像理解了什麼似的，低頭看向委託單。

【取回和平】

階級：A～F

委託人：魔物素材精工師

報酬：五枚銀幣

委託內容：急徵那種很有魄力、碰到誰都不怕、擅長交涉的人。

我需要對付冒險者的終極兵器，拜託幫幫我。

「我還以為出了什麼事呢。」

貴族大人說得是。

「真虧公會願意受理。」

我也這麼覺得。

「選了這個委託的隊長也是有點那個……」

是的，雖然這麼說很不好意思，您說得完全沒錯。我現在看了也覺得有點那個。

「所以，關於委託內容……」

「啊，是！」

總之，讓客人站著說話也不好，我急忙把滿桌子的工具和素材收拾起來，拉出椅子。家裡沒有高級茶葉，我好絕望。

貴族大人他們毫不介意地坐了下來，聽我描述事情經過。聽了某幾位冒險者的暴行，他們冷笑、嘲笑、露出無可奈何的微笑，那姿態充滿大人物的氣魄，絕對可靠得不得了，我看了確信不疑。

「因此，希望能請各位幫我這個忙……」

「當然，我們就是為此而來的。」

貴、貴族大人……！

他微笑的樣子高貴到我都要行為失控變成可疑人物了。這微笑對著我真的沒關係嗎？這應該是那種……從恰當的場合，具體來說就是從城堡之類的地方，朝向大眾露出的微笑，不是我應該獨佔的東西吧？

「雖然不知道稱不稱得上終極兵器，不過公會方面也保證由我們來準沒錯。」

是、是喔……嗯，這也是可以理解。

「要和對方交涉的話，我多少能助妳一臂之力。」

「畢竟您的氣質非常尊貴不凡嘛。」

對方根本沒辦法跟貴族大人站在對等立場，一開始就會自滅了吧？

「萬一對方採取暴力手段，這邊這位劫爾可以幫忙鎮壓。」

「鎮壓……」

啊，念起來好適合。絕對強者的氛圍，好適合「鎮壓」這個詞。

那種暴力的強悍，最近已經快要變成我的心理創傷了，不過黑衣的冒險者大哥不一樣。該怎麼說呢？就像龍一樣，不會感到恐懼，而是自然而然確信「啊，這個人很強大」的那種強悍。呃，雖然我是沒看過龍啦。

「如果還不放心，委託結束後還可以請伊雷文出馬，將對方處理得像從來不存在於王都一樣。」

「您的好意我心領了!!」

好恐怖，太恐怖了吧。我戰戰兢兢偷瞄了獸人大哥一眼，他朝著我露出一道親切的燦爛笑容。啊，他笑起來是個爽朗的好青年，感覺是很愛玩、也很受女孩子歡迎的那種。

「妳今天也會和對方交涉嗎？」

「我已經提出委託了，所以應該會，不過不太確定。」

「這樣啊。」

貴族大人稍微思索了一下。

他的手指輕輕擺在唇邊，我的視線不禁被吸引過去。忍不住注視他的一舉一動，是那種高貴的氣質使然嗎？再加上那種高潔的氣質，我不知怎地有點罪惡感。

不是的，我凝視他的嘴唇沒有什麼奇怪的意思！沒想到我竟然會有對著男生說出這種辯解之詞的一天。

「交涉都是在這間工房進行嗎？」

「我真是罪孽深……啊……沒事，是在這裡沒錯！」

「我們換個地方吧。」

「咦?!」

聽見貴族大人突如其來的提議，我忍不住瞪大眼睛。

「隊長，為什麼啊？」

「只是因為在眾目睽睽之下，對方應該也比較不敢無理取鬧。」

「喔——」

啊，原來如此，貴族大人說得對。

我經手的素材，尺寸也幾乎都滿輕巧的，不一定要請對方搬到這裡來，在外面點收貨品也不會多花多少工夫。

「只是還要讓女孩子拿行李，實在很過意不去。」

「不會不會不會哪裡的話不會的！」

看見貴族大人露出為難的笑容這麼說，我拚命否認。

這是我自己的生財工具啊，搬運一下是理所當然的。比起這個，突如其來的淑女待遇讓我心臟好痛。嗚，這麼不得了的人竟然把我當作淑女對待……

「這附近有沒有合適的地方呀？」

「那邊呢？武器店隔壁的那家店？」獸人大哥說。

「用公會的桌子就好了吧。」

「女孩子一個人會不會不太敢進去？」

一個人？啊，貴族大人還幫我想到以後的事了！

仔細想起來，這次委託他們根本沒有必要更換地點吧，這群人一定可以在這間工房大獲全勝，絕對可以。

「不會，沒問題的！」

「那我們就到公會吧。」

老實說，我並不會想在冒險者公會待太久，那邊的人看起來都好兇悍的樣子。不過，這次有對付冒險者的終極兵器一起過去，而且更重要的是那種「反正我不會比貴族大人更格格不入」的安心感。

「那些找碴的冒險者要怎麼辦？」

忽然，黑衣的冒險者大哥說話了。嗯，聲音真好聽。

「既然自知不講理，他們不會同意換地點吧。」

「那就埋伏他們吧。」

埋伏他們?!

然後現在，我正帶著貴族大人一行人走在街上，準備前往公會。

這是什麼酷刑嗎?好多人都在看我，好驚人，好像變成知名人物一樣。但我不可能像貴族大人他們一樣泰然自若，舉止看起來有夠像可疑人士。

「精工師小姐，妳會不會餓？」

「不會的您太多禮了！」

「待會應該要在公會稍微等待一下，如果妳不介意的話，我們買些東西帶過去吧。」

「當然好，您請便！」

啊～～有人在看我～～每次跟貴族大人交談都有人轉過來看我～～看看我再看看貴族大人還互相比對～～我好想變成路邊的小石塊，這種狀況下我連路都不太會走了。

「啊，小心。」

才剛這麼想，我腳踝馬上拐了一下，結果貴族大人以無比自然的動作伸手扶住我的腰。嗚，太惶恐了，我應該伏地跪拜表達感謝才對吧？

這麼廉潔高貴的人物就近在咫尺，我無法接受現實。他皮膚好好，身上好像有香味，絕對有。碰觸別人的方式也是，一點也不下流，馬上就悄悄放開手，動作實在太不著痕跡了，該怎麼說……紳士等級太高……

「不只稍微，得等一段時間吧。」

「畢竟是埋伏嘛。」

黑衣的冒險者大哥也是啊～～別站在我旁邊啊～～

這人的大腿大概有我的腰那麼高啊～～這種性別和身高無法解釋的差距～～要吃什麼才有辦法長成那樣呢？好想變成究極大美女。

「隊長，你要不要吃那個？」

「看起來很好吃耶。」

「那我去買！」

然後從剛剛開始，獸人大哥就不斷跑到路邊攤買東西，是我的錯覺嗎？

不對，不是錯覺，他絕對買了。因為沒拿在手上的關係差點被他騙了，其實他買了好多東西，而且已經在吃了。

看貴族大人他們習以為常的樣子，表示他平常都是這樣……？這麼會吃就應該要變胖啊～～那個腰是怎樣～～變胖啦～～

「啊！」

忽然，我看見一個朋友從對面朝這邊走過來。

我精神狀態好像快不行了，好想念那種庶民感。來吧，把我從這個只有自己一個人格格不入的空間裡解放出來，跟我一起格格不入吧。

也許是上天聽到了這個心願，對方也注意到我了。不對，應該說在這種狀況下不可能沒注意到。

「…………？」

「精工師小姐，妳喜歡什麼樣的小吃呢？」

「是?!啊，這個嘛……我喜歡有點分量的東西！」

她用那種看見帕斯塔麵在天上飛的眼神看著我，總之就是分不清現實與虛構的眼神，我懂。我也分不清楚。

「那我們就買那邊的串燒帶去吧。」

不我說我啊……就不能想點別的嗎……難道要讓貴族大人去買那種東西……？罪惡感簡直快把我壓垮，我真是罪孽深重。

來吧我的朋友，就是現在，快來跟我搭話吧。公認的肉食系女子啊，和我一起成為低賤的存在吧。妳不是看到帥哥都會不管三七二十一跑去搭話嗎？

啊，我竟然把貴族大人捲入這種低俗的想法當中，罪惡感讓我心臟好痛，我要死了，快過來。

「（不我無法。）」

「（真的假的。）」

妳妳妳竟然躲開了——!!繞著完美的弧線躲開了——!!

女人比紙還薄的友情，讓我們可以只用眼神溝通了呢。兩個人都面無表情，我一臉嚴肅地直盯著她看。啊，妳不要別開視線啊!!

都是貴族大人太尊貴不凡了。不對，這位大人完全沒有錯。

「伊雷文，你很會跟攤販殺價呢。」

「嗯，習慣就會了喲。」

「我也去挑戰一下。」

這邊的話題也很不得了。

啊，竟然為了我的肉麻煩貴族大人，我實在無地自容。

「請給我四串這個。」

「請您儘管拿沒問題！」

「不，我不是那個意思……」

也是哦。

這附近的攤子距離公會不遠，小販的反應看起來都滿習慣的樣子，倒是讓我有點意外。第一次看見貴族大人，應該會像這位大叔一樣吧。

擺攤的大叔加油啊，我也會加油的。

「殺價失敗了。」

「我第一次看見有人反過來抬高價格的欸。」

「不然太不好意思了。」

聽見貴族大人這麼說，我有點意外。

以他給人的印象，我以為他會直接收下別人奉上的東西。就連他好好買東西的模樣，看起來都有點不搭調，這就是貴族體質吧。

獸人大哥應該也這麼想吧，他馬上大口吃起串燒，一邊詫異地看著貴族大人。

「隊長，你有這種觀念喔？」

「之前我直接收下，結果劫爾就生氣了。」

「我沒生氣。」

黑衣的冒險者大哥無奈地這麼說。這個人挑的小吃全都是肉耶。

「精工師小姐，妳擅長殺價嗎？」

「算、算是吧……？」

「但是委託報酬卻爭不贏人家？」

那是兩回事啊，獸人大哥……！

「交涉的對象換成冒險者，那又不一樣了吧。你看，她對我們也有點拘謹呀。」

對貴族大人敬畏三分的原因也是兩回事啊……！

老實說，另一方面還是滿有優越感的，畢竟帶著這麼超脫凡俗的三個人走在街上呀，這也沒有辦法。

「果然是因為武器容易嚇到人的關係嗎？」

「啊，很多人不喜歡自己的武器不在手邊嘛。」獸人大哥說。

「還是有人嫌太重，不想隨身帶著。」

啊……武器確實也是一點。說是這麼說，不過我幾乎沒看過冒險者在路中間拔出武器。

聽其他國家過來的商人說，王都這邊的冒險者相對比較安分一點，好像是因為有恐怖的公會職員在的樣子。

「你們都屬於武器不離身的類型呢。」

「沒武器就渾身不對勁嘛！」

「我也是。」

「有時候看你們換上便服也沒帶呀？」

「那是塞到空間魔法裡面了喲。」

「手邊不可能完全沒武器。」

空間魔法?!那個超級昂貴的空間魔法?!

聽說它不只昂貴，還稀少到根本買不到啊，難道貴族大人繫著的那個腰包就是……不對，他們好像說「手邊」……該不會每個人都有一個……不不不，這不可能吧。不可能吧？

越想越可怕，還是不想了。畢竟貴族大人是魔法師嘛，身上沒帶武器也很合理。

「啊，好想再吃點甜的喔。」

獸人大哥，你要買多少啊？

終於來到了冒險者公會。

這裡出入的都是大塊頭的男人，除了提出委託的時候，我不太會接近這裡。熟識的匠人倒是跟我說，習慣之後會發現這些傢伙都很好相處。

不少人盯著我看，有點不自在。不過沒關係，我不會比貴族大人更格格不入的。

「史塔德，我們借一下桌子哦。」

「請便。」

貴族大人跟一個面無表情的職員說了一聲。

他面無表情到有點恐怖的地步。啊，獸人大哥對他出手了。啊、啊——他們好像在做什麼！拿著拆信刀之類的危險東西，手上的動作看起來也很嚇人！

「這時間桌子滿空的呢。」

「接下來就會越來越擠了。」

貴族大人竟然沒發現?!

快發現啊——！拜託快發現——！嗚哇，刀子要！刺到！眼球了！

「伊雷文，就坐那邊的桌子可以嗎？」

「可以喲！」

剛剛到底發生什麼事??停下來了，職員和獸人大哥一下子都停下來了。

不只動作停下來了，獸人大哥還笑得一副什麼事也沒發生的樣子，職員也一臉沒事地在工作。這是怎麼回事？

「精工師小姐。」

「啊，是！」

貴族大人手放在椅背上，喊了我一聲。我快步走過去，只見他輕輕拉開那張椅子了。

「請坐。」

他以手掌示意，這也就是……那個意思……？

看見他臉上帶著溫柔、廉潔、高貴的微笑，偏著頭問「怎麼了嗎」，世界上還有人有辦法拒絕嗎？不，至少我沒有辦法。

明明穿的不是裙子，我那兩隻手還是下意識擺出撥好裙襬的動作，顫抖著雙腿肅穆虔敬地坐了下來。就連幫我把椅子推進來的時間點都完美到了極點，太驚人了。

「先從什麼東西開始吃起呢？」

「不是從熱的開始嗎？」獸人大哥說。

「反正先擺到桌上就對了。」

貴族大人他們也圍著同一張桌子坐了下來。

今天不曉得第幾次的格格不入感，四周那種「你誰？」的視線刺得我好痛。

「還滿常看見大家在這邊吃東西的耶。」

「完成委託回來容易餓啊。」

「而且有時候要等一下才能領到報酬，只要別把這邊當酒館，公會也不會說什麼喲。」

「原來如此。」

原來是這樣。

「這種行為就叫做廝混吧？」

您說什麼？

貴族大人不知道為什麼好像異樣地高興。黑衣的冒險者大哥一臉無奈地看著他，獸人大哥欲言又止地大口啃著麵包。

「精工師小姐，妳也請用。」

「啊，謝謝，那我就不客氣了！」

我拿起擺在桌上的串燒，一口咬下去。肉汁在口中擴散開來，太過癮了。

順帶一提，在路邊攤前面我本來想付錢的，卻被婉拒了，這是貴族大人他們請的客。一方面緊張得嘗不出味道，一方面在稀有的情境下美味倍增，加起來正好是正負抵銷的普通美味。

「好香喔。」

「肚子餓了。」

「餓了。」

雖然對周遭的各位冒險者很不好意思……！

「話說回來，精工師小姐，妳平常做的都是什麼樣的東西呢？」

「正常的美味。啊，不沒事。我平常是用魔物素材製作冒險者裝備，還有工藝品之類的東西！」

「啊，那我的裝備上也有妳的作品嗎？」

「您太抬舉我了……」

我想也沒想過這件事。

不不，這怎麼可能呢，要是真的有，那真是惶恐到我都要錯亂了……不對不對不對不對不對，這一看就是最上級的裝備啊，連皮帶扣環的素材我都不認識。

「啊，這麼說來，我有事情想請教妳。」

「只要在我能回答的範圍內……」

貴族大人一副覺得有點可惜的樣子，又忽然想起什麼似地開口。

「從匠人的角度看來，有沒有什麼事情是希望冒險者採集素材的時候多加注意的？」

「隊長好用功喔。」

「這傢伙基本上很認真啊。」

「總比不認真好吧？」

雖然老實說，「認真的冒險者」聽起來也有點奇怪就是了。黑衣的冒險者大哥他們半無奈半佩服地這麼說，貴族大人卻一點也不在意，真是太強大了。

話說回來，希望冒險者注意的事情……當下確實是有不少想法，要列舉出來的時候卻一時想不到了。

「以我自己的狀況來說，常常是沒有實際看到素材就沒辦法判斷……」

「這種最麻煩了啦。」

「確實是不受歡迎。」黑衣的大哥說。
我也有所自覺，所以特別抱歉……
「但我也聽說過，不論哪一種素材，採集後的處理都非常重要。」
「啊——像毛皮之類的？」
「這是伊雷文的擅長領域呢。」
我那個主要經手毛皮的朋友是這麼說的：魔物都得經過打鬥才能打倒，而且又是在不知道什麼時候會有魔物冒出來的環境中剝下來的，所以割破、燒焦他都不會抱怨。不過鞣製皮革的時候，還是希望他們再細心一點。
這方面從我們委託人的角度看來，就是運氣問題了。技術好的冒險者也很多，就看有沒有碰到這些人來接自己的委託。
「還有就是搬運過程的……」
「咦？」
「不沒事！」
跟擁有空間魔法的人談搬運過程的損傷，他們大概也沒有概念……！
「這個嘛，總之以我的狀況來說，多少有一些缺角、破損也沒有關係，重點是素材狀態要良好！」
「破損了不就是狀態不好嗎？」獸人大哥問。
「不會，只要損傷不是太嚴重，形狀後續都可以再加工……像是那種，色澤比較均勻的，該說是素材原本的顏色嗎……」

黑衣的冒險者大哥和獸人大哥都露出聽不懂我在說什麼的表情。

幸好貴族大人邊說著「原來如此」邊點頭，我好欣慰。那種高貴的氣質，看起來就是對藝術方面也相當精通的樣子，家裡肯定擺滿了超稀有的藝術品。

「還有，魔力含有量太高的話，加工上就會有困難……」

「要考慮這麼多太麻煩了啦。」

「伊雷文。」

「啊，不，沒關係，我們不會要求到那種地步的……！」

提出那麼囉嗦的委託，大概沒有人願意接吧。提出委託的一方，永遠都必須考慮該怎麼做冒險者才願意接受委託。

「加工方式也會根據素材帶有的魔力改變嗎？」

「是的。特別是素材剛採集下來的時候帶有強大的魔力，所以處理時會一邊流入相同屬性的魔力……」

「像這個素材的話，就是火屬性的魔力？」

貴族大人拿出一顆不知道什麼東西的牙齒，這是什麼牙？大概不是我可以加工的東西吧？應該說加工本身雖然辦得到，但那是我無法負擔的最上級素材啊。

「要雕刻這種素材的話，我們會用這種工具——」

「啊，這樣就能夠流入魔力了——」

「沒有錯，這個部分就是——」

工藝的話題聊起來好開心！

不管聊到什麼，貴族大人都馬上就聽懂了，還會實地運用！好開心！

「我完全聽不懂他們在講啥欸。」

「正常吧。」

黑衣冒險者大哥他們大口大口地消耗著路邊攤買來的戰利品，我跟貴族大人的工藝話題也停不下來。我的興奮也停不下來，貴族大人好擅長聽人說話。

多虧這一點，即使到了尖峰時間，旁邊的冒險者人數越來越多，我也一點都不介意。完成委託回來的各位，辛苦了，四下傳來好多聲「肚子餓了」。

後來，沒想到我臨時為貴族大人開起了工藝教室，也默默做了些精工，非常充實地打發了這段時間，差點都忘記正題了。

現在，我正和那群冒險者面對面。

看到貴族大人一行人，他們已經有點畏縮了，不愧是對付冒險者的終極兵器。

「今天我會在這裡交付報酬給各位！」

有他們在，怎麼可能會退縮呢！雖然心裡最明顯的感覺是惶恐，但至少面對眼前這些冒險者，現在我是不會卻步的。

「是沒差啦，但那邊的貴族小哥是怎樣？」

「我是終極兵器。」

貴族大人打趣地說完，不只是眼前這群冒險者，整個公會都向他投以莫名其妙的目光。不過我懂。

都是我……都是我用了那種措辭的關係……！
「啊一刀咧？」
「劫爾也是終極兵器。」
我想也是，不管碰到什麼對手，感覺他都能一刀斃命。
不過他看起來很兇，所以距離太近的時候我不敢正眼看他。也不是害怕被砍哦，只是真的看起來很兇。
「啊獸人咧？」
「最強的終極兵器。」
對面的冒險者們快逃啊!!
「之所以這麼說，是因為我們接受了她的委託，來幫她解決不擅長跟冒險者交涉報酬的問題。」
啊，我感覺到了，整個公會的目光都集中到這邊來了。
這眼神的意思就是那個吧，「為了解決跟冒險者交涉報酬的問題，又花錢雇用另一批冒險者過來是怎麼回事」的眼神吧？我也這麼覺得。
「報酬不明確的時候，如何透過交涉贏得有利條件，也是冒險者的一種實力。但是，這點對於委託人來說也是一樣的。」
說得沒錯。
假如對方今天要求的是比委託條件更高的報酬，我可以向冒險者公會申訴。但是情況並不是這樣，再加上報酬的判斷標準本來就不夠清楚，萬一冒險者那一方主張自己有理，除了自己的主觀認定之外，我也沒有什麼反駁的依據。
「我們今天是來幫助她在交涉當中取得勝利的，請多指教。」
對面冒險者的臉抽筋抽得好大力，看得我都有點抱歉了。
至於周圍其他冒險者的反應，則令我意想不到。大部分的人都一副看好戲的樣子出聲起鬨，少數人一臉受不了地看著我對面的那群冒險者。
「老實說，我還以為大家會群起罵我是個麻煩的委託人……」
「那倒是不可能啦。」
「那是別人的報酬，沒人會去干涉。」
聽見我喃喃這麼說，獸人大哥他們理所當然地回答。沒想到冒險者在這方面不太管別人的事。
公會職員看起來也沒什麼意見，甚至對這場騷動視若無睹，好像習以為常的樣子。這種地方不同於其他公會，自由不受拘束，真不愧是冒險者公會。
「精工師小姐。」
「啊，是！」
對了，還是要我出面交涉才行。
「那麼，關於這次委託各位採集的素材，水玉羊的角……」
不出所料，我們雙方還是僵持不下。
「所以我已經說過了，點點的位置這麼偏就沒辦法用了！」
「啊？那個可以用，這個就不能用，妳這樣講根本沒道理嘛！」

「那個沒有問題，因為點點還是排列成一直線啊。」
「搞不懂妳的標準，妳是不是為了壓低價格才這樣講！」
平時無法說服對方的事情，不可能只因為貴族大人在我旁邊，他們就願意接受，交涉陷入僵局。
我也很想再解釋得淺顯易懂一點……但是，我總不能跟他們說水玉羊的角只有點點部分魔力的通過方式不一樣，魔力的含有量又怎樣怎樣吧，這些事情要不是專業的匠人，應該很難聽懂。
「我真的沒有騙你們！」
「沒有證據，妳不就愛怎麼講都可以！」
嗯，這麼說也是，獸人大哥點點頭。兩邊都有不對，黑衣的冒險者大哥無奈地嘆了口氣。然後是貴族大人，他正若有所思地望著排列在桌上的素材。
「這些素材會用來做成什麼呢？」
「咦？」
聽見貴族大人突如其來的問題，我和對面那群冒險者都停止了爭執。
「啊，這個嘛，這個會做成冒險者裝備的一部分……用來取代綁繩的腰帶扣環，還有腰帶背面的一點防護。」
「扣環用的是點點部分？」
「不，因為希望可以藉由注入魔力的方式鬆開，所以只有表面用點點部分，剩下來的部分是用這種……」

我比手畫腳，大致上說明了點點和其他部分的理想配置。由於剛剛也聊過工藝的關係，我稍微解釋一下，貴族大人立刻就聽懂了。

原來如此，貴族大人點點頭，看向冒險者們。

「你們的主張很有道理。」

「呃，對啊，沒錯吧。」

「總之，就是希望聽見令人信服的解釋，對吧？」

貴族大人這麼說道，拿起了其中一個素材。

「簡單來說，這邊黑色的部分魔力無法流通，白色的部分可以。」

「喔……嗯？」

「用來製作扣環的，是這邊靠近切口的部分。這邊是全白的對吧？」

「是啊……？」

冒險者們半混亂地回答。

「假如用這個做皮帶扣環，冒險者在迷宮裡探險到一半，下半身會突然只剩一條內褲。」

然後我也陷入大混亂。

「隊長……」

「你也把他想像得太美好了吧。」

獸人大哥雙手遮著臉默默流淚，我懂這種心情。

誰都不想從那張嘴裡聽到「內褲」這種詞彙吧，我也覺得那個詞跟他高貴的尊容一點也不搭調，忍不住直盯著他看。

「用這個做扣環的話，腰帶只要碰到魔力就會立刻鬆開，不只是自己的魔力，來自魔物的攻擊也一樣。」

「這樣被你說成只剩內褲，太極端了吧。」

「也不是不可能嘛。」

聽見黑衣冒險者大哥這麼說，貴族大人露出和煦的微笑。

不過也是啦，腰帶鬆開導致褲子滑下來，好像也不是那麼不能理解……咦，我也搞不太清楚了。

「要是哪個冒險者同行遇到這種事，那不是太可憐了嗎？哪天你們說不定也可能用到這種腰帶，所以為了大家好，還是別用這種素材了。好嗎？」

貴族大人沉穩地笑著說，有一種謎樣的說服力。

不曉得為什麼，我不由自主地接受了這種說法。對面那群冒險者肯定也一樣吧，他們一副還沒從衝擊當中回過神來似地點了點頭，我也不禁愣愣地看著這一幕。

「好了，精工師小姐，這樣報酬一共是多少呢？」

「咦，啊……欸，我看看！」

就這樣，我按照委託單上面註明的條件，順利交付了報酬。

「你太硬來了吧。」

「隊長有時候就是這樣。」

我什麼也沒聽見。

有了這次的經驗，我再也不會為委託報酬煩惱了。一方面是學會了怎麼站在冒險者的角度妥善說明，另一方面，不再那麼害怕交涉可能也是一個原因吧。

最重要的是，和貴族大人一行人一起度過了一天，其他冒險者的氣勢再也不會嚇到我了。絕對沒有人比他們三個還厲害。

「喔，那不是貴族小哥嗎？」

「他跟一刀站在一起還是一點也不突兀啊。」

「聽說那個獸人加入隊伍了喔？」

聽見路過的冒險者交談的聲音，我不禁停下腳步，順著他們的視線，目光追著那怎麼看也看不習慣的三人組。

說起那次委託之後最大的改變，那就是我會像現在這樣，把他們的身影映在眼中了。望著依舊廉潔、依舊強大、依舊氣質獨特的三人組，我重新下定了最近悄悄許下的決心。

「（我要成為更厲害的精工師，負責製作他們使用的那種最上級的工藝品！）」

有了前進的目標，我每天都精進不懈。我會加油的！

還有，雖然這一點也不重要，但那天跟我擦肩而過的那個朋友，後來竟然抓著我連珠砲似地問了一大串問題。妳這傢伙……明明溜掉了還好意思……

後記

事出突然，不過我想對看過第一集後記的讀者說句話。當時我沒考慮到有的讀者會先從後記開始看起，突然開始檢查大家的癖好，真是不好意思。

先不談這件事，有「遮眼」、「超有能配角」、「看似正經實則壞掉」癖好的各位讀者，久等了，盜賊A終於粉墨登場，這是《休假。》系列第一次出現遮眼的角色。實不相瞞，上述全都是我的癖好。

我不是喜歡遮眼屬性，只是喜歡的角色剛好都遮住眼睛。距離當初注意到這項事實之後大受衝擊，都不曉得是什麼時候的事了……雖然極力主張遮眼角色的眼睛就是該遮起來才有價值，但是一旦瞄到他們若隱若現的眼睛，又把我萌到受不了，事後又懊惱地覺得「這真是不懂遮眼的精髓……!!」真是個麻煩的癖好。

我是作者岬，不夠稱職的半吊子遮眼控，承蒙各位關照了。

第一集完全沒有戲分的伊雷文，也終於在這一集登場，這麼一來，主要人物就全部湊齊了。不過這並不會改變什麼，利瑟爾的假期仍然以自己的步調，悠悠哉哉地繼續下去。

雖然他本人悠哉，卻把周遭的人耍得團團轉，真是有點麻煩的男人。其中最具代表性的就是伊雷文了吧，要是沒有利瑟爾在，他絕對是最懂得把人耍得團團轉的傢伙，這下卻成了被耍的人。年下二人組說來說去還是會堅持自己的意見。

伊雷文有辦法享受被耍的過程，而且習慣之後，總覺得他會主動跑去被耍。往後希望他也繼續加油，努力適應利瑟爾和劫爾。

這一集也要感謝許多人的幫助，才能順利將利瑟爾一行人的假期呈現在各位眼前。

感謝sando老師，這一集也為本書描繪出利瑟爾一行人無比美麗的插圖。第一次從sando老師那邊收到角色草圖的時候，一看到利瑟爾靴子上的吊帶，我就決定一輩子追隨老師了。彩頁上利瑟爾的笑容真是太棒了！

感謝TO BOOKS出版社的關照，也謝謝責任編輯總是以開闊的心胸接納我各種任性的要求。購買第一集的讀者、不吝閱讀網路小說版的各位讀者，真的謝謝你們。

最後，我要對翻開這本書的你，致上最誠摯的感謝。

就讓我們第三集再見。肉慾系癡女收錄到書籍版真的沒問題嗎……！

二〇一八年十月　岬

國家圖書館出版品預行編目資料

優雅貴族的休假指南。2 / 岬著；簡捷譯. -- 初版. --
臺北市：皇冠, 2020.03　面；公分. --（皇冠叢書；
第4827種)(YA！；57)
譯自：穏やか貴族の休暇のすすめ。2
ISBN 978-957-33-3516-0（平裝）

861.57　　108020849

皇冠叢書第4827種
YA！057

優雅貴族的休假指南。2

穏やか貴族の休暇のすすめ。2

作　　者—岬
譯　　者—簡捷
發 行 人—平雲
出版發行—皇冠文化出版有限公司
台北市敦化北路120巷50號
電話◎02-27168888
郵撥帳號◎15261516號
皇冠出版社(香港)有限公司
香港上環文咸東街50號寶恒商業中心
23樓2301-3室
電話◎2529-1778　傳真◎2527-0904
總 編 輯—許婷婷
責任編輯—謝恩臨
美術設計—嚴昱琳
著作完成日期—2018年
初版一刷日期—2020年03月

法律顧問—王惠光律師

讀者服務傳真專線◎02-27150507
電腦編號◎515057
ISBN◎978-957-33-3516-0
Printed in Taiwan
本書定價◎新台幣320元/港幣107元